Diogenes Taschenbuch 24686

de
te
be

AF198197

CAROLINE ALBERTINE MINOR, geboren 1988 in Kopenhagen, ist Absolventin der Dänischen Akademie für Kreatives Schreiben (Forfatterskolen). Ihre Kurzgeschichtensammlung *Velsignelser* war für den Preis des Nordischen Rates nominiert. In Amerika wurde eine der Geschichten mit dem renommierten O.-Henry-Preis ausgezeichnet. *Der Panzer des Hummers* wurde sowohl von der Presse als auch vom Buchhandel wärmstens aufgenommen und wird in mehrere Sprachen übersetzt. Die Autorin lebt mit ihrer Familie in Kopenhagen.

Caroline Albertine Minor

Der Panzer des Hummers

ROMAN

Aus dem Dänischen von
Ursel Allenstein

Diogenes

Titel der 2020 bei Gutkind Forlag, Kopenhagen,
erschienenen Originalausgabe: ›Hummerens skjold ‹
Copyright © Caroline Albertine Minor and
Gutkind Forlag A/S, København 2020
Das Motto stammt aus: Ted Berrigan,
›The Selected poems of Ted Berrigan‹
Herausgegeben von Alice Notley und Anselm Berrigan
University of California Press, Oakland 2011
Die deutsche Erstausgabe erschien 2021 im Diogenes Verlag
Covermotiv: Gemälde von Fairfield Porter,
›Stephen and Kathy‹, 1963
Oil on canvas, 60 in. × 48 in. (152,4 cm × 121,92 cm)
Colby Museum of Art
Copyright © 2022, ProLitteris, Zürich
Museum purchase from the Jere Abbott Acquisitions Fund
Accession Number: 1992.031

Veröffentlicht als Diogenes Taschenbuch, 2023
Alle deutschen Rechte vorbehalten
Copyright © 2021
Diogenes Verlag AG Zürich
www.diogenes.ch
20/23/852/1
ISBN 978 3 257 24686 5

Für Ivan und Dunia

I'm only pronouns, & I am all of them & I didn't ask for this
You did
I came into your life to change it & it did so & now nothing
Will ever change
That, and that's that.
Alone & crowded, unhappy fate, nevertheless
I slip softly into the air
The world's furious song flows through my costume.

Ted Berrigan, *Red Shift*

Die wichtigsten Personen des Romans

Familie Gabel im weitesten Sinne

In einer anderen Welt
Charlotte »Charles« Gabel, die Mutter
Troels Gabel, der Vater

Charlottenlund, nördlich von Kopenhagen, Dänemark
Niels Gabel, der Jüngste
Phillip »Cosmo« Tibbett, Niels' Mitbewohner

Kopenhagen, Dänemark
Sidsel Gabel, die Mittlere
Laura Gabel, Sidsels Tochter

San Francisco, USA
Ea Gabel, die Älteste
Hector Nunez, Eas Lebensgefährte
Coco Nunez, Hectors Tochter aus erster Ehe

Kopenhagen, Dänemark
Tante Elisabeth »Efie«, Charlottes Schwester

Familie Wallens im weitesten Sinne

San Francisco, USA
Beatrice »Bee« Wallens

*Bondurant / Des Moines und zu Besuch bei Beatrice in San
  Francisco,* USA
Seraphina »Fifi« Wallens alias »Fessonia«, ihre Tochter

Bondurant, USA
Marianne Wallens, Beatrices Mutter und Seraphinas Großmutter

San Francisco, USA
Mr. Pistilli, Beatrices Nachbar
Pita, Beatrices Mops
Pauline Farley, Beatrices Exfrau
Hudson Farley, Paulines Sohn

In den wichtigsten Nebenrollen

Vicky Singh, Lauras Vater   *London, England*

William Catchpoole   *Kentfield,* USA

Curtis, Umherstreifender   *San Francisco,* USA

*

Charlotte

J*a?*
   (Wer hat gerufen?)

Jetzt bin ich hier.
   Jetzt bin ich gekommen.
   Niemand antwortet.
   Stille, Säulen von gelbem Licht im Nebel.
   Eine feuchte Wärme, sonst nichts.
   Anscheinend ist die Verbindung unterbrochen, falls sie je hergestellt wurde.
   Vielleicht war es ein Fehler? Eine Abweichung im System, auch wenn es mich überrascht, dass so etwas vorkommen kann.
   Nein, ich bin mir sicher.
   Jemand hat gerufen.
   Jemand hat mich hergebeten, sonst wäre ich nicht da.
   Und hier bin ich ja auch, frisch gewaschen, mit den starren Grashalmen der Wiese zwischen meinen Zehen. Die Luft ist würzig und heiß wie in einer Sauna und brennt in den Nasenlöchern, wenn ich sie einatme.
   Ein Stück entfernt, am Fuß eines Hügels, steht eine Gruppe junger Birken. Zwischen ihren dünnen, zebra-

gestreiften Stämmen huscht ein unstetes Licht umher. Es springt zwischen die Bäume und wieder hinaus, wie der Schein einer Laterne, die jemand mit ausgestrecktem Arm über einen Hofplatz trägt. Im Umkreis von mehreren Metern um die Birken wirkt die Perspektive verzerrt. In der Mitte dehnen sich die Stämme o-beinig aus, weiter oben verjüngen sie sich, als würden sie in die Länge gezogen. Die Kronen neigen sich einander zu, weshalb das Wäldchen an einen Tempel oder eine Pagode erinnert, mit wackeligen Säulen und einem dichten, grünflimmernden Dach.

Ohne zu zögern, gehe ich darauf zu.

Der Nebel verwirbelt bei jedem Schritt, und schon nach kurzer Zeit bin ich schweißnass. Die Strickjacke klebt an meinen Armen, und das Kleid kriecht zwischen meinen Oberschenkeln nach oben. Ein Wind fährt über die Wiese und biegt das Gras in großen, trägen Schwüngen. Ich bleibe stehen. Streiche mir das Haar aus der Stirn und binde mir die Strickjacke um die Taille. Als ich wieder aufsehe, sind die Birken verschwunden. Jede Spur der bisherigen Landschaft ist verschwunden.

An ihrer Stelle spannt sich etwas vor mir auf, das ich am ehesten als riesiges, elastisches Segel beschreiben würde.

Es wächst mit meinem Blick, weitet sich aus und nimmt die Leere ein.

Es gibt keinen Ort, an dem das Segel nicht ist, und jetzt erfüllt es den ganzen Himmel, oder wie auch immer man diese Sphäre nennen soll. Ist alles.

Der Anblick des Segels erfüllt mich mit einer brennenden Sehnsucht, als wäre das, worauf ich mich freue, längst vorbei. Ich trete näher, lege den Kopf in den Nacken und *lasse meinen Blick hastig über diese endlose Oberfläche jagen, über das endlose Weiß, ehe ich erschöpft auf den Boden plumpse, und so bleibe ich sitzen, das Kinn auf die Knie gelegt, mutlos. Wie eine Touristin, die in einem fremden Land auf den Bus wartet.*

Einem diffusen Fahrplan ausgeliefert.

Der dehnbaren Zeitauffassung einer anderen Kultur.

Zeit als eine Kuppel, eine Schale in einem Tempel, die gleichzeitig gefüllt und geleert wird.

Oder ein Loop.

Nicht größer als eine Ameise vor diesem Hintergrund aus Weiß.

Nicht größer als eine Ameise im Verhältnis zu einer Ameise im Verhältnis zu einer Ameise vor dem Hintergrund dieses ausgedehnten Weiß.

Doch hinter meinem Rücken verlangt das Segel stumm meine Aufmerksamkeit, möchte näher untersucht werden.

Das Material ist unbestimmbar, mattschimmernd wie die Innenseite einer Miesmuschel, durchscheinend, ohne transparent zu sein. Aus der Nähe lässt sich ein Netz aus feinen rosa Adern erahnen; ist es eine Art Membran?

Gewebeartig, zart.

Wie schön sie ist.

Ob man es sich erlauben kann, ganz vorsichtig …

Nur mit der Fingerspitze –

Oh!

Sie ist kalt und feucht von Kondenswasser.

Die Oberfläche fühlt sich lebendig an wie eine frisch gefangene Flunder.

Anschließend kribbelt es in meinen Fingern, doch nichts

ist zu sehen. Keine Abdrücke, keine einzige Rötung. Erst jetzt bemerke ich das Geräusch: ein leises, elektrisches Knistern. Ich beuge mich vor und halte mein gutes Ohr daran. Doch. Es kommt eindeutig von dort. Pop rizzz pop pop popopop, macht die Membran. Rizzz ... pop ... rizzz. Die feinen Haare an meinen Schläfen recken sich in die Luft wie Fühler. Ich trete einen Schritt zurück, worauf sie sich brav wieder legen.

Meine Finger haben eine Spur hinterlassen.

Dort, wo ich die Membran berührt habe, wurde der Tau weggewischt, und darunter ist das Material klar wie ein Fenster. Die Adern zeichnen sich deutlich ab, fadendünne, rote Verästelungen.

Rizz ... pop! RIZZZZZZZZ, *macht die Membran, als ich mit dem Finger auf die durchsichtige Stelle tupfe.*

Ruhig, flüstere ich, ganz ruhig.

Und tatsächlich ist es, als würde sich der Strom zurückziehen. Übrig bleibt lediglich ein behagliches Prickeln an meinen Fingerkuppen. Ich reibe, bis ich eine Fläche von der Größe eines Desserttellers freigelegt habe, und beuge mich vor.

Dunkelheit.

Still und dicht.

Nichts zu sehen; doch dann passiert etwas am äußersten rechten Rand: ein Puls, bewegliche Lichtfäden, die sich drehen und Figuren bilden.

Anfangs sind es schlichte Kreise und Striche, dann werden sie schnell komplexer. Die Bilder dehnen sich aus wie Blasen und ziehen sich in die Breite, um dann mit einem Knall zu einer silberfarbenen Kugel zu verschmelzen. Die

Kugel hängt in der Dunkelheit, zittert leicht, ehe sie zer-
läuft und den Raum mit einem roten Schein erfüllt, aus
dem nach und nach Gestalten auftauchen. Flüchtige, farb-
lose Wesen, die weit entfernt scheinen, wie unter Wasser, bis
alles seine Form findet, mit einem Klicken einrastet und sich
einmal im Kreis dreht. Die Linse wird scharfgestellt – und
da steht eine Frau auf einer Fußmatte, die sich gerade von
jemandem verabschiedet. Ihre Ohren schauen unter dem
kurzen Haar hervor. Die andere Person sagt etwas, aber
die Frau hört es nicht mehr, sie ist schon auf dem Weg die
Treppe hinunter und auf die Straße. An der Tür des Nach-
barhauses hängt ein Kranz aus künstlichen Blumen: blaue,
kükengelbe und rosa Rosen. Die Frau schaudert, schüttelt
sich die Sonnenbrille aus dem Haar und geht davon. Sie hat
es offenbar eilig, marschiert mit festen Schritten voran, eine
steile Straße hinauf und an einer Reihe von sonnenwarmen
Autos entlang, bis sie schließlich vor einem sandfarbenen
Ford stehen bleibt, der im Schatten einer Palme parkt. Sie
steigt ein und zieht sich das Sweatshirt über den Kopf, ihre
Arme sind braun und sehnig wie die einer Zirkusartistin.
Anschließend steckt sie den Schlüssel ins Zündschloss, parkt
rasant aus, wendet und biegt auf den Boulevard ein.

Dann beginnt die Frau hinter dem Steuer zu flackern.

Das Bild mischt sich mit anderen Bildern. Wie bemalte
Glasplatten, die über andere Glasplatten geschoben werden, von unten erleuchtet mit einer kräftigen Glühbirne.
Immer schneller und schneller, bald ist es unmöglich, ein
einzelnes Motiv länger als ein paar Sekunden festzuhalten.
Ein Wasserfall aus Bildern, ein verrücktes Karussell. Licht
und Farben schlingen sich ineinander und lösen sich wieder.

Ich presse mein Gesicht immer tiefer in das weiche, kalte Fenster hinein, dann drosselt der Projektor langsam seine Geschwindigkeit, bis er mit einem trockenen Klicken wieder bei der Frau ankommt.

Sie ist wie eine Sphinx hinter dieser dunklen Brille, gefangen im Verkehr. Das stört sie, man erkennt es daran, wie sie ihren Ring um den Mittelfinger dreht, wieder und wieder. Der Amethyst wirft Lichtsplitter ans Autodach. Auf ihrem linken Handgelenk ist eine zusammengerollte Schlange tätowiert, und als sie sich vorbeugt, um etwas im Handschuhfach zu suchen, erkenne ich, wie auf einen Schlag, der meinen Körper durchzuckt, meine älteste Tochter Ea. Trotz der Sonnenbrille und der Haarfarbe besteht kein Zweifel.

Jetzt springt die Ampel auf Grün, aber nur auf der Abbiegespur, wir haben uns beide getäuscht. Sie atmet durch die Nase aus, trommelt mit dem Rand des Daumens im Rhythmus der Musik auf das Lenkrad.

Dann setzen sich die anderen vor ihr endlich in Bewegung, ihr Oberschenkel spannt sich an, als sie auf das Gaspedal tritt.

Kannst du mich hören?

Sie starrt geradeaus, auf die Straße, das Auto vor sich. Die Scheinwerfer leuchten nur blass in der Nachmittagssonne, der Himmel über der Stadt ist matt wie ein erstarrtes Auge, und jetzt holt mich alles wieder ein, eine über mich hereinschwappende Übelkeit. Der Pfahl der Erinnerung durchs Herz.

Sie waren drei.

Zwei große Mädchen und ein Junge mit wirren Locken.

Und ich war ihre Mutter.

Mama Lotte.

An den Rändern kräuselt sich das Bild dunkel, als würde jemand ein brennendes Feuerzeug daran halten. Der Horizont wabert wie Speck, und die bonbonfarbenen Fassaden der Häuser fallen nacheinander in sich zusammen. Die Palmen, die im Wind gewispert haben, halten ihre Wedel still, und dann, ohne jede Vorwarnung, stülpt sich der Himmel um und umschließt die Landschaft wie eine Hand einen Stein.

Der zarte Klang einer Glocke ruft mich zurück.

Ich setze mich auf.

Um mich herum ist alles wie zuvor.

Der Nebel.

Die Wärme. Der ruhige Atem des Himmels, ein paar Meter von meinen Füßen entfernt.

Ist Zeit vergangen?

Nicht viel.

Nicht viel Zeit.

Das Kleid ist hochgerutscht und enthüllt zwei dellige Oberschenkel.

Ich stehe auf, fege loses Gras von meinen Armen und Beinen, und im selben Moment sehe ich es:

Dort, wo ich mit meinen Fingern gerieben habe, hat die Membran eine ungesunde Farbe angenommen. Die verästelten Adern sind dunkelbraun geworden, an einigen Stellen auch schwarz.

Ich richte mich mechanisch auf, erwarte meine Begegnung mit irgendeiner Instanz.

Eine Enthüllung.

Eine Verhaftung.

Abgeführt zu werden, unter strengen Blicken, die mir sagen, ich hätte es besser wissen müssen; doch niemand kommt.

Nichts geschieht.

In was für einen merkwürdigen Riss oder toten Winkel habe ich mich gerade hineingezwängt?

So oder so ist alles ein einziges Durcheinander.

Die feuchte Wärme hat die Umschläge der Vergangenheit aufgedampft und ihren Inhalt um mich herum verteilt.

Ich fühle mich seekrank.

Überlistet und durchweicht.

Ich möchte mich melden und die Dinge in Ordnung bringen. Mich ohne Umschweife entschuldigen und darum bitten, schnellstmöglich wieder von diesem Körper befreit zu werden. Ich hatte das astronomische Gewicht der Inkarnation vollkommen vergessen, dieses Gefühl eines Eisenstempels, der nach unten gedrückt wird und all das Umherwirbelnde, Freie zu einem dichten Kuchen unter sich zusammenpresst; das Gehirn, das auf schwingende Saiten befestigt wird, auf denen das Gedächtnis sofort seine Ohrwürmer klimpert.

Mich melden. Gut.

Aber wo? Und bei wem?

Ich kneife die Augen zusammen. Durch den Nebel sieht die Wiese aus wie eine staubige, violette Ebene. Es gibt keinen Horizont, kein Gefühl von Endlichkeit. Alles ist flach, alles stumm.

Die Stadt habe ich sofort wiedererkannt, aus Filmen wahrscheinlich, denn ich war nie selbst in den USA. Sehr dünn ist sie inzwischen, meine Tochter, und nicht mehr ganz jung.

Das bedeutet, dass der Junge mittlerweile ein Mann ist und die Mittlere längst eine erwachsene Frau.

Wenn sie denn –

Aber warum sollten sie nicht?

Lass los! Schüttle dich, wie unsere Hündin, wenn sie aus dem Meer gekommen war. (Sandkörner und Tropfen von Salzwasser umgaben sie wie eine stahlfarbene Glorie.)

Die Neugier braucht nichts, um zu wachsen, in ihrer Anspruchslosigkeit wird sie nur von der Kresse übertroffen.

Die Fragen liegen mir auf der Zunge wie Kirschkerne.

Schluck sie. Eine nach der anderen.

Mit der Membran im Rücken setze ich mich in Bewegung, geradeaus, festen Schrittes. Eine Weile später bleibe ich stehen und führe die Hand zum Mund.

Hallo?

Meine Stimme landet wie ein Schuh ein paar Meter weiter vor mir, und niemand antwortet.

Die Glocke ist wieder da … nein, Moment, dieses Geräusch kenne ich sehr gut! Es ist gar keine Glocke, sondern das Geräusch billiger Metallreife, die einen Arm hinabgleiten und klirrend aneinanderschlagen.

Ich drehe mich um, und da, nicht einmal zwei Meter von mir entfernt und in seiner allzu bekannten Lederjacke, sitzt mein Exmann und lächelt sein Ziegenbocklächeln, als wären seit unserer letzten Begegnung nicht sowohl das Leben als auch eine unbestimmbare Spanne an Tod vergangen.

Du kommst zu spät, das sieht dir gar nicht ähnlich.

Troels!, sage ich, und selbst nach all den Jahren klingt sein Name aus meinem Mund noch immer wie eine Anklage.

TEIL I

Der Panzer des Hummers

I

Beatrice

Du nimmst einen Eistee, denkt sie streng, schließt die Wohnungstür und setzt ihren Weg fort, die Treppe hinauf, an der Küche vorbei, ins Esszimmer und bis zum Eckschrank, wo der Armagnac steht. Der gute, den sie eigentlich nur am Ende von besonders gelungenen Abendgesellschaften hervorgeholt hatten oder nach dem Ende von völlig misslungenen, und Pita soll sie bitte nicht mehr so ansehen, mit schiefgelegtem Kopf und diesem verzweifelten Ausdruck in ihren Glubschaugen. Sie kann noch immer diesen zarten Strom in ihren Handflächen und diese raue Offenheit über der Brust spüren.

Wie Bee Wallens dort auf der Kante ihres Sofas hockt und eine Flasche Baron de Sigognac 1967 an ihre linke Wange presst, kann man sie nur schwer mit der als *renowned spiritual expert, intuitive coach and psychic medium* beschriebenen Person in Einklang bringen, die auf ihrer Homepage so entspannt lächelt. Sie muss etwas ändern. Die Bilder sind über zehn Jahre alt, und ihre Kunden erschrecken im ersten Moment immer, und dann vergeuden sie ihre Zeit damit, ihren Schock schnellstmöglich zu überwinden, genau wie Bee es jeden Morgen vor dem Spiegel tun muss. Das Alter traf sie so plötzlich wie ein Erdrutsch, und Bee würde alles darum geben, noch einmal dieses Gefühl zu erleben, den Menschen allein mit ihrem Gesicht zu gefallen. Jetzt flackert ihr Blick umher und sucht nach einem Ort der Ruhe. *Beauty is in the eye of the beer holder!*, sagte Pauline manchmal (wenn sie in der passenden Stimmung war). Bee weiß immer noch nicht, wen sie zitierte.

»Jetzt komm schon her«, sagt sie und klopft neben sich auf das Polster. Pita schnaubt enthusiastisch, schwingt dann aber nur kurz die Vorderbeine in die Luft wie ein dickes kleines Dressurpferd.

»Dann bleib eben, wo du bist, alberner Hund«, murmelt sie und schenkt das Glas so lange voll, bis es überläuft. Leise fluchend beugt sie sich vor, setzt die Lippen an das Glas, Hudsons Lieblingsglas, wie ihr jetzt einfällt; obwohl es so klein war, dass man es ständig nachfüllen musste. Hudson, den Bee seit fast einem Jahr nicht mehr gesehen hat. Er ist ein guter Junge, durch und durch gut, und obwohl er nie ihr Kind war, vermisst sie ihn.

Sie schlürft, bis sie das Getränk gefahrlos heben und das umgekehrte Manöver durchführen kann: Glas zum Mund, Kopf in den Nacken und es leeren.

»Aaaah!«, ruft sie aus und muss sich beherrschen, das Glas nicht auf den Tisch zu knallen, als wäre er ein Tresen, hinter dem ein reservierter Barkeeper bereitsteht, um ihrem Lamento zu lauschen; einer endlosen Reihe von Beispielen dafür, dass sie zu nichts taugt.

Doch da ist niemand.

Niemand, hallt es in ihr nach, niemand, niemand.

Sie füllt das Glas erneut, trinkt und teilt es sich, nachdem sie kurz mit sich gerungen hat, in zwei Hälften ein.

Es ist, wie es ist. Und wie sie sich ab und zu selbst sagt, wenn nicht alles nach Plan läuft: Hellseherei ist keine Buchhaltung, in ihrem Fach gibt es keine Garantien. Ihre Aufgabe besteht darin, das Ungesagte zu hören und das zu spüren, was nur eine Vibration ist. Gedanken, leicht wie eine Motte ... Doch diesmal bekam sie gar nicht erst die Gelegenheit, es zu erklären. Die Frau war fest entschlossen, so schnell wie möglich wegzukommen.

Mein Vater, rief die Frau und sprang auf, ich habe nicht das geringste Interesse daran, mit ihm zu sprechen! Sorgen Sie dafür, dass er verschwindet!

Als ginge es um ein giftiges Insekt.

»Nein, das kam nicht so gut an, was, Pita?«

Der Hund hat sich in seinem Körbchen zusammengerollt und ist eingeschlafen. Er schnauft durch die verengten Nasenlöcher, das Geräusch beruhigt sie.

»Mein Baby«, sagt sie, mit einem Mal milder gestimmt, beinahe gerührt.

Davon abgesehen war die Frau hübsch, denkt Bee, obwohl sie sich schon an die äußersten Zweige des Baums der Jugend klammerte. Bald würde auch sie nicht länger von ihnen getragen und ebenfalls herabsinken.

Und seit dem Erscheinen des Vaters war es dann schiefgelaufen, mehr oder weniger.

Er hatte so selbstsicher gewirkt, als wäre seine Anwesenheit vollkommen berechtigt. Mit seiner Art hatte er sie hinters Licht geführt. Dass jemand so klar und deutlich zu ihr durchdringt, passiert selten. Meistens ist die Verbindung schlecht, und sie muss filtern und die Ohren spitzen und das Signal justieren, doch nicht bei ihm. Er hatte direkt neben ihr gestanden. Bee konnte ihn riechen (ein rauchiger Vanilleduft und etwas anderes, das sie nicht genau zuordnen konnte … etwas Kühles, Pollenartiges), und dann hatte sie ihn – strikt gegen die Anweisungen der Kundin – hereingelassen.

Das hätte sie natürlich nicht tun dürfen.

Jetzt, im Nachhinein, sieht sie es ein.

Die Frau hatte sich unmissverständlich ausgedrückt: Ich möchte gern mit meiner Mutter sprechen.

Doch er war genau in dem Moment zur Stelle, als Bee den Weg freimachte. Es war, denkt sie, während sie sich ein drittes Glas eingießt, als hätte er auf der Lauer gelegen. Sie versinkt wieder in der kuscheligen Umarmung des Sofas.

Anschließend war es schnell gegangen:

Meine *Mutter,* habe ich gesagt, und sonst niemand.

Ich kann sie gerade nicht wahrnehmen, es ist, als würde er sie blockieren, der Kanal ist ziemlich schmal, müssen Sie wissen, aber ich bin sicher, wenn wir ihn hereinbitten, wird er ihr auch Platz machen – usw. usf.

An dieser Stelle hatte die Frau gelacht. Ein bitteres Lachen, denkt Bee jetzt.

Platz machen? Da kennen Sie meinen Vater aber schlecht.

Bee streckt die Hand aus und knipst die blaue Lampe mit dem Fischmuster an, ein Geschenk von Pauline, das sie zu Beginn der Beziehung einmal bei Christie's gekauft hatte, für eine Summe, die Bee verdrängt hat. Nur weil sie ihrer Bewunderung für eine andere Lampe Ausdruck verliehen hatte, die im Fenster dieses schrecklichen Snobs bei Coup d'état ausgestellt gewesen war (den sie boykottierten). Die blauen Fächerschwänze kreisen teilnahmslos um den

Porzellanfuß, und auf der anderen Seite der Fenster hat es aufgeklart. Bee hat jegliches Zeitgefühl verloren, es könnte alles sein zwischen zwei und sieben.

Sie schließt die Augen, und das Wohnzimmer verschwindet und wird von einer verführerischen, orangefarbenen Dunkelheit abgelöst. Das zitternde Gefühl verfliegt allmählich. Normalerweise geht das schneller, aber bei der ganzen Unruhe im Zimmer fiel es ihr schwer, sich wieder richtig zu verschließen. Die Kundin hatte ihr nicht erlaubt, ihre Arbeit zu beenden, deshalb musste sie den Mann hastig wieder zurückdrängen, so wie man, fünf Minuten bevor die Gäste kommen, alles schnell in den Kleiderschrank stopft.

Nein, diese Sitzung entsprach bei weitem nicht ihrem professionellen Anspruch. Alles in allem ist sie stolz auf ihre Fähigkeiten und hält sich für eine seriöse Vertreterin eines gemeinhin geringgeschätzten und missverstandenen Fachs. Im Gegensatz zu dem, was gewisse Leute in gewissen Foren irgendwo im Internet behaupten, ist sie keine Hochstaplerin und auch nicht daran interessiert, die Schwäche anderer auszunutzen. Wenn eine Verbindung besteht, besteht eine Verbindung. Mehr steckt nicht dahinter. Inzwischen hat sie aufgehört, sich zu wünschen, die Leute würden es verstehen.

Ein Grund, Pauline zu lieben: Sie war nicht an »Beweisen« interessiert.

Und dann, ganz schnell, ein Grund dagegen: Pauline liebt Bee nicht mehr.

Ich wüsste zu gern, was der Vater getan hat, denkt sie, so beharrlich sind sie eigentlich nur, wenn sie etwas bereuen.

Die Augen noch immer fest geschlossen, trinkt Bee das

Glas aus, dann lässt sie sich auf die Seite gleiten und zieht die Knie an die Brust.

Wenige Minuten darauf schläft sie tief und fest.

Bei dem leisen Plumps öffnet sich eines von Pitas krötenartigen Augen. Von ihrem Platz im Körbchen kann sie das Glas nicht sehen, das im hohen Teppichflor gelandet ist, sondern lediglich Bees schlaff über die Sofakante hängende Hand.

2
Sidsel

Das Gefühl, das sie in den letzten Tagen gestört hat, ergibt endlich einen Sinn. Angeekelt und gleichzeitig zunehmend fasziniert beobachtet Sidsel, wie sich das anderthalb Zentimeter lange, fadenähnliche Wesen in der Kloschüssel windet. Es ist Viertel nach zwei in der Nacht, und sie kann nichts tun. Die Apotheken öffnen erst morgen wieder. Wenn sie Madenwürmer hat, dann hat Laura sie auch, und wenn Laura Würmer hat, ist sie nicht die Einzige in ihrer Kindergartengruppe. Es wird so kommen wie damals mit den Läusen, eine demokratische Plage, die Verbote und Mahnungen nach sich zieht und erst in der Behandlungsphase die Spreu vom Weizen trennt (wer kämmt *jeden* Abend?). Alle hatten sie, und wer sie nicht hatte, bekam sie, und wer sie gehabt hatte, bekam sie noch einmal oder war sie vielleicht gar nicht erst losgeworden. Erwachsene Frauen flochten sich Mozartzöpfe, und Sidsel beneidete jene Mütter, die ihr Haar unter strammen, eleganten Kopftüchern verbargen. Allerdings kann sie sich nur schwer vorstellen, dass Esthers Mutter Würmer hat oder Ibrahims Vater, der so groß und wohlriechend ist und so ernsthaft, wenn er ganz normale Sachen wie guten Morgen und auf Wiedersehen sagt. Ibrahims Vater, der in diesem Moment neben Ibrahims Mutter schläft, während Sissel schlaflos allein im Badezimmer steht, zweiunddreißig Jahre alt und mit Würmern im Hintern.

Vergisst sie wirklich so oft, sich die Hände zu waschen?

Sie hat keine Angst vor Bakterien, so war es schon immer.

Als Sidsel mit Laura in Elternzeit war, hatte sie stets eine Flasche Handdesinfektionsmittel dabei, weil die anderen aus ihrer Müttergruppe es auch so machten. Doch sie benutzte es nie, und nachdem der Deckel abgebrochen war, roch das Futter der Windeltasche noch ewig nach Limoncello. Schon nach dem ersten Monat hörte sie auf, die Schnuller auszukochen, steckte sie einfach nur kurz in ihren eigenen Mund, und wenn Sand daran klebte, spuckte sie ihn aus.

Auf der staatlichen Gesundheitsseite kann sie lesen, dass sich der erwachsene Wurm im ersten Teil des Dickdarms lose an der Schleimhaut festsetzt. Schwangere Würmer kriechen durch den Anus in die umliegende Haut, wo sie bis zu zehntausend Eier legen. Das geschieht oft in der Nacht.

Sidsel legt ihr Handy auf den Rand des Waschbeckens und drückt die Spülung.

Da war es wieder. Das Gefühl, jemand würde mit einem feinen Stift etwas auf die Innenseite ihres Enddarms kritzeln, ein winziges Kissen besticken.

Sie holt einen Stuhl aus der Küche, steigt darauf, zieht die Unterhose bis zu den Knien herunter und spreizt vor dem Spiegel mit den Händen ihre Pobacken auseinander. Derart nach außen gekehrt und glänzend wirkt das Arschloch wie ein Organ, wie etwas, das tiefer im Körper sitzen sollte. Sie weitet es noch mehr mit den Händen. Als sie etwas Weißes aufblitzen sieht, jagt sie ihren Zeigefinger hinein. Er ist kalt und trocken, es schmerzt. Natürlich fängt man auf die Weise nichts. Sie wäscht erneut ihre Hände, erst mit Seife, dann mit Spülmittel, ehe sie wieder ins Bett geht und zu weinen versucht, mit Augen, die sich anfühlen wie in der Sonne versengte Steine, denn eigentlich ist es vor allem lächerlich.

Am nächsten Morgen ist Laura ganz aus dem Häuschen.

»Warum steht der denn hier?«, ruft sie aus dem Badezimmer, diesmal lauter, weil Sidsel beim ersten Mal nicht reagiert hatte.

»Den brauchte ich gestern«, ruft sie und zieht das Rollo hoch. Es regnet noch, und auf der anderen Seite brennt nirgends Licht außer in dem Fenster, das nicht zählt. Der alte Mann mit der Geranie und den roten Kerzen lässt immer über Nacht eine Lampe brennen. Es ist gerade mal sechs Uhr, Sidsel hat insgesamt vier Stunden geschlafen, und die Kopfschmerzen ziehen sich durch ihre linke Schädelhälfte und bis in die Hand hinunter, als sie sich vorbeugt, um in ihre Jeans zu steigen.

»Ich komme ja gar nicht vorbei!«, kreischt Laura glücklich.

»Dann stell ihn weg«, sagt Sidsel, »oder nein, warte kurz. Lass ihn stehen, ich helfe dir.«

»Musstest du an irgendwas rankommen?«, fragt Laura, als ihre Mutter wieder im Badezimmer steht. Sidsel kann sich nicht erinnern, wann ihr auffiel, dass Laura weder den Aufsatz noch einen Tritthocker brauchte, sondern allein auf die Toilette gehen konnte. Ihr dickes, dunkles Haar hat sich über Nacht gelöst und hängt ihr ins Gesicht. Sidsel nimmt ein Haargummi und bindet Lauras Haare oben auf dem Kopf zusammen.

»Nein, keine Palme, richtige Zöpfe!« Laura schüttelt heftig den Kopf.

»Die flechten wir später«, erwidert Sidsel, »nach dem Frühstück. Lau, ich muss dich was fragen …«

Das Mädchen blickt auf, bemerkt die Veränderung im Ton der Mutter. Wie viele Kinder hat sie dieses seismographische Gespür.

»Hast du irgendetwas in deinem Po gemerkt? Etwas, das juckt?«

Laura denkt nach.

»Nein, eigentlich gar nicht.«

»Auch nicht gestern beim Einschlafen?«

»Nein.«

»Dann ruf mich, wenn du fertig bist.«

»Du hast versprochen, mir Zöpfe zu flechten.«

»Nach dem Frühstück, habe ich gesagt. Und ruf mich, wenn du fertig bist, du darfst nicht spülen.«

»Warum?«

»Weil ich kurz etwas nachgucken muss.«

Obwohl Sidsel sogar mit einem Essstäbchen, das sie in der Küchenschublade gefunden hat, in der Scheiße herumstochert, ist nichts zu sehen. Laura hüpft hinter ihr auf und ab, ganz aufgeregt wegen all des Unerwarteten, das dieser Morgen bietet. Erst der Stuhl im Bad und dann das: ihre Mutter, die sich auf der Suche nach irgendetwas Geheimnisvollem in ihrer Kacke über das Klo beugt!

Mit einem Knurren wirft Sidsel das Stäbchen in die Dusche und zieht sich den Plastikhandschuh aus. Manchmal ist sie doch froh, dass es nur sie und Laura gibt und keine weiteren Zeugen dieser dunklen und chaotischen Tagesanfänge.

Sie zieht eine Nummer, es sind noch acht Kunden vor ihr, und während sie zwischen den Regalen wartet, fallen ihr auch ein paar andere Sachen ein, die sie gut gebrauchen könnte: Deo, Schrundensalbe, Feuchtigkeitscreme für Lauras Wangen und Vitaminpillen. Warum um alles in der Welt nehmen sie die nicht schon längst? Wenigstens etwas. Und Reinigungsmilch, sie hat sich lange mit Wasser und einem Lappen begnügt, ihre Haut könnte eine Pflege vertragen. Reinigung, Toner, Feuchtigkeitscreme und ein breites Stirnband, um die Haare aus dem Gesicht zu halten.

Als der Apotheker die Waren in die Kasse eingegeben hat, muss Sidsel ihren Schreck darüber verbergen, dass sie beinahe die Tabletten vergessen hätte.

»Ach ja, und dann bräuchte ich noch etwas gegen Würmer.«

»Da würde ich Mebendazol empfehlen. Wie viele Personen sind befallen?«

»Ein Kind und eine Erwachsene.«

»Danke.«

Zum Glück tippt er ganz geschäftig weiter.

»Und es gibt keine weiteren Personen im Haushalt?«

Auf diese Frage war sie nicht vorbereitet.

»Es ist so, dass alle, die sich regelmäßig in einem betroffenen Haushalt aufhalten, eine solche Kur machen sollten.

Sonst kommt es zu Kreuzinfektionen, und man muss wieder von vorn anfangen.«

Kreuzinfektionen.

»Verstehe«, sagt Sidsel, »das wäre natürlich nicht schön.«

»Also sind es nur zwei? Ein Kind und eine erwachsene Person?«

»Geben Sie mir drei. Zwei Erwachsene und ein Kind.«

»Gerne«, sagt der Apotheker mit einem zufriedenen Schniefen, »und zusätzlich sollten Sie besonders streng auf die Hygiene achten und in der nächsten Zeit oft die Bettwäsche wechseln. Außerdem wäre es gut, die Nägel ganz kurz zu schneiden«, er hält seine eigene Hand hoch, »weil sich die Eier gern unter die Ränder setzen und über den Mund in den Körper gelangen, und dann geht der ganze Ärger von Neuem los.«

An das Paracetamol, das ihren Kopf sanft betäubt durch den Tag getragen hätte, denkt sie erst, als sie das Transportfahrrad am schmiedeeisernen Zaun anschließt. Jetzt lässt es sich nicht mehr ändern. Auf der anderen Seite trennt ein schmaler Grasstreifen den Personaleingang des Museums vom Bürgersteig. Die Eichentür aufzuschließen und dem Wachmann in seinem Glaskasten zuzunicken erfüllt sie immer noch mit einer besonderen Freude, doch heute nimmt Sidsel sie gar nicht wahr. Der Ärger darüber, zu spät zu kommen, verdrängt sofort alles. Im Foyer schält sie sich aus der Regenhose und fährt sich mit der Hand durchs Haar, das kurz ist und dunkelblond. Nach der Schwangerschaft wurde es nie wieder so wie vorher, weshalb sie es vor einigen Jahren auf den Rat des Friseurs hin abschneiden ließ.

Inzwischen gefällt es ihr, wie die Frisur ihr Gesicht härter macht, denn im Gegensatz zu ihren Geschwistern hat Sidsel nicht die Züge ihres Vaters geerbt. Ihre Haut ist hell und empfindlich, die Kinnpartie wirkt etwas weich. Von den Wangenknochen, dem scharfgeschnittenen Amorbogen und dem breiten, geraden Nasenrücken ist bei ihr keine Spur zu finden. Dafür besitzt sie das Charisma ihrer Mutter. Die Menschen mögen Sidsel. In ihrer Gegenwart fühlt man sich sofort wohl, wohingegen ihre Geschwister, und zwar beide, im ersten Moment gewöhnungsbedürftig sind.

In der Garderobe meidet sie den Blick in den Spiegel und eilt in Richtung Werkstatt, wo sie schon längst bei der Arbeit sein sollte.

»Sidsel!«

Vera hängt über dem Treppengeländer und blickt auf sie herab. Sie sind ungefähr gleich alt, und Sidsel hatte es sofort aufgegeben, mit ihrer Kollegin konkurrieren zu wollen. Heute trägt die Kunsthistorikerin einen mandarinenfarbenen Rollkragenpullover und einen Wildlederrock, in dem Sidsel ausgesehen hätte, als wäre ihr am Vorabend eine viel zu gewagte Idee gekommen.

»Birthe hat mich gebeten, dich zu holen. Sie will etwas mit dir besprechen.«

»Hat sie gesagt, worum es geht?«, fragt Sidsel und folgt Vera in den ersten Stock. Birthe hat sie noch nie in ihr Büro gebeten.

»Nicht so richtig«, sagt Vera und schiebt sie über den Flur und durch die offene Tür.

Sidsel stellt die Apothekentüte auf dem Boden ab und lächelt den beiden Frauen auf dem Sofa zu. Die eine ist Birthe

Käzner, Kustodin der antiken Sammlung des Museums, die andere stellt sich als Jeanette vor, und Sidsel erkennt ihren hennafarbenen Zopf und das Haargummi mit Kunstedelsteinen aus der Kantine wieder.

»Gut, dass du da bist«, sagt Birthe und deutet mit dem Kopf auf den leeren Stuhl gegenüber. »Setz dich.«

Der Raum duftet nach Kardamom, nach Altem und Neuem, vor allem aber angenehm. Er war einmal fast doppelt so groß, doch im Rahmen der Einsparungen wurden die meisten administrativen Bereiche in immer kleinere Einheiten aufgeteilt. Trotzdem strahlt das Büro nach wie vor eine natürliche Erhabenheit aus, die Wände sind mit einer senfgelben Leimfarbe gestrichen, und die Deckenhöhe muss mindestens fünf Meter betragen. Sidsel hält sich so gut wie nie im ersten Stock auf. Der Kontakt mit den anderen Museumsangestellten lief bislang immer über Nana, die die leitende Konservatorin ist und zugleich Sidsels Vorgesetzte. Nur mit Vera spricht sie jeden Tag, wenn sie zum Rauchen unten im Hof sind. Davon abgesehen hat sie sich bisher nur auf ihre Statuen, Steine und Reliefs konzentriert. Auf dem Tisch zwischen ihnen stehen eine Thermoskanne und ein Stapel Tassen, aber keiner macht Anstalten, danach zu greifen.

»Hast du schon mit Nana gesprochen?«

Sidsel schüttelt den Kopf.

»Gut«, sagt Birthe, »ich will mich kurzfassen. Es gab ein Unglück im British Museum mit einer unserer syrischen Büsten. Ich bin mir nicht sicher, was genau passiert ist, ob ein Besucher versehentlich dagegengestoßen ist oder ob der Konservator einen Fehler gemacht hat, aber jedenfalls hat die Schönheit von Palmyra jetzt einen Defekt. Sie haben gestern angerufen, waren ganz aufgelöst. Das wäre in der Geschichte des Museums noch nie vorgekommen, sagen sie. Bis eine von uns vor Ort ist, wollen sie nichts unternehmen, auch wegen der Versicherung. Gleichzeitig macht sich so ein verhülltes Stück mitten in der Ausstellung natürlich nicht gut, deshalb sind sie sehr darauf bedacht, dass schnell jemand kommt. Und da haben wir an dich gedacht.«

»Was ist mit Nana?«

»Nana kann gerade nicht verreisen.«

Birthe ist nicht unfreundlich, aber irgendetwas an ihrer Art sorgt dafür, dass Sidsel sich wie eine alberne Amateurin vorkommt.

»Ich habe gestern mit ihr gesprochen«, fährt die Kustodin fort, »und sie hätte ein gutes Gefühl dabei, dich zu schicken. Wenn ich es richtig verstanden habe, kennst du die Sammlung schon sehr gut?«

Sidsel nickt.

»Ich habe meine Magisterarbeit über die Konservierung von erodiertem Sandstein geschrieben. Und eine Statue aus dem Magazin der Sammlung als Fallbeispiel genommen.«

In den Wochen bis zur Abgabe der Arbeit hatten die blasierten Steingesichter der palmyrischen Statuen Sidsel bis in ihre Träume verfolgt, und obwohl es eine Erleichterung war, endlich mit der Magisterarbeit fertig zu sein, schlägt ihr Herz unter der Bluse begierig, als sie sich vorstellt, der schönsten von ihnen so nahe zu kommen.

»Tja, dann würdest du dir das doch vielleicht zutrauen«, sagt Birthe, »und wenn dem so ist, könntest du morgen Nachmittag hinfliegen und im Idealfall im Laufe des Sonntags wieder hier sein.«

British Museum. London.

Das geht nicht.

Sidsel hat die Hilfsbereitschaft ihrer Freundinnen in den letzten Monaten längst überstrapaziert. Als Laura jünger war, hatte sie kein Problem damit, die anderen um ein kleines bisschen von der Zeit zu bitten, mit der sie so reich gesegnet waren, aber jetzt, wo auch sie mit Kindern und Jobs und Renovierungsprojekten beschäftigt sind, sträubt sich alles in ihr bei dem Gedanken.

Vera, die aus Neugier im Büro geblieben ist, bewegt sich unruhig hinter ihr, und Sidsel begreift, was gerade passiert ist: Die Chefin hat ihr eine Chance gegeben, sich zu beweisen. Sie hält sie ins Licht. Nana lobt sie nicht, hat sich aber auch noch nie unzufrieden über ihre Arbeit geäußert. Jetzt zeigt sich, dass sie ihr vertraut.

»Ja, das übernehme ich gern«, sagt Sidsel nickend und spürt, wie sich ihr Kopf viel zu lange auf und ab bewegt.

»Schön. Du bist mit dem Nilpferd beschäftigt, oder?«

»Ja, genau«, antwortet sie und spürt es erneut. *Enterobius vermicularis,* dieses peinlich deutliche Kitzeln.

»Das läuft uns ja nicht weg«, sagt Birthe und spricht eine Zeitlang über die Ausstellung, die, von dem Unglück einmal abgesehen, sehr gelungen sein soll. Durch das Fenster kann Sidsel zu den nassen Kastanien hinübersehen und zu den Schleifen der Achterbahn dahinter, durch die hin und wieder dunkelrote Wagen sausen. Die Haare der wenigen Passagiere peitschen in der klammen Frühjahrsluft hin und her, ihre Schreie dringen nicht bis zum Büro hinüber.

Natürlich kann Sidsel nicht einfach für ein Wochenende nach London fahren.

Was denkt sie sich dabei?

Warum macht sie es sich immer selbst so schwer?

Bindet zu feste Knoten, die sie dann mühsam wieder öffnen muss.

»Die praktischen Angelegenheiten«, sagt Birthe und klatscht leicht in die Hände, »die Sicherheitsbescheinigungen und alles andere gehst du mit Jeanette durch. Das habe ich vergessen zu erwähnen: Jeanette ist unsere Registrarin. Das heißt, sie ist verantwortlich für die Formalitäten, die mit den Leihgaben und Leihnahmen des Museums verbunden sind. Versicherungen, Kommunikation mit dem Zoll, der MTAB und solche Sachen.«

»Alles, was öde ist«, sagt Jeanette mit einer heiseren Stimme, und ihr schnodderiger Slang aus dem Westen der Stadt ist Sidsel sofort sympathisch, »der ganze Papierkram. Und falls wir dich losschicken, sollten wir beide im Laufe des Tages mal die Köpfe zusammenstecken. Aber jetzt müssen mich die Damen entschuldigen. Ich sehe gerade, dass mich irgendwelche hartnäckigen Franzosen schon die ganze Zeit zu erreichen versuchen.« Sie streckt ihr Telefon in die Luft.

Vera winkt ihnen kurz zu und folgt Jeanette.

Nach ihrer plötzlichen Verabschiedung sind Sidsel und Birthe sich und der ungewohnten Situation überlassen. Am Himmel bricht die Sonne hervor, und die Sprossen des Fensters zeichnen ein Muster auf den Boden, schmale, dunkelblaue Striche und Kreuze, die im nächsten Moment wieder verschwinden. Sidsel beantwortet Birthes Fragen und zählt dabei stumm von einer hohen Zahl herunter, ein alter Trick, um Situationen wie diese durchzustehen. Sie müsste es einfach nur endlich sagen. Es hinter sich bringen.

Viermal klettern die Passagiergondeln langsam am goldenen Turm im Tivoli empor, stürzen in die Tiefe und schwingen sich bis zur Mitte hinauf, ehe Birthe Sidsel endlich wieder gehen lässt. Draußen auf dem Gang begegnet sie erneut Vera, die unter dem Vorwand verschwindet, auf die Toilette zu müssen. Sidsel hat Mitleid mit ihr, und gleichzeitig: Wenn Vera zum ersten Mal in ihrem Leben die Erfahrung macht, nicht am wichtigsten zu sein, ist es sicher keine Sekunde zu früh.

Im Laufe des Tages bessert sich Sidsels Stimmung. Wie auch immer die Sache ausgeht, es ist gut, dass sie gefragt wurde. Die Tabletten wirken schon, der Juckreiz hat abgenommen, und noch dazu war Vera viel großmütiger, als Sidsel befürchtet hatte. Ohne ihre Überraschung zu verhehlen, schien die Kollegin sich aufrichtig für sie zu freuen. Das ist ja ein wahnsinnig großer Vertrauensbeweis, dich damit zu beauftragen, hatte sie gesagt, als sie nach dem Mittagessen zum Rauchen in den Hof gegangen waren. Stell dir mal vor, es war wirklich ein Besucher, der sie umgestoßen hat. Shit, und ausgerechnet die Schönheit! Dann hatte sie gelacht und ihren fehlenden Backenzahn und eine breite Zunge entblößt, und Sidsel wurde von einem schlechten Gewissen geplagt, weil sie vorher ein so hartes Urteil über Vera gefällt hatte. Je länger sie darüber nachdachte, desto mehr wünschte sie sich, sie könnten beide fahren. Mittlerweile waren sie wohl eine Art Freundinnen; es hätte ein Ausflug unter Freundinnen werden können. So etwas hatte Sidsel seit Lauras Geburt nicht mehr gemacht. Nach ihrem Auftrag im Museum könnten sie ein Bier trinken gehen und Männer beobachten, und vielleicht würde ein Moment der Vertrautheit zwischen ihnen entstehen. Eine Vertrautheit, die so groß war, dass Sidsel ihrer Kollegin, innerlich gewärmt vom Guinness, etwas über ihren letzten Besuch in der Stadt vor bald sechs Jahren erzählen würde: wie sie mit zitternden Beinen und Magenkrämpfen und mit Laura im Tragegurt durch das Foyer der Universität gelaufen war. Sie könnte von den dreißig unentschiedenen Minuten erzählen, die sie auf einer gepolsterten Bank auf dem Gang mit den Dozentenbüros verbracht hatte, ehe sie wieder in den Regen hinauseilte, die U-Bahn zurück zum Hotel nahm, ihren Koffer aus dem Zimmer holte und den Rezeptionisten bat, ein Taxi zum Flughafen zu bestellen. Sidsel weiß bis heute nicht, was sie erwartet hätte, wenn sie die letzten Schritte bis zu seiner Tür gegangen wäre und angeklopft hätte. Wenn sie wortlos ihre Jacke geöffnet hätte, damit er das dichte, dunkelbraune Haar des Kindes sehen konnte.

Sie schrickt zusammen, als es plötzlich klopft. In der Werkstatt kommt nur selten jemand vorbei. Sie liegt ein wenig abseits und hat einen Eingang zum Hof, weshalb die Leute meistens anrufen oder sie zu sich bestellen, wenn sie etwas von ihr wollen.

»Herein«, ruft Sidsel und dreht sich auf ihrem Stuhl herum, damit sie die Tür im Blick hat. In der rechten Hand hält sie das selbstgebastelte Wattestäbchen, mit dem sie eben noch behutsam durch das kalte Marmornasenloch des Nilpferds gestrichen hat. Die Skulptur soll ans Getty Museum in Los Angeles ausgeliehen werden, und Sidsels Aufgabe besteht darin, es transportfähig zu machen. In den letzten

Wochen ist ihr das große Tier ans Herz gewachsen. Seine kurzen dicken Beine und seine überdimensionale Schnauze (es erscheint unwahrscheinlich, dass der Bildhauer je ein lebendes Exemplar gesehen hat). Der Gedanke, dass es verpackt und über den Atlantik geflogen werden soll, beunruhigt sie. Es wurde einst als Brunnenfigur erschaffen, und von seinem Mund und durch den Körper hinab verlaufen Hohlräume, die es viel empfindlicher machen, als sein robuster roter Körper es vermuten ließe. Sie freut sich jeden Morgen, wenn sie ankommt und es im Halbdunkel stehen sieht, das rechte Vorderbein zum Gruß erhoben.

Jeanette hustet, und Sidsel beeilt sich, ihre Tasche und Tüte von dem anderen Stuhl zu räumen.

»Hast du fünf Minuten Zeit?«, fragt Jeanette und bleibt stehen, »denn ich finde, Birthe hat das vorhin nicht hinreichend erklärt. Es geht hier nicht nur um die Skulptur. Wenn du nach London fliegst, wirst du das Museum repräsentieren. Sämtliche Kommunikation mit den Kuratoren, Kustoden, Konservatoren im British Museum – dafür bist du dann zuständig. Du musst dir das so vorstellen: Die Werke können nicht sprechen. Sie können dir nicht erzählen, ob es ihnen gutgeht, ob man sie angemessen schützt, ob die richtigen Vorkehrungen getroffen wurden. Im Laufe dieser Tage musst du ihnen eine Stimme geben. Dein Job besteht darin, ihnen zuzuhören und dich für sie einzusetzen. Kannst du mir folgen?«

Jeanette betrachtet Sidsel. Ihre Augen, klein und leuchtend lavendelblau, sind mit verwischtem Kajal betont.

»Du sagst ja gar nichts. Klingt es logisch, was ich dir erkläre? Ich finde nur, es wäre schade, wenn du glaubst, diese

Aufgabe ist ein Spaziergang. Birthe kann manchmal etwas vorschnell sein.«

»Doch, das klingt logisch«, sagt Sidsel.

»Ist was? Ich will dir nicht zu nahetreten, aber du siehst irgendwie perplex aus.«

»Ach, ich mache mir nur Gedanken, wer auf meine Tochter aufpassen soll. Ich bin mit ihr allein. – Dieses Wochenende«, fügt sie schnell hinzu und schämt sich über sich selbst.

»Wie alt ist sie?«

»Sie ist im Dezember sechs Jahre alt geworden.«

»Gibt es denn keine junggebliebenen Großeltern, die mal kurz einspringen könnten?«

»Nicht so richtig«, sagt Sidsel.

Normalerweise hat sie für solche Fragen immer eine unauffälligere Antwort parat, aber Jeanettes Gesicht wirkt so entwaffnend.

»Meine Eltern sind tot«, sagt sie, »und die anderen wohnen in England. Ich habe keinen Kontakt zu ihnen.«

»Was für ein Mist, ja, ich verstehe das Problem.« Jeanette schiebt den Unterkiefer vor und nickt.

»Weißt du was, Sidsel? Wenn du willst, kann ich Birthe sagen, dass es diesmal eben nicht geht. Dann finden wir schon eine andere Lösung. Mach dir keine Gedanken deswegen. Aber Nana war so Feuer und Flamme von der Idee, dich zu schicken, dass wir dachten, es wäre eine gute Gelegenheit –«

»Ich möchte es aber gerne.«

Kaum dass sie es ausgesprochen hat, spürt sie, wie wahr es ist. Mit dem ganzen Körper. Sie wünscht sich wirklich, dass es eintritt. Sie möchte die Metro zum Flughafen nehmen und dieses Flugzeug besteigen. Sie möchte in den Straßen herumlaufen, die sie von früher kennt. Sie möchte ein bisschen allein sein. Lange schlafen.

»Na, wenn das so ist, musst du natürlich auch nach London. Wollen wir das nicht einfach festhalten? Und sobald du eine Lösung gefunden hast, kommst du bei mir vorbei, und wir veranlassen alles.«

Jeanette lächelt ihr aufmunternd zu.

»Okay«, sagt Sidsel und spürt, wie ihr die Tränen unter den Augen stechen, »danke.«

»Gern geschehen. Und jetzt sieh zu, dass du dich wieder deinem Nilpferd widmest.«

Über dem Museumshof haben sich die Wolken zusammengeballt, und trotz seiner großen Glasfassade wirkt der Raum sehr dunkel. Sidsel holt ihre Zigaretten und streift eine lange Strickjacke, die jemand an einem Haken vergessen hat, über ihren eigenen Pullover. Im Hof riecht es nach dem Essen aus dem Café. Ein Koch rennt mit einem Stapel leerer Plastikkisten die Treppe hinunter und stellt sie ab, ohne Sidsel zu beachten. Sie raucht und vergisst, es zu genießen. Ein paar Tropfen fallen auf ihr Handgelenk, sie stellt sich in den Türeingang, und kurz darauf regnet es in Strömen.

Sidsel steckt sich eine weitere Zigarette an, sie friert. Ihr Atem bleibt in der Luft vor ihrem Gesicht hängen. Der Winter will dieses Jahr gar nicht mehr loslassen.

3
Niels

Auf dem Heimweg«, antwortet Niels und zieht sich auch den anderen Handschuh mit den Zähnen aus. Er ist stehen geblieben, so wie sie es wollte. Jetzt steigt er ab und lehnt sein Rad an den Zaun vom Kongens Have. Seine Augen sind ungeduldig zusammengekniffen, während er der Stimme seiner Schwester lauscht. Obwohl er gerade nichts tut, die Hand auf den Sattel gelegt hat und sie reden lässt, strahlt er jene rohe Energie aus, die es einem Menschen wie ihm erlaubt, in einer beliebigen Stadt in einem beliebigen Land auf einer Bank zu übernachten und am nächsten Morgen unversehrt und mit all seinen Besitztümern wieder aufzuwachen. Es ist, als würde die Welt einen neugierigen Bogen um ihn machen. Niels, der es nicht anders kennt und nie an seiner eigenen Unerschütterlichkeit gezweifelt hat, findet dagegen alles um sich herum seit jeher schwankend und wankelmütig. Er ist gewachsen, ohne sich an den angebotenen Rankhilfen und Spalieren festzuhalten. Herausgekommen ist ein Mensch, der gefestigter und zäher ist als die meisten Gleichaltrigen, und einsamer.

Ein paar vereinzelte Touristen sind im Park unterwegs, der Rasen ist an mehreren Stellen vom Regenwasser überschwemmt. Im Sommer hat Niels hier mit Linn gelegen, zwischen Rhododendronbüschen und eingetrockneten Möwenschissen. Linn mit ihren großen, sonnengebräunten Händen und ihren Rollschuhen. Linn, die er seit Dezember nicht mehr gesehen hat, als er aufgab … oder aufhörte … Irgendwann hatte er einfach keine Lust mehr, ihr etwas zu geben, und noch viel weniger, so zu tun, als ob. Ihre Sorgen langweilten ihn und kurz darauf auch ihre Träume und Phantasien oder die Kleinigkeiten, an denen sie sich erfreuen konnte, viel leichter erfreuen als am Gesamtbild, das sie letzten Endes immer enttäuschte. Wenn er sich konzentriert, kann er sich an ihre Haut erinnern, dass sie an den Schultern glatt und feucht war und an den Oberarmen trocken. Im Sommer, im gelben Gras, über ihnen die Sonne, schmeckte sie nach dem Solero-Eis, das sie teilten, und weinte wegen irgendetwas, das er gesagt hatte, fing sich dann aber wieder, wie immer, und wurde fröhlich und aufmüpfig. An der Stelle, wo sie ihre Decke ausgebreitet hatte, glänzt jetzt eine längliche, bratensoßenbraune Pfütze, in deren samtiger Oberfläche sich die Baumkronen spiegeln. Er betrachtet die zitternde Kopie der schwarzen Zweige und des Himmels dahinter, während er Sidsel zuhört. Ihre Stimme ist hektisch und ausweichend, und das irritiert ihn.

»Was willst du mich fragen?«

Sidsel holt Luft.

»Niels, was ist das für ein fürchterlicher Lärm? Was machst du gerade?«

Er dreht sich um. Unter der pfeffergrauen Himmelsdecke marschieren die Leibgardisten die Gothersgade entlang.

»Das ist die Leibgarde.«

»Kannst du nicht ein Stück weitergehen?«

»Das lohnt sich nicht, die sind gleich wieder weg.«

Die Jungen haben schmale, harte Münder, und ihre Nasen zeigen starr geradeaus. Er versucht, einen Unterschied zwischen ihnen zu erkennen, aber es fällt ihm schwer, sie sehen alle gleich albern aus. Der Riemen der Bärenfellmütze bedeckt das Kinn, und ihre Wangen leuchten rot auf weiß, gereizt von Akne und Ausschlag. Der Wind fährt in den Pelz ihrer Kopfbedeckung, plättet und zaust ihn, teilt ihn wie einen Scheitel. Ihre Knie schnellen zackig hoch, hoch, hoch, hoch. Ihre Schritte hallen im Takt der Piccoloflöte, die kurze, muntere Töne ausstößt. Die Melodie erklimmt hysterische Höhen und kullert dann talabwärts, um sofort wieder neue Gipfel anzustreben.

»Du legst doch nicht auf, oder? Ich warte, bis sie weg sind.«

Er lässt das Telefon sinken. Beim Anblick dieses idiotischen Aufzugs entwischt ihm das letzte bisschen Freude. Es müsste alle deprimieren, dass sich etwas so Überflüssiges immer wieder erneuern darf. Die vielen blauen Hosen, die genäht werden müssen, neue Jacken, der aufwendige Einkauf von Stiefeln und Mützen, die Rekrutierung der Jungen. Es ist der Mangel an Phantasie, der ihn stört. Das Schafsköpfige. Sie sind vom süßlichen Mief der Folgsamkeit umgeben, vermischt mit dem strengen Geruch der Selbstzufriedenheit. Er friert an den Händen, und er muss pinkeln. Er hat seit gestern Abend nichts mehr gegessen und schon seit Wochen nicht mehr genug geschlafen. Und jetzt das, diese bescheuerten Trottel.

»Ja?«

»Du wolltest gerade etwas sagen.«

»Ich habe dich gefragt, was du mich fragen wolltest.«

Er hört genau, dass er hart klingt. So war es nicht gemeint. Sie zögert, dann fängt sie an.

»Es gab ein Unglück mit einer unserer Leihgaben, und sie wollen gern, dass ich einen Blick darauf werfe. Das Problem ist, dass diese Büste in London steht, und wenn es klappen soll, muss ich schon morgen fliegen und das ganze Wochenende dortbleiben. Ich hatte überlegt, Laura mitzunehmen, aber ich glaube, das ist eine schlechte Idee. Es wäre für keine von uns ein Vergnügen.«

Sie hat sehr schnell gesprochen, jetzt ist sie verstummt. Sie hat immer noch nicht gesagt, was sie eigentlich will, aber sie ist zu alt, als dass man ihr auf die Sprünge helfen sollte. Erst als sie sich überwindet und ihn direkt fragt, sagt er sofort und vorbehaltlos zu.

»Bist du sicher? Es sind immerhin zwei ganze Tage.«

Er hört ihr die Erleichterung an, die Anspannung ist aus ihrer Stimme hinausgeschlüpft wie ein Hund durchs Gartentor.

»Natürlich. Es wäre mir eine Ehre.«

»Oh, Niels, vielen Dank, es ist wirklich toll, dass du das machst. Ich werde es Jeanette sofort berichten. Wäre das in Ordnung?«

»Ja, wie schon gesagt.«

Er fragt nicht, wer Jeanette ist. Sidsels Dankbarkeit berührt ihn unangenehm. Hatte sie etwa damit gerechnet, dass er nein sagen würde? Wenn es ihr so offensichtlich etwas bedeutet, dorthin zu fahren? Als sie sich endlich fertig bedankt hat, geht sie sofort zum Praktischen über und lädt ihn für diesen Abend zu sich ein, damit sie »alles planen können«. Der Ausdruck irritiert ihn, aber er lässt es sich nicht anmerken.

»Kannst du um sieben kommen? Dann könnt ihr noch ein bisschen Zeit miteinander verbringen, ehe sie ins Bett muss. Sie redet immer noch davon, wie sie mit Onkel Niels *Der Stern von Afrika* gespielt hat.«

»Ich werde mit dem größten Vergnügen alle imperialistischen Brettspiele spielen, die sich das Kind nur wünscht.«

Sidsel lacht ausgelassen und bedankt sich noch einmal. Dann verabschieden sie sich.

In der Ferne kann er in der Geräuschsuppe des heutigen Tages noch die Marschmusik erahnen. Niels wartet, bis sie ganz absorbiert wird, ehe er sich die Handschuhe anzieht, das Fahrrad aufhebt und sich nach einer Einfahrt oder einem Hinterhof umsieht, wo er seine Blase entleeren kann, ohne jemanden zu verärgern.

Auf dem ersten Stück seiner Fahrt strengt er sich mehr als nötig an. Er rast die Gothersgade entlang und über die Brücke, biegt an den Seen so rasant auf den Kiesweg ein, dass die Steine vom Hinterrad aufspritzen. Oft ist das Gute so einfach: das Tempo zu beschleunigen und bei jeder Umdrehung zu spüren, dass er immer so weitermachen könnte. Dass heute einer dieser Tage ist, an denen er sich unersättlich und unermüdlich fühlt.

Als er vor einigen Wochen mit demselben Gefühl aufwachte, ging er beinahe zwanzig Kilometer zu Fuß. Stadtauswärts Richtung Süden und wieder zurück, weil seine Beine es wollten und weil es notwendig war. Niels bildet sich gar nicht erst ein, er wäre immun. Ab und zu verliert auch er den Sinn für die Verhältnismäßigkeit und tappt in dieselben unwürdigen Fallen wie alle anderen: kleinliche Sorgen darüber, wo er wohnen und wovon er leben und was, um die abgegriffene Floskel zu benutzen, *aus ihm werden* soll. Diese Sehnsucht danach, dass ihn jemand in einem Kindersitz festschnallt und ihm ein Malbuch und eine Packung bunter Filzstifte in die Hand drückt. Reine Bürgerlichkeit, die seine Aufmerksamkeit wie ein existenzieller Blitzableiter vom Wesentlichen ablenkt und stattdessen ein warmes Bett und Bilanzen bietet. Zum Glück erkennt er seine eigene Schwäche immer rechtzeitig genug, um darauf zu reagieren. Auf seinem Fußmarsch hinaus aus der Stadt hatte er sie abgeworfen und stand einmal mehr nackt vor dem Leben. Verletzlich und rein und empfänglich dafür, sich an der Wirklichkeit wundzureiben und weh zu tun, und alles, was ihn an gängige Erwartungen band, schien illusorischer denn je. Von der neuen Leichtigkeit beflügelt, hatte er die Arme ausgebreitet und war genau so, kreuzförmig und beseelt, auf dem Seitenstreifen entlangspaziert. Schon nach ein paar Minuten hielt ein Auto am Rand, und die Frau am Steuer ließ ihr Fenster halb herunter und erkundigte sich, ob alles in Ordnung sei. Sie war von ihrer eigenen Barmherzigkeit überrumpelt worden, und Niels verspürte eine Lust, sie zu erschrecken, ließ es aber doch bleiben. Ihr Gesicht hatte eine angelernte Strenge, die ihm gefiel. Bestimmt war sie eine Art Pädagogin. Ja, und wie!, hatte er geantwortet. Und bei *Ihnen*? Die Frau hatte genickt, viele kleine schnelle Kopfbewegungen hinter der Scheibe, die schnell wieder hinaufglitt und mit einem Schwupp schloss. Er blieb stehen und winkte mit beiden

Armen, bis das Auto um die Ecke gebogen war. Auf dem Heimweg ging er am Bootshafen vorbei. In der Cafeteria des Segelclubs bestellte er Frikadellen mit Pickles und ein Bier und setzte sich an einen Tisch nahe dem Fenster. Vier ältere Männer mit Knollengesichtern und struppigem Alkoholikerhaar registrierten seine Gegenwart, ließen ihn aber in Ruhe essen und trinken. Keiner hatte das Bedürfnis zu reden. Das Ungewohnte war nicht besser oder feiner als das Gewohnte. Warum sollte man es groß beachten? Sie waren Fischer, zwischen ihnen bestand eine unsichtbare Verbindung. Wie manche Herdentiere schienen sie in einer spannungsgeladenen Stille zu kommunizieren, mit Blicken und leisem Grunzen. Er konnte die Augen nicht von ihnen abwenden, und mit einem Mal wurde ihm bewusst, dass er sie liebte; das war es, was er gerade spürte. Niels lächelte hinter seiner Bierflasche. Natürlich musste er das für sich behalten, und die gesamte Mahlzeit hindurch erleuchtete ihn sein Geheimnis von innen. Da saß er, Niels Gabel, zufrieden glühend wie ein Kürbis. Nach dem Essen stand er auf, ohne ein Wort mit den Männern zu wechseln, ohne überhaupt in ihre Richtung zu sehen, und ging hinunter ans Wasser und rauchte, während er seine Beine über die Kante des Hafenbeckens baumeln ließ. Es war ein klarer Tag, knochenkalt, aber Niels hatte sich passend angezogen. Aus Gründen, die sowohl prinzipieller als auch praktischer Natur sind, besaß er nur sehr wenige Kleidungsstücke. Dafür legte er Wert auf die Materialien. Reine Wolle oder Leinen, ein paar Seidenhemden für festliche Anlässe. Die tomatenrote Mütze und der Schal, der im richtigen Licht grün schimmerte wie der Hals eines Enterichs. Am Tag des

Spaziergangs war er davon ausgegangen, dass sich das Frühjahr ankündigte, die künftige Wärme, die er wie eine Feder in seiner Brust spürte, doch er hatte sich getäuscht: Mitten im April war nach einigen Wochen Pause der Nachtfrost zurückgekehrt, und er hatte die Skiunterwäsche und die Funktionsjacke wieder hervorholen müssen.

Es ist weiterhin kalt. Die Gewächse harren hart und in sich gekehrt in ihren Beeten im Park aus, aber da ist auch noch etwas anderes ... Er hatte es letzte Nacht beim Plakatieren bemerkt. Ein Zwiebelgeruch steigt aus der Erde auf, und in den lanzenförmigen Knospen der Buchenhecken, die sich farblich nicht von den glatten Zweigen abheben, drängen sich die Blätter zusammen wie Gäste einer Überraschungsparty. Wahrscheinlich braucht es nur noch zwei oder drei ehrliche Sonnentage, und alles bricht in einer flaumigen Fanfare aus ihnen heraus. Doch jetzt regnet es, es regnet wieder, erst tröpfelnd, dann immer beharrlicher. Ein schräger, eisiger Regen, der ihm gegen Wangen und Stirn peitscht. Niels senkt das Tempo, schließt mit einer Hand die Jacke am Hals, überquert Trianglen und fährt auf der seelenlosen Østerbrogade weiter gen Norden.

Er hatte Sidsel nichts von Samstag erzählt, und wenn sie nicht von selbst darauf zu sprechen kommt, sieht er auch keinen Grund, es heute Abend zu erwähnen. Mittlerweile betrachtet Niels ihre Tante Efie als sein persönliches Problem. Sidsel hat sie schon lange aufgegeben, und Ea ist zu weit weg. Das Geschenk hat er bereits vor Wochen besorgt. Efie bekommt eine Salzlampe und eine Flasche Portwein. Sie gedenkt sowieso nicht mit dem Trinken aufzuhören, da kann sie genauso gut etwas Anständiges trinken.

Nein. Er wird seine Schwester nicht um Erlaubnis bitten.

Als er durch Hellerup fährt, kann er den fauligen Drachenatem des Meeres riechen. Inzwischen ist Niels gut aufgewärmt, das lange Wollunterhemd klebt ihm am Rücken, und er hört seinen eigenen Puls im Ohr schlagen: regelmäßig und freudlos wie eine Kirchenglocke.

*

Charlotte

Wir haben beschlossen, auf Abstand zu bleiben.
Keiner von uns verkraftet eine Aufführung aus dem Schattentheater unserer Vergangenheit.

Ein Stück weiter, halb vom Dampf verhüllt, den die Membran absondert, geht Troels mit hochgezogenen Schultern und tief in den Taschen vergrabenen Händen auf und ab, wie einer, der über etwas Wichtiges grübelt.

Inzwischen hat sich längst herausgestellt, dass keiner von uns weiß, wie wir hier gelandet sind und wie wir wieder von hier wegkommen.

Pfeift er?

Er summt.

Ein paar vereinzelte Töne erreichen mich, aber nie genug, um eine Melodie daraus zu bilden.

Aus alter Gewohnheit kann ich meinen Blick kaum von seinem Lederjackenrücken und seinem flachen Hintern abwenden. Ich strenge mich so lange an, bis sich meine Augen wie Eisklumpen anfühlen und mein Mund wie ein brennender Busch.

Hey, brülle ich, kannst du bitte mal die dämliche Flöte wegstecken?

4
Ea

Als Ea die Treppe hinaufgeht, hofft sie inständig, dass Hector nicht zu Hause ist. Es hat nichts mit ihm zu tun, Ea verspürt lediglich das Bedürfnis, allein zu sein. Nach ihrem aufwühlenden Besuch bei der Seherin Beatrice Wallens war sie direkt zu Patti und Afshins Haus nach Inverness gefahren. Sie hatte ihnen erzählt, was passiert war, und anschließend kochte Afshin wie immer gut, und sie tranken zwei Flaschen Wein zum Essen. Patti bezeichnete Hellseherei als spätkapitalistischen Bullshit, und darauf stießen sie an. Die beiden wirkten glücklich und verliebt, obwohl Patti noch vor zwei Wochen davon gesprochen hatte, Afshin zu verlassen. Mit finsterem Blick hatte sie Ea anvertraut, wie sehr sie sich anstrengen müsse, ihn zu begehren. Sie konzentriere sich auf jene Körperteile an ihm, die ihr am meisten gefielen. Teile ihn in kleine Stücke auf, um den Akt genießen zu können. Je älter Ea wird, desto verwirrender findet sie die Beziehungen anderer. Der Abend war dadurch jedoch nicht weniger gemütlich gewesen, und am Ende hatte Ea dort übernachtet. Sie machte ein Foto von Afshin, während er das Bett im Gästezimmer für sie bezog, und schickte es Hector. Er antwortete sofort und bat sie, die beiden zu grüßen. Patti war hereingekommen, hatte sie mit ihrem kühlen Mund auf die Stirn geküsst und gesagt: Versprich mir, das zu vergessen, das ist doch Schwachsinn, da sind wir uns einig. Verlogener Schwachsinn, der nur dafür erfunden wurde, den Menschen das Geld aus der Tasche zu ziehen.

Und denk dran, dass es Sand war, die diese Frau empfohlen hat.

Du kennst doch Sand, Ea.

Die ist für solche Sachen besonders empfänglich.

Ich wünschte nur, sie würde andere Menschen mit ihren perversen Neigungen verschonen. Dass du darauf angesprungen bist, überrascht mich allerdings.

Ea nickte, als wollte sie sagen, mich auch.

Doch als sie heute Morgen aufwachte, war sie immer noch da.

Sie?

Die Unruhe in ihrem Körper. Ein unangenehmer, summender Punkt hinter der Stirn. Sie blieb liegen und horchte, wie sich die anderen für den Tag bereitmachten, und lächelte höflich, als Patti zum Abschied noch einmal den Kopf zur Tür hereinsteckte und sie bat, das alles zu vergessen.

In der Wohnung ist es ruhig. Ea schlüpft vor dem Teppich aus ihren Sandalen und wartet im Flur mit der Handfläche auf der Wand, die sie vor einigen Wochen neu gestrichen hat. Sie ist mit dem Ergebnis zufrieden und freut sich jedes Mal darüber, wenn sie nach Hause kommt. Genau, wie sie es sich vorgestellt hatte, passt das staubige Orange gut zum Elfenbeinweiß der Türrahmen und Sockelleisten.

»Hector?«

Stille. Dann hat es heute also geklappt.

Ea holt sich ein Glas Guavensaft, ehe sie ins Schlafzimmer geht und aufs Bett sinkt. Der Kissenbezug riecht angenehm nach seinem Haar, ein erdiger, melonenartiger Duft. Durch die Flügeltür kann sie ins Wohnzimmer sehen, wo die Sonne die Staubmäuse unter dem Tisch erleuchtet. Darum will sie sich erst heute Abend kümmern, wenn die anderen beiden da sind und es sehen. Ea hat nichts dagegen, für das Putzen zuständig zu sein, aber sie sorgt dafür, Hector und Coco daran zu erinnern, dass diese Arbeit nicht von diskreten Heinzelmännchen durchgeführt wird, wenn niemand da ist. Sie versucht, die Hausarbeit fröhlich und unbeschwert zu erledigen, um Coco als gutes Beispiel voranzugehen. Das Mädchen ist chaotisch und hat die Schwäche ihres Vaters für Krimskrams geerbt; kleine Figuren, Teile von etwas, Stummel und Stückchen. Als Ea die beiden zum ersten Mal zu Hause besuchte, hatte sie das Gefühl, eine unordentliche und schmuddelige Version jener Geschäfte zu betreten, die sich auf Kitsch und Nippes spezialisiert haben. Es gab keinen Ort, an dem die Augen Frieden fanden, keine einzige ruhige Fläche. Hier und da lugte der Dielenboden zwischen abgelaufenen Flickenteppichen und Läufern aus gewebtem Plastik hervor, an den Wänden wogten Cocos Zeichnungen und Polaroidfotos, und dem Obst in der Schale war ein Pelz gewachsen. Im Regal kämpften Bücher mit gläsernen Totenköpfen, verwelkten Hängepflanzen und Tennispokalen um einen Platz. Auf dem Boden türmte sich alles, was sonst keinen Raum mehr fand, in schwankenden Stapeln, die manchmal mit einem sausenden Geräusch einstürzten.

Nach ihrem Einzug hatte Ea ausgemistet, behutsam, Zimmer für Zimmer. Sie wollte niemanden vor den Kopf stoßen, aber sie konnte sich unmöglich in dem Durcheinander zurechtfinden, in dem sich Vater und Tochter bislang eingerichtet hatten. Mit Hectors zögerlicher Zustimmung füllte sie einen Müllsack nach dem anderen, und was sie nicht wegwarf, verschenkte sie oder verkaufte es billig. Sie schrubbte mehrmals den Boden, brachte die Teppiche in die Reinigung, leerte die Schubladen und ersetzte die ramponierten Lampenschirme, sie putzte Peanuts Terrarium und kaufte ihm im Zoogeschäft einen hohlen Ast. Die Echse zeigte ihre Dankbarkeit nicht, aber wie Ea gehofft hatte, verbarg sich unter all dem Fett und Staub und Gerümpel eine Dreizimmerwohnung mit hohen Decken, Erkerfenstern und schönen original erhaltenen Details vom Ende des 19. Jahrhunderts. Eine Wohnung, die sie sich nicht annähernd hätten leisten können, wenn Hector nicht einen Mietvertrag von 1998 gehabt hätte. Sie haben unfassbares Glück, dass sie dort wohnen können, wo sie wohnen, mit ihren Jobs und Nicht-Jobs und den Durststrecken dazwischen. In den letzten Jahren ist die Miete um ein paar hundert Dollar gestiegen, aber das ist nichts im Vergleich zum Rest der Stadt. Wenn sie hört, was manche Leute für ihre Kellerlöcher zahlen, ist sie schockiert. Die Immobilienpreise in diesem Teil der Westküste sind absurd. Der Tech-Boom hat die Mieten in Höhen getrieben, die sich nur die wenigsten leisten können, und im Laufe der letzten Jahre sind an mehreren Orten in Mission und im Viertel rund um die Market Street regelrechte Zeltlager entstanden. Ärmliche, improvisierte Städte innerhalb der Stadt. Die Menschen lieben und streiten sich und scheißen und sterben dort, weil sie keine andere Bleibe haben. Ea hat irgendwo gelesen, dass über achtzig Prozent der amerikanischen Obdachlosen in Kalifornien leben, weil die Sommer lang und die Winter mild sind.

San Francisco ist kein Ort, an dem man erwachsen wird.

Das hatte Bianca gesagt, ehe sie ihren Laden verkaufte und nach Portland zog. Damals fand Ea ihren Kommentar geschmacklos, jetzt fürchtet sie, die Freundin könnte recht haben. Die Stimmung, die über der Stadt liegt, erinnert an einen verhexten Vergnügungspark. Und viele Menschen, mit denen Ea zu tun hatte, als sie vor bald zehn Jahren herkam, sind inzwischen weitergezogen. Nach Albany, Piedmont, Mountain View. Diesen Sommer wird Ea fünfunddreißig, und obwohl sie Patti und Afshin versichert hatte, der Besuch bei der Seherin sei kein Altersding gewesen, war es genau das.

Ein Altersding.

Ein Todesding.

In letzter Zeit hat Ea zunehmend Angst davor, die falschen Entscheidungen zu treffen. Sie läuft mit dem bedrückenden Gefühl umher, die Jahre wären wie ein Trichter angeordnet, und der weiteste, offene Teil des Lebens läge schon hinter ihr.

Wenn ihr nur jemand erzählen könnte, was das Gute, Richtige ist und wie man dorthin gelangt.

Das denkt sie mitunter.

Und dann war sie eines Tages Sand begegnet, die ungewohnt ausgeglichen schien und deren Bericht von ihrem Besuch bei Beatrice Wallens nicht annähernd so verzweifelt geklungen hatte, wie er sich für Ea anfühlte, als sie ein paar Wochen später mit einer Tasse Minztee bei der Seherin saß, in einem seltsam leeren Wohnzimmer mit Blick auf den Buena Vista Park.

Gibt es jemand Bestimmtes, mit dem Sie gerne Kontakt aufnehmen würden?, hatte Beatrice gefragt.

Ea war überrascht gewesen, wie klar sich das Bedürfnis meldete. Wie Durst, dringlich und unmöglich zu ignorieren.

Meine Mutter, hatte sie gesagt. Ich würde gerne mit meiner Mutter sprechen.

Von Angesicht zu Angesicht mit der Frau, die behauptete, sie könne eine Verbindung herstellen, war Ea von einer deprimierenden Sehnsucht befallen worden, die sie längst überwunden geglaubt hatte. Es war ein Gefühl, als hätte jemand einen Kochlöffel in ihre Gedärme gesteckt und wild darin herumgerührt.

Ihre Mutter …

Beatrice hatte reglos dagesessen, leicht vorgebeugt, mit offenem Mund. Ihr Blick hatte einen Punkt fixiert, der einen halben Meter rechts von Ea lag.

Die Erinnerung daran, was als Nächstes geschah, erfüllt Ea mit Unbehagen, einer hauchdünn über den ganzen Körper verteilten Angst.

Hector hat das Wohnzimmerfenster offen gelassen, in der Zugluft dreht sich der Hängesessel mit den pfauengrünen Kissen langsam im Kreis. In der Schreibmaschine ist ein Blatt eingespannt, von hier aus sieht es leer aus. Jeden Morgen schreibt er ein Gedicht und legt es in Cocos Brotdose.

Ea rollt sich auf die Seite und zieht den Bettüberwurf mit.

Der Geruch.

Wäre er nicht gewesen, hätte sie alles leicht von der Hand weisen und Beatrice als die Schwindlerin abtun können, die sie höchstwahrscheinlich auch ist. Aber kann man sich einen Geruch herbeidenken? Von einem Moment auf den anderen hatte er den Raum erfüllt.

Eau Sauvage.

Dieses Parfüm war unverwechselbar, und darunter das kühle Leder und das Päckchen mit gelbem Bali Shag.

Der Geruch ihres Vaters Troels, wenn er nach einem langen Tag nach Hause gekommen war.

Beatrice hatte sich klar ausgedrückt: ein Mann, keine Frau, Anfang fünfzig, vielleicht etwas älter, ziemlich groß, dunkelhaarig. Stimmte es, dass er einen Bart hatte? Und Schmuck trug?

Vielleicht habe ihre Mutter Charlotte ganz einfach keine Kraft mehr.

Vielleicht war es ihr egal.

Der Gedanke an ihre posthume Zurückweisung tut weh, und in einem Versuch, den Schmerz abzuschütteln, wiederholt sie Pattis gestrige Worte, ahmt den selbstbewussten, entrüsteten Ton nach.

»Spiritueller Schrott. Spätkapitalistischer Bullshit. Geldmacherei.«

Es hilft tatsächlich.

Ea sieht an ihrem Körper herab, ihre Beine, die aus den abgeschnittenen Jeansshorts ragen, die im Vormittagslicht an ihren Oberschenkeln durchscheinenden Adern. Auf dem Nachttisch lassen die Blumen, die sie gestern gepflückt hat, schon ihre zartlila, seidenweichen Mäuler hängen, vier müde Wiederkäuer, die ihre Köpfe auf den Rand des Marmeladenglases legen.

Es ist schwer erträglich, dass alles fault, verstaubt, abknickt und verschwimmt. Hin und wieder packt Ea die Sehnsucht nach einem Ort, der glänzt und glatt und rein und neu ist, an dem die Menschen nicht riechen, die Dinge nicht verderben oder verdaut werden, wo Haare, Nägel, Krankheiten und Geschwüre nicht wachsen. So etwas wie das Raumschiff in Kubricks Film; Umgebungen, die man sauberspülen kann.

Einmal hatte sie es Hector erklären wollen, und er hatte sie besorgt angesehen und gesagt, es sei ja das Gegenteil von Leben, was sie da beschreibe.

Sie sehne sich nach dem Tod.

Es ist nicht einmal elf Uhr, Ea versucht sich zu erinnern, wann Coco donnerstags von der Schule kommt. Inzwischen ist sie schon seit fast sechs Jahren die Stiefmutter des Mädchens. Sonntags gehen sie immer zusammen ins Schwimmbad, und wenn Coco am Wochenende einmal bei ihrer leiblichen Mutter ist, treibt der Geruch von Chlor Ea mitunter vor Sehnsucht die Tränen in die Augen.

Manchmal besteht das größte Mysterium einfach nur darin, dass die Dinge so sind, wie sie sind.

Der Reis ist gewaschen, und Hector antwortet nicht auf ihre Nachrichten. Seit sie Coco ins Bad geschickt hat, ist eine halbe Stunde vergangen, aber das Wasser läuft immer noch nicht. Sie versteht nicht, wie das Mädchen im Laufe eines Tages so schmutzig werden kann. Was hatte da in ihrem Haar geklebt? Ein Geruch nach Gewürzen und Karamell, wie Barbecuesoße, aber das Kind bestreitet alles.

»Coco?«

»Was ist?«

»Du bist immer noch nicht unter der Dusche.«

»Ich bin gerade dabei, mich aufzuraffen.«

»Darf ich reinkommen?«

Coco sitzt auf dem Rand der Wanne und blättert in einem Mangaheft. Sie blickt zu Ea auf, als sie die Tür hört, ihr Gesicht ist zugleich wachsam und ausdruckslos. Sie hat ein Loch in der rechten Socke, aus dem zwei ihrer Zehen herausragen.

»Sieh zu, dass du es hinter dich bringst, wir essen in zwanzig Minuten.«

»Zwanzig Minuten!« Coco wirft das Buch weg, zieht Leggings und Socken aus und dreht den Hahn auf. Das Wasser rauscht in einem gurgelnden Strahl heraus.

»In die Badewanne schaffst du es heute nicht mehr«, sagt Ea und dreht am Hebel. Der Strahl verschwindet und prasselt stattdessen von oben herab. Coco seufzt und stellt sich unter den Duschkopf. Die feinen Locken werden durchweicht und kleben an Wange und Stirn. Sie hat zugenommen. Ihr Bauch ist rund wie der eines Babys, die dunklen Brustwarzen heben sich ein wenig ab.

»Du darfst ruhig mein gutes Shampoo nehmen«, sagt Ea.

»Welches ist denn das gute, ich sehe nichts?« Coco fuchtelt mit den Armen in der Luft herum. Ea reicht ihr die Flasche, von ihrem üblichen Drang erfasst, sich um alles zu kümmern. Vielleicht sogar einige der flaumigen Härchen zwischen den Augenbrauen zu zupfen. Wenn man klein ist, stört es niemanden, dass man aussieht wie ein Troll; in den unteren Klassen war Coco der Liebling der Lehrer, selbständig und aufmerksam, in sämtlichen Fächern besser als ihre Mitschüler – aber als Neun-, bald Zehnjährige? Es wird nicht leicht für sie werden. Die Kindheit ist eine Insel, die im Meer versinkt. Früher oder später muss man sie verlassen, und man kann sich nur bis zu einem gewissen Grad darauf vorbereiten. Bald werden die Hänseleien anfangen, das weiß Ea ganz sicher. Coco ist anders als ihre Gleichaltrigen, so viel steht fest, aber worin der Unterschied besteht, kann Ea auch nicht genau ausmachen.

»Kriegst du das hin?«

Coco nickt mit geschlossenen Augen, und Ea lässt die Tür angelehnt. Auf dem Esstisch leuchtet ihr Handy. Hector ist unterwegs, viel Verkehr. Sie hatte ein Curry eingefroren, doch es ist weniger als gedacht, weshalb sie jetzt hofft, irgendwo noch eine Dose Kokosmilch zu finden. Sie schiebt die Tür zur Speisekammer auf. Obwohl sie die Fenster hier drinnen immer offen lässt, duftet der Raum süßlich nach dem Hanf, aus dem sie ihre Gleitcreme herstellt. Im Grunde ist es nur ein Absud aus den Trieben und aus Sheabutter, vermischt mit ätherischen Ölen und abgefüllt in Gläsern mit selbstgedruckten Etiketten, aber die Leute zahlen bereitwillig den von ihr festgelegten Preis, fünfundfünfzig Dollar. Anfangs hatte sie ihr Produkt nur an Freunde und Bekannte verkauft, inzwischen bekommt sie jedoch auch Bestellungen von Menschen, die sie nicht mal über mehrere Ecken kennt. Letzte Woche war sie zweimal auf der Post, um insgesamt sechs Gläser zu verschicken. Davon allein kann man natürlich nicht leben, aber zusammen mit den Tätowierungen kommt sie gut über die Runden. Ea räumt Hectors Fahrrad beiseite und stellt sich auf die Zehenspitzen. Linsen. Kichererbsen. Mais, noch mehr Mais, aber keine Kokosmilch.

Der Badezimmerboden ist überschwemmt, der Spiegel beschlagen. Ea reißt das Fenster auf und entfernt die Haare aus dem Abfluss.

»Coco«, ruft sie, »ich muss schnell noch ein paar Sachen fürs Abendessen besorgen. Bin in einer Viertelstunde zurück.«

»Alles klar.«

Coco hockt an ihrem Schreibtisch, über irgendetwas gebeugt, nackt bis auf einen Kapuzenpulli, den sie aus dem Wäschekorb geangelt haben muss. Ea beißt sich in die Wange. Warum kann sie sich nicht ordentlich anziehen? Warum *ist* sie so?

»Bis gleich«, sagt Ea. »Ich habe mein Handy dabei, falls irgendetwas sein sollte.«

»Ich male ein Bild für Seven. Es wird ganz besonders Seven-kompatibel, glaube ich.«

»Darüber wird er sich bestimmt freuen.«

»Natürlich freut er sich.«

Ea nimmt zwei Stufen auf einmal. Manchmal hat sie das Gefühl, ihre Sorgen um Coco sind ohne Anfang und Ende, wie diese Bälle aus Gummibändern, ein dichtes Knäuel aus ängstlichen Gedanken. Manchmal teilt sie die Sorgen mit Hector, der sie dann immer bittet, doch damit aufzuhören.

Aufhören, sich Sorgen zu machen!

Als wäre das so einfach, als könnte man sich dafür oder dagegen entscheiden.

Mit der Schulter schiebt sie das leichte Gittertor auf und hört es klickend hinter sich zufallen.

Sorgen. Liebe.

Coco ist Coco, sagt er, sie ist schlau und lustig, und wenn sie möchte, kann sie schreiend komisch sein, wirklich komisch. Sie ist kreativ. Schau dir doch nur an, was sie sich alles ausdenkt. Und das stimmt. Coco ist immer beschäftigt, nie sieht man sie über einem Tablet hängen, nie hört man sie über Langeweile klagen. Ihre Phantasie ist ein reicher Nährboden, ein Brutkasten für die seltsamsten Gedanken und Ideen. Nicht selten möchte man die Werke, die sie im Kunstunterricht malt, freiwillig an die Wand hängen. Hector hat sicher recht, Coco wird ihren Weg schon machen. Nur die Sache mit dem Deo muss sie mit ihm besprechen. Vielleicht schon heute Abend. In den letzten Monaten ist Ea aufgefallen, dass Coco nach Schweiß riecht, wenn sie aus der Schule kommt. Nicht dieser süßliche Geruch warmer Kinderhaut, sondern ein strenger Erwachsenenschweiß. Ein Vater weiß nicht, dass solche Sachen entscheidend sind oder es werden können, schneller, als man denkt.

Ihr eigener hatte es jedenfalls nicht gewusst.

Auf dem Platz vor der Kirche hat ein Pärchen sein Zelt aufgeschlagen, die Frau sitzt auf der breiten Treppe und isst ein Sandwich. Sie ist jünger als Ea und auf eine füchsische Weise hübsch. Die beiden können noch nicht lange auf der Straße leben. Der Hund, der zwischen ihren Beinen liegt, hebt den Kopf und knurrt, als Ea vorbeigeht. Er trägt ein rotes Tuch um den Hals, wie ein Hund aus einem Film. In ihrem Rücken hört Ea, wie die Frau mit ihm schimpft. Halt die Schnauze, Alfie. Dummes Tier. Ea läuft das letzte Stück bis zum Bi-Rite. Der Laden ist zu teuer, aber am nächsten gelegen, und sie braucht nichts als Kokosmilch.

»Hey!«

Sand muss gerade erst aus dem Laden gekommen sein. Jetzt stehen sie sich gegenüber, und noch bevor Ea es schafft, sie mit einer oberflächlichen Bemerkung abzuwimmeln, hat Sand sie auch schon an sich gedrückt. Ihre Wildlederjacke riecht nach Tannennadeln.

»Ha! Zweimal in einer Woche. Wie lief es denn?«

»Ach«, sagt Ea und zieht die Strickjacke enger, »ich weiß nicht so recht. Es hat ein ziemlich jähes Ende genommen, wir sind nicht fertig geworden.«

Sand reißt die Augen auf.

»Wie, nicht fertig? Ist etwas schiefgegangen? O nein, sag nicht, dass etwas passiert ist!«

Ea versteht erst mit Verzögerung, worauf das Missverständnis beruht. Als sie sich das letzte Mal getroffen hatten, war sie gerade auf dem Weg zur Hausgeburt einer gemeinsamen Freundin.

»Nein, nein, die Geburt lief gut. Ich hatte dich falsch verstanden. Es war ein ganz wunderbares Erlebnis!«

Ea liefert so viele Details, wie sie vertreten kann, dann lauscht sie Sands Klagen über die lange Krankmeldung einer Kollegin aus der Buchhandlung.

Nachdem sie sich verabschiedet haben und Ea mit der Kokosmilch in der einen Hand und dem Portemonnaie in der anderen zur Wohnung zurückgeht, fühlt sie sich schuldig. Sie hätte ihre Freundin nie derart preisgegeben, wenn sie nicht solche Angst davor gehabt hätte, dass Sand sie nach dem Besuch bei der Seherin fragen würde.

Wie erbärmlich und typisch für sie, die Schwächen eines anderen Menschen zu nutzen, um sich vor den eigenen zu schützen.

Der Platz vor der Kirche ist leer, keine Spur vom Zelt und seinen Bewohnern.

Aber sie kann sie hören, oder?

Ihre Stimmen.

Ea bleibt stehen und lauscht.

Doch, da redet jemand.

Zu weit entfernt, als dass sie verstehen würde, was gesagt wird.

Wie ein Radio, das in einem Zimmer am anderen Ende der Wohnung läuft.

Sie biegt um die Ecke. Die Straße liegt verlassen da, die schwere Kirchenpforte ist mit einer Kette verschlossen. Ein Stück weiter die Treppe hinab wippt die Plastikfolie eines Sandwiches im Abendwind.

Hinter der weißen Mauer liegt der Friedhof. Als Coco jünger war, waren sie ab und zu in die Kirche gegangen und hatten fünf Dollar gezahlt, um die Glocke zu läuten. Sie liebten es beide, das schwere Metall weit über ihnen in Bewegung zu setzen; zu sehen, wie der Klöppel gegen die Seiten prallte; die Schläge über das Viertel regnen zu lassen wie eine Schimpftirade.

Könnten sie dort hineingegangen sein, um ihre Ruhe zu haben?

Es ist spät, das Tor ist abgeschlossen.

Vielleicht sind sie hinübergeklettert.

Aber was ist mit dem Hund?

Ohne es sich erklären zu können, hat Ea plötzlich das Gefühl, es würde sie etwas angehen.

Ihre Entscheidung, ihr Verschwinden.

Auf der Straße rauscht in hohem Tempo ein Auto vorbei, und der Motorenlärm übertönt für einige Sekunden die Stimmen. Als sie das Tor erreicht hat, wird ihr bewusst, dass das Gespräch nur in ihrem Kopf stattfindet, auf Dänisch.

Dass es klingt wie ein Streit.

Nicht leidenschaftlich und laut, sondern mit dieser ganz eigenen, bitteren Verbissenheit, an die sie sich allzu genau erinnert.

*

Charlotte

Hasst du mich?

Die Frage erschreckt mich, aber nur, weil ich dachte, er würde schlafen. Es war so still. Totenstill, wahrscheinlich war ich selbst eingedöst. Die Luft wirkt drückender denn je, und hinter mir hängt die Membran schlaff herab, als würde sie sich ausruhen.

Ich warte die ganze Zeit darauf, gleich eine Kuh durch den Nebel schweben zu sehen, mit einer Glocke um den Hals und einem knochigen Beckenkamm. Oder eine Herde Ziegen.

Die Umgebung würde dazu einladen, aber Tiere gibt es hier nach wie vor nicht.

Charles?

Nur er nennt mich so. Es hat mir immer gefallen.

Schläfst du?

Nein.

Dann hast du meine erste Frage gehört?

(Ja, aber ich habe beschlossen, nicht darauf einzugehen, du Trottel.)

Du bist verschwunden, sage ich, es ist schwer, jemanden zu hassen, der nicht da ist.

Das Leder knirscht, als er sich aufsetzt.

Heißt das, du hast es versucht?

(Aber wenn er darauf besteht ...)

Ich kann nicht ausschließen, dass ich dich gehasst hätte, wenn mir mehr Zeit dafür geblieben wäre. In erster Linie hast du mir leidgetan. Ich fand ja, du hast so viel verpasst. Dieses ganze quirlige Leben.

Er schweigt lange, und als er wieder spricht, klingt seine Stimme, als hätte er eine Decke abgeworfen und würde jetzt frieren:

Das Leben, von dem du sprichst ... Das habe ich genauso wenig gesehen, wie man die Bakterienkolonien auf seiner eigenen Haut sieht. In den letzten Jahren unserer Ehe kam ich mir vor wie ein ungebetener Gast. Wenn ich morgens aufwachte, wusste ich oft nicht, wo ich war. Ich lag im Dunkeln und wartete auf den Geruch von geräuchertem Dorschrogen und gekochten Kartoffeln, von Grillanzünder, auf das Bellen der Hunde draußen vor dem Fenster. Ich habe dein schlafendes Gesicht angestarrt, aber mir fiel kein Name dazu ein. Das Haus hatte sich mir verschlossen. Eine harte Knospe, die sich jeden Morgen für euch andere öffnete.

Wir haben das schon gespürt, sage ich, dass du eine andere Welt in deinem Inneren umhergetragen hast. Einen Ort aus Schnee und Kälte, den wir nicht kannten und von dem du uns nicht so erzählen konntest, wie es für dich angemessen gewesen wäre. Die Kinder benahmen sich anders, wenn du da warst. Sie wurden still und selbstgenügsam. Nach deiner Abreise hat es immer ein paar Tage gedauert, bis das Haus wieder zu sich kam. Wir haben gelüftet und laute Musik gehört, wir haben geflucht und geschimpft und die Schuhe im Flur auf einen Haufen geworfen.

Du liebe Güte, sagt er und sieht tatsächlich traurig aus, das klingt ja wie der reinste Exorzismus!

Und was, wenn es das war? In diesen Jahren hast du ja wirklich einem Geist geglichen. Wenn du wieder nach Hause kamst, warst du jedes Mal noch magerer geworden.

Die Ernährung dort war ziemlich einseitig. Außerdem schlägt es auf den Appetit, wenn man zweifelt.

Bis du dich endlich für deinen Fluss und deine Ewenken entschieden hast, sage ich und erlaube mir ein kurzes, bitteres Lachen. Das muss trotz allem eine Erleichterung gewesen sein.

War es auch, aber ...

Er räuspert sich.

Was ist?

Mein Fluss? Meine Ewenken? Ich verstehe natürlich, was du meinst, aber die Formulierung bereitet mir Unbehagen. Ich war dort, um diesen Menschen zu helfen, Charlotte. Gehört haben sie mir nie.

Seine Armreife klirren beleidigt. Ich hatte seine empfindlichen Akademikerzehen schon ganz vergessen, die sich immer bereitwillig streckten, damit jemand auf sie trat.

Keiner von uns sagt noch etwas. Troels fängt wieder an zu summen, und diesmal geben seine Schuhe den Takt vor: Klong, klong, klopfen die Ledersohlen. Ich erinnere mich deutlich an sie: die breiten, eckigen Spitzen und die exklusive nougatbraune Farbe des Leders, obwohl sie inzwischen stark abgenutzt sind. Der Mann, der sie ihm verkauft hatte, war im Grunde noch ein Junge gewesen, biegsam wie ein Schilfrohr und mit zurückgekämmtem schwarzem Haar. Nachdem Troels bereits unzählige Paare anprobiert hatte, die aus verschiedenen Gründen nicht richtig waren, sank der Junge auf den Teppich, und wie er dort saß, auf seinen jungen Knien, nahm er Troels' rechten Fuß in seine Hände, als wäre er kein verschwitzter Körperteil, sondern ein kostbares Kleinod. Seine linke Hand strich um die rissige Ferse und unter das Fußgewölbe, während er mit der rechten die Zehen beugte und streckte, dass die Gelenke knirschten und knackten. Das diene dazu, erklärte er in unsicherem Englisch, einen Eindruck von der Form des Fußes zu gewinnen. Von seinen Stärken und Schwächen. Ich konnte das nicht länger mit ansehen, entschuldigte mich und verließ den Laden, um draußen mit den Kindern zu warten, die mit ihrem schmelzenden Eis im Schatten hockten – und als hätte er meine Gedanken gelesen, sagt er jetzt:

Hattest du das nicht mit in Sizilien?

Ich blicke an mir selbst herab. Der hellblaue Stoff hat ein Muster aus weißen und pinkfarbenen Blüten, Tulpen und etwas, das Pfingstrosen sein könnten, verbunden durch Punkte und dünne Striche.

Doch, sage ich, oder eigentlich nein. Mein Koffer ist ja nie aufgetaucht, ich habe es an einem der ersten Tage dort gekauft.

Stimmt, ja. Wir haben ihnen deinen Namen gegeben und bis zuletzt geglaubt, sie würden ihn jeden Moment finden. Es hat eine Ewigkeit gedauert. Die Kinder haben das aber gut verkraftet, obwohl es nicht gerade der ideale Ferienbeginn war. Wir waren stolz auf sie, weißt du noch? Es war ein schöner Urlaub.

Ich nicke.

Aber Moment.

Moment mal.

War es wirklich ein schöner Urlaub?

Ich erinnere mich noch an den Tag, an dem Ea sich das Kleid auslieh. Es stand ihrem federleichten, vierzehnjährigen Körper so viel besser, dass ich mich schämte, als ich es noch am selben Abend wieder anzog, und nachdem wir endlich ein Restaurant gefunden hatten, auf das wir uns einigen konnten, bestellte ich mir nur eine Vorspeise, obwohl ich Hunger hatte und Lust auf Pasta in Sahnesauce. Ich weiß noch, dass Niels Kakao aus gelben Tetrapacks trank, bis er sich übergeben musste, und Sidsel mit einer Gruppe Fischer ins Gespräch kam, die sie einen frisch gefangenen Tintenfisch halten ließen. Er saugte sich mit einer solchen Kraft an ihrem Arm fest, dass sie noch Wochen später eine Reihe runder, blauer Flecken hatte. Sie weinte nicht, aber sie war sehr blass, als sie vom Hafen zurückkam und es mir erzählte. Die Fischer hätten sie ausgelacht, sagte sie, und ich fühlte mich wie eine verantwortungslose (verrückte) Mutter, weil ich meine Tochter allein in einer fremden Stadt zwischen Menschen umherlaufen ließ, die ich noch gar nicht einschätzen konnte. Ich erinnere mich an die glänzenden Hunde und ihre riesigen Haufen im Zwinger des Hotels, an die kleinen Plastikpackungen mit starrer Marmelade beim Frühstücksbuffet, an den Schatten des Laubs auf einer apricotfarbenen Baumwolltischdecke.

Waren wir glücklicher?

Eine nutzlose Frage.

Das Wort hat seine Bedeutung längst abgelegt.

Eine Kreuzotterhaut in der Heide.

Ich habe keine Ahnung.

Damals, im Schuhladen, sage ich kampfeslustig, du hättest dich mal sehen sollen. Du hast ausgesehen wie ein Tyrann, wie du da gethront hast. Ich weiß noch, wie ich durch die Scheibe geschaut habe und dachte, Troels, ich dachte …

Ich verstumme, denn jetzt verfliegt der Zorn, löst sich einfach auf und weicht einer milden Gleichgültigkeit.

Was dachtest du, Charles?

Nichts.

Er sieht mich erstaunt an.

Nichts?

Ja.

5

Beatrice

Die schrillende Gegensprechanlage zieht Bee wie an einem Haken im Genick aus dem Schlaf. Als sie mitten im Zimmer steht, spürt sie, wie das Blut in ihrem Körper nach unten sackt, und kann sich gerade noch an der Kante des Sofatischs abstützen. Für einige atemlose Sekunden sieht sie nichts mehr und hat das Gefühl, das Parkett würde unter ihren Füßen einsinken.

»Ich komme!«, ruft sie. Völlig umsonst, denn wer auch immer sie geweckt hat, befindet sich einen Stock weiter unten. Dem Licht im Wohnzimmer nach zu urteilen ist es später Nachmittag, Bee hat einen Tag und eine Nacht verschlafen, mindestens, in ihrer rechten Wange summt der Schmerz.

»Hallo?«

Sie presst den weißen Plastikhörer fest ans Ohr und versucht, sich so zu stabilisieren.

»Ich bin's.«

Ein unverdünnter Schreck fährt durch ihre Glieder, das war nicht heute, oder? Sie hatten doch Freitag vereinbart und das darauffolgende Wochenende. Wie konnte ihr nur alles derart entgleiten?

»Einen Moment. Kannst du kurz warten? Zwei Sekunden, okay? Dann lasse ich dich herein. Ist das in Ordnung? Kannst du –«

»Ja, natürlich.«

Sie hört gerade noch die samtene Stimme ihres Nachbarn Mr. Pistilli, der sich erkundigt, ob er helfen könne, und Fifi, die ebenso liebreizend antwortet, nein, nein, sie komme schon zurecht, und dann knallt Bee den Hörer auf die Sprechanlage und eilt ins Wohnzimmer. Ihre Stirn fühlt sich an wie eine Schale voller Glaskugeln, die hin- und her kullern, während sie mit hastigen Bewegungen die Flasche aus dem Weg räumt und die Kissen zurechtknufft. Sie schnappt sich einen runzeligen Apfel aus der Obstschale und nimmt zwei große Bissen, lässt den Saft und das Fruchtfleisch im Mund umherwandern und wirft den Rest in den Mülleimer.

Kurz darauf öffnet sie zum zweiten Mal in den bald acht Jahren, die sie schon in diesem Haus wohnt, ihrer Tochter die Tür.

»Fifi!«, ruft Bee und zieht den schmalen Körper an den Schultern zu sich. »Liebes.«

Der Duft von Fifis Parfüm ist überwältigend. Mit dem Fuß versucht sie, Pita zu beruhigen, die albern kläfft und ihre schiefen Krabbensprünge auf der Stelle macht. Sie lösen die Umarmung, und Fifi ist eine Weile mit dem Mops beschäftigt. Sie geht in die Hocke, Pita bohrt ihren glatten schwarzen Kopf in ihren Bauch, während Fifi ihr den Rücken und die Brust streichelt und sie hätschelt und tätschelt.

»Sie lebt also noch«, sagt Fifi schließlich und steht wieder auf.

»Pita? Ja, die ist putzmunter. Im Übrigen müsste sie mal

Gassi, lass sie einfach in den Garten. Ach, hallo, Mr. Pistilli – das ist meine Tochter Seraphina.«

Mr. Pistilli, der hinter seiner zuvorkommenden Fassade, wie sich schnell herausstellte, einen dubiosen und unberechenbaren Charakter verbirgt (er ruft Bees Essenslieferanten Schimpfwörter nach, und sie hat ihn auch im Verdacht, absichtlich Fahrräder umzustoßen), winkt von seinem Sonnendeck herunter. Bee wendet sich Fifi zu.

»Ich hatte eigentlich erst morgen mit dir gerechnet.«

»Ich habe dir gestern geschrieben, dass ich auf einen früheren Flug umgebucht worden bin. Hast du die Nachricht gar nicht bekommen?«

Bee hat keinen Schimmer, wo sich ihr Telefon zurzeit befindet.

»Die muss mir durchgerutscht sein«, sagt sie, »wenn ich das gewusst hätte, wäre ich natürlich besser vorbereitet gewesen, ich hätte alles für dich hergerichtet. Hattest du eine lange Reise? Du musst doch völlig erschöpft sein.«

Fifi streift ihre dünnen Handschuhe mit der Fellkante ab, legt sie zusammen und hält sie in der einen Hand.

»So schlimm ist es nicht«, sagt sie, »ich konnte ein bisschen im Flugzeug schlafen.«

Erst jetzt entdeckt Bee den Koffer, der hinter ihr auf dem Gartenweg steht. Ein taubenblauer Samsonite, dessen Farbton zum Trenchcoat und zu den Schuhen der Tochter passt. Sie erinnert an eine Fee, nein, an das Däumelinchen aus dem Märchen. Ihr blondes Haar ist zu modischen Korkenzieherlocken gekringelt, die bis zur Mitte des Rückens reichen, und in ihren kleinen Ohrläppchen funkelt ein Swarovskikristall.

»Nun komm erst mal rein«, sagt Bee und trägt den Koffer die Treppe hinauf; er ist schwerer als gedacht. »Möchtest du eine Tasse Tee? Ich habe gerade Wasser aufgesetzt. Ich habe weißen Tee und grünen Tee und verschiedene Kräutertees. Mit Waldbeeren und Minze zum Beispiel. Hast du Hunger?«

»Gerne weißen«, sagt Fifi und sieht sich in der Wohnung um. »Hast du umgeräumt? Das ist alles viel größer, als ich es in Erinnerung habe, Wahnsinn.«

Pita läuft ihnen zwischen die Beine, und Bee verspürt einen beinahe unwiderstehlichen Drang, ihr einen Tritt zu versetzen.

»Pauline ist ausgezogen«, erklärt Bee und stellt den Koffer an die Wand des Esszimmers, das sie seit ihrer Trennung nicht mehr benutzt hat. »Sie hatte viele Sachen. Große Sachen, und dann natürlich alles, was an der Wand hing. Wahrscheinlich ist es das, was dir gerade auffällt. Die Wohnung wirkt größer, wenn ein bisschen mehr Luft zwischen den Möbeln ist. Der Buddha über dem Kamin gehört mir, und dieser Pouf da. Erinnerst du dich noch daran?«

Fifi nickt, und Bee hat Lust, den Arm auszustrecken und ihre Wange zu berühren, die so ebenmäßig und mattschimmernd ist wie ein Stück Crêpe de Chine.

»Oma hat mir das schon erzählt, von dir und Pauline.«

Nicht das, nicht jetzt.

»Hör zu, mir geht es gut«, sagt Bee und nimmt Fifis Hand, »erzähl mir lieber etwas über dein Leben. Das ist viel interessanter. Komm mit, dann können wir weiterreden, während ich uns eine Kleinigkeit vorbereite.«

Fifi folgt ihr und schwingt sich mit einer Selbstverständlichkeit auf den Küchentresen, die nur schwer damit in Einklang zu bringen ist, dass seit ihrer letzten Begegnung viel zu viel Zeit vergangen ist.

»Oma ist jedenfalls in Höchstform«, sagt sie, obwohl Bee nicht nach Marianne gefragt hat oder vielleicht genau deswegen. »Weißt du, dass sie einen Literaturclub gegründet hat?«

Bee schüttelt den Kopf. Die Gespräche mit ihrer Mutter sind rein praktischer Natur und handeln entweder von Fifi oder von Geld, und wenn es um Fifi geht, geht es letzten Endes auch um Geld.

»Sie entscheidet, was gelesen wird«, erklärt Fifi, »und bis wann, und stellt ihr Haus zur Verfügung. Es gibt Kuchen und Wein für alle, die auftauchen. Letztes Mal haben sie viereinhalb Stunden geredet, aber die meiste Zeit ging es gar nicht um das Buch! Zwei von ihnen sind eingeschlafen, und eine, Joan, vielleicht erinnerst du dich an sie, war so betrunken, dass ich ihren Mann anrufen und ihn bitten musste, sie abzuholen, obwohl sie direkt um die Ecke wohnt.«

Fifi lacht, dass ihre Locken tanzen. Erst jetzt kommt Bee der Verdacht, dass es nicht ihre echten Haare sein könnten. Jedenfalls nicht alle. Die unterste Schicht wirkt dicker und weniger geschmeidig als der Rest.

»Ich dachte, du wärst umgezogen«, sagt Bee und ärgert sich angesichts der Vorstellung, wie selbstgerecht ihre Mutter zu diesem Literaturclub einlädt, »Marianne hat erzählt, du hättest etwas in Des Moines gefunden. Eine Wohnung, die du mit anderen teilst?«

»Ja, aber mein Zimmer bei Oma habe ich trotzdem noch behalten. Sie hält es für mich frei und sagt, ich kann kommen, sooft ich will. Das heißt, in letzter Zeit ziemlich oft«, Fifi seufzt, »leider sind meine neuen Mitbewohner nicht gerade rücksichtsvoll. Ich brauche absolute Stille, wenn ich meine Videos aufnehme, aber das verstehen sie nicht. Das heißt, eigentlich verstehen sie es schon, aber es ist ihnen egal. Und frag mich nicht, woher sie die Zeit nehmen, den ganzen Tag zu Hause herumzuhängen. Sollten sie nicht an der Uni sein oder in der Bibliothek?«

»Deine Videos?«

Fifis Fersen schlagen gegen die Unterschränke, während sie erzählt. Es habe vor ein paar Jahren angefangen, mit Make-up-Tutorials und Unboxing. Schon bald hatte sie viele Follower, aber mit der Zeit wurde ihr bewusst, dass die Leute vor allem auf ihre Stimme reagierten. Sie würde so beruhigend klingen, schrieben sie ihr, und ein angenehmes Gefühl im Körper auslösen. Nachdem sie wiederholt dazu aufgefordert worden war, ein ASMR-Video zu machen, googelte sie, was das eigentlich war, und danach ging alles sehr schnell. Im Laufe eines Jahres wurde Fessonia's Whispers zu einem der populärsten ASMR-Kanäle.

»A. S. M. R.«, erklärt Fifi, noch ehe Bee nachfragen kann, »*autonomous sensory meridian response*. Ich mache Geräusche, die Leute beruhigen.«

»Jetzt komme ich nicht ganz mit. *Du* machst Geräusche?«

Fifi nickt. Geduldig erklärt sie ihrer Mutter, die darüber völlig das Tee-Ei vergisst, das sie immer noch mit dem Daumen und Zeigefinger der rechten Hand offen hält, dass jeden Tag Tausende Menschen auf der ganzen Welt zuhören, wie sie vorsichtig in ein Mikrofon flüstert, pustet, mit der

Bürste darüberfährt, dem Finger darauf klopft oder daran kratzt. Die Nachfrage nach neuen Videos ist groß und immer sehr spezifisch.

»Verschiedene Menschen haben verschiedene Sachen, die sie beruhigen«, erzählt sie, »mach mal eins mit Regengeräuschen, sagen sie, mit Plastiktüten, Kerzen und blauen Farben, Fingernägeln, eine Ohrenmassage, ein Flüstervideo, eins, wo du Frühstück zubereitest –«

»Frühstück«, Bee unterbricht sie skeptischer als gewollt, »warum ausgerechnet Frühstück?«

Fifi hebt die Hände.

»Jeder nach seinem Geschmack. Es ist ein bisschen so, als wäre ich ihre Mutter. Ich begleite sie in ihre Träume«, sagt sie, »meine Stimme ist das Letzte, was sie hören, bevor sie einschlafen. Deswegen bin ich übrigens auch hier. Es gibt ein paar Leute, die eine App für Menschen mit Schlafstörungen entwickeln. Sie wollen vielleicht meine Stimme verwenden.«

Bee ist sich nicht sicher, was die Tochter ihr gerade erzählt hat. Videos? Plastiktüten? Das klingt eindeutig komisch.

Und nicht nur das. Es klingt dubios und angsteinflößend.

Als könnte Fifi auf die schiefe Bahn geraten.

Bee merkt, dass ihr Gesicht vor lauter aufgesetztem Enthusiasmus schon ganz steif ist, aber Fifi scheint es nicht aufzufallen.

»Na, erst mal abwarten. Aus solchen Sachen wird ja nicht immer etwas, aber es wäre nett, wenn es klappen würde. Sie behaupten, man könnte damit Geld machen.«

»Das wäre doch wunderbar!«, sagt Bee und lässt das Tee-Ei mit einem Knall zuschnappen, »das klingt alles wahnsinnig interessant, Fifi.«

Bee möchte so schnell wie möglich Marianne anrufen. Sie möchte kein Blatt vor den Mund nehmen, möchte ausnahmsweise nicht als das personifizierte schlechte Gewissen auftreten, sondern einfach nur eine Erklärung verlangen, was zum Teufel gerade los ist.

»Ich versuche, das erst mal nur als Abenteuer zu sehen«, sagt Fifi und zuckt mit den Schultern, die in dem schräg einfallenden Licht wie Perlmutt schimmern. Ihr bananengelbes Neckholderkleid sieht aus, als wäre es direkt aus einem Sommer in den Siebzigern herbeigeweht. Bee friert schon beim Anblick. An diesem Nachmittag versinkt San Francisco in einem kühlen Nebel.

»Ja«, sagt Bee, »das solltest du auch. Wann wirst du sie treffen?«

»Am Samstag.«

»Diesen Samstag?«

Bee gießt kochendes Wasser in die Teekanne, die ein Geschenk von einer Kundin ist und wie eine Erdbeere geformt, auf deren Spitze ein Elf sitzt. An der Mütze des Elfen hebt man den Deckel an. Sie hasst die Kanne. Schon immer. Warum hat sie die nicht längst ausgemistet? Wahrscheinlich, weil die Kundin ja wiederkommen könnte, dabei war sie schon seit zwei Jahren nicht mehr da gewesen. Jeder andere Mensch außer Pauline hätte sich wahrscheinlich geweigert, seinen Earl Grey daraus zu trinken, aber sie hatte sich damit begnügt, die Kanne »pissende Erdbeere« zu taufen.

»Ich hoffe, es ist okay, dass ich hier übernachte. Egal

wo«, sie deutet mit dem Kopf zum Wohnzimmer, »das Sofa wäre prima.«

»Glaubst du etwa, ich hätte kein Zimmer für dich?«

Bee hört selbst, wie sie klingt: wütend und gekränkt.

Ein stinkender schwarzer Fleck im Raum.

Das hatte sie nicht beabsichtigt.

Letzten Endes hatte sie nichts von all dem beabsichtigt:

Pauline Farley und der kleine Hudson, ihr Sohn.

San Francisco.

Das kernsanierte viktorianische Town House, dank dem Bee eine Sorte Kunden für sich gewinnen konnte, die sie sich nie hätte träumen lassen. Und trotzdem ist es passiert. Als hätte sie alles von Anfang an geplant.

»Ich werde auch nicht so oft hier sein«, sagt Fifi, »es gibt so vieles, was ich mir gern angucken würde, während ich da bin. Ich brauche nur einen Schlafplatz.«

»Hudsons Zimmer«, sagt Bee und nimmt zwei Tassen aus dem Schrank, sie hätte natürlich Gästezimmer sagen sollen, »komm, ich zeig es dir.«

Während Fifi ihren Koffer auspackt, bereitet Bee das Tablett vor. Ihre Hände sind kraftlos wie welke Blätter, als sie Mandeln in eine Schale schüttelt und ein paar verschrumpelte Blaubeeren in eine andere. Sie füllt Mineralwasser in eine Karaffe, stopft zwei Gurkenscheiben hinein, schneidet einen Apfel in Schnitze und beträufelt sie mit Zitronensaft. Diesen Trick hat sie von Pauline gelernt, die eine Spezialistin darin war, alles frischer wirken zu lassen.

Im Wohnzimmer, das tatsächlich erschreckend groß wirkt, nachdem nur noch ein Bruchteil der Möbel übrig ist, stellt sie das Tablett neben sich auf dem Couchtisch ab und bleibt unentschlossen stehen.

»Bist du hungrig?«, ruft sie. »Falls ja, können wir uns was bestellen. Hätte ich gewusst, dass du kommst, hätte ich uns was gekocht.«

»Hast du was gesagt?« Fifi steht in der Tür. Sie hat ihr Kleid gegen einen Hausanzug aus schwarzem Nickistoff getauscht. Ihr Haar ist geflochten und hängt wie ein goldenes Tau über die eine Schulter.

»Hast du etwas gegessen?«

»Ich habe mir unterwegs was gekauft, Tee ist wunderbar, Mama.«

Die Tür wird wieder geschlossen, aber nicht fest.

Fifi ist wie immer.

Aus irgendeinem Grund muntert es Bee auf, dass ihre Tochter aussieht, als wäre sie mit vierzehn in ihrer Entwicklung stehengeblieben. Sie ist nicht zu dünn, nur unnatürlich klein. Kleiner als *petite,* aber zu wohlproportioniert, als dass man sie für einen Zwerg halten könnte. Bee hat oft versucht, sich an die Größe des Vaters zu erinnern, aber sein Körper ist, genau wie sein Name, mit den Jahren verblasst. Arme, Beine, Nase, Mund, Hände. Alles verschwunden. Bloß sein Lachen, das schüchtern und nur selten ausgelassen war, ist noch da.

Während seines vierzehntägigen Aufenthalts in Esalen waren sie nur dieses eine Mal miteinander im Bett gewesen. Bee, die damals als Yoga- und Meditationslehrerin im Institut angestellt war, hatte ihn bemerkt, weil er allein reiste und seinen Aufenthalt überhaupt nicht zu genießen schien. Er zog sich keine bequeme Kleidung an, sondern lief in seinen khakifarbenen Chinos und einem Hemd über das Gelände. Zum gemeinschaftlichen Frühstück kam er spät und brachte eine Zeitung mit, in der er sofort zu lesen begann. So konnte man kein Gespräch anfangen, ohne ihn ganz offensichtlich zu stören. Wenn er ein seltenes Mal zu einer von Bees Stunden auftauchte, ging er stets wortlos wieder, noch ehe sie zum Shavasana kamen. Als er eines Morgens auf der Treppe, die zum Strand hinabführte, nach Bee rief, hätte sie also um nichts in der Welt geahnt, was er sie anschließend ein wenig zerstreut fragen würde.

Seine Hütte lag abgeschieden vom Hauptgebäude hinter einer Reihe windgepeitschter Kiefern, und von der Terrasse aus blickte man auf den Stillen Ozean hinab, der sich an den gezackten schwarzen Klippen vor der Küste brach. Er hatte für Gin Tonic eingekauft, und Bee fühlte sich in seiner Gesellschaft wohl. Weil er so anders war als die Männer, mit denen sie sich normalerweise einließ, weniger sonnengegerbt und wie sie selbst aus dem Mittleren Westen stammend, hatte sie keine klare Vorstellung, wie es weitergehen würde. Sie tranken ihre Drinks und aßen Cheez Balls, die er von zu Hause mitgebracht hatte, und er erzählte von seiner Arbeit als Programmierer bei einem Start-up. Als er einige Monate zuvor krank geworden war, hatte sein Chef ihn dazu aufgefordert, ein wenig kürzerzutreten. Die Firma zahlte den Kuraufenthalt, und weil er seinen Job nicht verlieren wollte, hatte er eingewilligt. In Wahrheit sehnte er sich mehr als alles andere nach dem Büro in Menlo Park, nach seinen Codes und Kollegen. Sie standen ganz kurz vor irgendeinem Durchbruch. Bee hatte ihm damals zugehört, ohne viel von dem zu verstehen, was er ihr erzählte. Es war das Jahr 1995, sie hörte zum ersten Mal etwas vom Internet und war noch nie zuvor jemandem begegnet, der einen Burnout hatte.

Als Bee am nächsten Morgen ihre Yogaklasse begrüßte, versetzte es ihr einen Stich, an den Mann zu denken, der schon in Kürze, nach ein paar Stunden Fahrt entlang der Küste, wieder vor seinem Bildschirm sitzen würde. Bereits drei Wochen später bekam sie Durchfall und warme Handflächen, was anscheinend bedeutete, dass sie Mutter werden würde.

Sie hatte nicht einen Moment gezweifelt, was die richtige Entscheidung war.

Bee strebte nach einem Leben im Einklang mit dem Körper und dem Rhythmus der Natur. Der nette junge Mann hatte die fremde Sprache der Technologie gesprochen. Eine neue Sprache, voller Wörter, die sie nicht verstand und mit nichts verbinden konnte.

Außerdem hatte er zu Hause in Palo Alto bestimmt eine Freundin, vielleicht sogar Verlobte. Das hatten sie meistens.

Nein. Das Kind war ihres.

Aus einer Blume geboren.

Bee nahm Fifi in einer aufblasbaren Badewanne in der Mitarbeiterunterkunft von Esalen in Empfang. Iris, eine vogelartige Deutsche, die dort Yin Yoga unterrichtete, war als Doula bei der Geburt dabei, und in Fifis ersten sechs Lebensjahren bestand ihre Welt nur aus dem Kurszentrum auf den Klippen südlich von Monterey. Sie waren tatsächlich, wie man so sagt, eine große Familie. Wenn Bee ihre Stunden gab, war immer jemand da, der sich um das Kind kümmern konnte, und wenn sie eine harte Nacht hinter sich hatten, bot sich meistens eine Kollegin an, um auf Fifi aufzupassen, damit Bee ein wenig schlafen konnte. Fifi wurde zu einer Art Maskottchen des Instituts. Sie begleitete das Reinigungspersonal und den Gärtner. An kalten Tagen besuchte sie die Küche und half dort, Mandeln zu häuten oder Salat zu waschen, bis sie die Lust verlor und in den Park wackelte, um die Eichhörnchen mit den Resten des Frühstücks zu füttern. Fifi war ein pflegeleichtes, ruhiges und ungeheuer hübsches Kind. Sternenaugenmädchen wurde sie genannt.

Als sie alt genug war, um zu begreifen, dass es Väter gab, und sich interessiert nach ihrem eigenen erkundigte, beschloss Bee, ihr zu erzählen, sie wäre das Kind eines Samenspenders. Die Identität ihres Vaters sei gesetzlich geschützt. Sie wisse nur, dass er in Missouri geboren war.

Und dabei blieb es.

Als Bee sich auf das Sofa setzt, stößt sie mit ihrer Socke gegen etwas Hartes, Leichtes. Sie bückt sich und weiß bereits, was ihre Fingerspitzen zu fassen bekommen werden. Der vertraute Duft von karamellisierten Pflaumen und Rasierwasser hängt noch daran. Bee richtet sich auf und lässt das facettengeschliffene Glas mit einer blitzschnellen Bewegung zwischen der Rückenlehne und dem Kissen verschwinden.

»Wie schön du es hier hast«, sagt Fifi, die genau in dem Moment hereinkommt, »es macht gar nichts, dass es ein bisschen leer ist.«

»Findest du wirklich?«

»Du weißt doch, wie es zu Hause bei Oma ist, die alles mit Sachen vollstopft«, erwidert Fifi und macht es sich am anderen Ende des Sofas bequem, »mir gefällt es so, wie es bei dir ist, ehrlich gesagt besser. Wie groß ist das hier eigentlich?«

»Ungefähr zweihundert Quadratmeter«, murmelt Bee, »vielleicht etwas mehr.«

Das Haus hat 285 Quadratmeter und sieben Zimmer mit der Möglichkeit, auch den Dachboden zu nutzen, und die Eigentumssteuer beläuft sich auf das, was Bee in einem sehr guten Jahr verdient. Das weiß sie, weil letzte Woche ein sportlicher lateinamerikanischer Mann vorbeigekommen war und alles fotografiert hatte, und zwei Tage später waren die Informationen im Internet einsehbar. In einem Anfall von Selbstquälerei hatte sie die Anzeige gesucht.

Pauline ist eine Frau mit Gerechtigkeitssinn, aber keine Wohltätigkeitsorganisation. Bee hatte ein halbes Jahr Zeit bekommen, ehe das Haus zum Verkauf angeboten wurde. Dann lief der Überbrückungskredit aus. Überbrückungskredit. Zwischenfinanzierungskonto. Solche Vokabeln verwendete Pauline ganz selbstverständlich, obwohl sie erst spät im Leben zu Wohlstand gekommen war.

Manche Menschen lernen schnell.

Manche Menschen lassen los und werfen sich mit der siegesgewissen Todesverachtung eines Akrobaten der neuen Liebe entgegen.

In diesem Bild bliebe Bee dann als schaukelndes Trapez zurück, was sicher treffend ist. Sie schenkt Tee ein und reicht ihrer Tochter die eine Tasse. Fifi hat Pita auf den Schoß genommen, wo sie liegt und zufrieden und zugleich untröstlich aussieht.

Der Fotograf war im Übrigen nett. Er nahm sich Zeit, das Glas Weißwein zu trinken, das sie ihm anbot (eigentlich hatte sie geplant, den Wein erst zu öffnen, wenn er schon weg war, aber irgendetwas an seinem Wesen weckte ihre schlummernde Gastfreundschaft), und bevor er ging, wünschte er ihr viel Glück und schien es ernst zu meinen.

Ich hoffe, Sie finden eine gute Lösung, Miss.

Ja, bitte. Sie hätte längst über eine Lösung nachdenken müssen.

Das weiß sie zu gut.

Das Problem ist, dass all ihre Überlegungen am selben beklemmenden Ort enden: der ersten Etage im Haus ihrer Mutter, im weniger schönen Viertel von Bondurant, wo all die alten Paare und Witwen leben.

Sie kann diese Leute sofort vor sich sehen; wie sie reden werden.

Ist Marianne Wallens' Tochter wieder *nach Hause* zurückgekehrt?

Hat jemand sie gesehen? Habt ihr mit ihr geredet?

Ich habe gehört, sie wäre lesbisch geworden und hätte sich scheiden lassen.

»Uff, die haart aber ganz schön!« Fifi hält ihre Handflächen hoch, die tatsächlich über und über mit Pitas glänzenden Haaren bedeckt sind. »Kann man denn nichts dagegen machen? Ihr irgendein Mittel geben?«

»Sie ist ein Hund«, sagt Bee, »die haaren nun mal.«

Fifi lächelt, so dass das Grübchen in ihrer rechten Wange deutlich wird, sie gleicht sich selbst auf dem Foto auf Bees Nachttisch. Sieben Jahre alt, braun wie eine Nuss.

»Nichts für ungut.«

Hudson sagte immer, Pita hätte ein Jammergesicht. Das ist immer noch die treffendste Beschreibung, die Bee einfällt.

»Komm, wir gehen was essen«, sagt sie und macht eine etwas zu schnelle und ausgreifende Bewegung, das Plaid rutscht ihr herunter und auf den Boden, »ich kenne ein indisches Restaurant, wo man immer einen Tisch bekommt, und es ist viel besser und günstiger als das, was immer ausgebucht ist. Es liegt etwas weiter weg, aber es wäre den Ausflug wert. Was sagst du?«

»Ich sage, das klingt toll«, sagt Fifi und küsst Pitas flache Schnauze, »du weißt ja, wie sehr ich indisch liebe.«

Bee wusste es nicht, jetzt tut sie es.

6
Niels

Niels parkt sein Rad an den Ständern vor Strandlunds Außenanlage. Biggo hat sein Einsatzgebiet um Vesterbro und Kongens Enghave erweitert, und die vielen zusätzlich aufgehängten Plakate und Bürstenstriche spürt er in jedem einzelnen Muskel. Er fühlt sich warm und weichgeprügelt, aber das ist nicht schlimm. Vielleicht wird er ausnahmsweise einschlafen können, wenn er sich heute Abend ins Bett legt. Am tulpengelben Nachmittagshimmel über dem Meer reißen die Wolken auf. Das Sonnenlicht lässt Fahrradlenker und Türgriffe glänzen, als wären sie mit geschmolzenem Zucker überzogen. Niels stopft seine Mütze in die Tasche und öffnet die Jacke. Sein Haar ist kurz, im Nacken und an den Seiten raspelkurz, oben ein paar Zentimeter länger. Man sieht es nicht, aber wenn er es wachsen ließe, würde es in wilden honigblonden Locken über seinen Kopf wallen, mit denen er sich nie anfreunden konnte. Er findet sie vulgär, und sobald er alt genug war, um mitzureden, bat er seine Mutter, sie abzuschneiden.

Die Jalousien in Barbaras Arbeitszimmer sind heruntergelassen, aber das Fenster ist gekippt, und Niels kann die Konturen seines hochgewachsenen Freundes unter der Bettdecke sehen.

»Cosmo?«

Er rührt sich nicht.

Niels pfeift. Eine beharrliche Melodie, die er so lange wiederholt, bis Cosmos knochige Hand über die Bettdecke krabbelt, als wollte sie die Lärmquelle finden und ersticken. Niels tritt vom Fenster zurück, schließt aber nicht gleich die Tür auf, um hineinzugehen. Er setzt sich auf die Treppe vor die Nummer elf und wirft Steinchen gegen den umgedrehten Blumentopf, den sie immer als Aschenbecher benutzen.

Nur so, mit der Sonne im Gesicht.

Es ist gut.

Einfach.

Unten im Wallgraben schimpfen die Enten laut über die rücksichtslosen Möwen.

Plick, macht es, wenn er das Terrakotta trifft.

Plick. Plick. Plock, das war der Tisch.

Kein Stein trifft ins Loch.

Eigentlich wollte er höchstens ein paar Wochen in Strandlund bleiben. Cosmo hatte ihm angeboten, in der Wohnung seiner Großmutter Barbara auf dem Sofa zu übernachten, während er darauf wartete, dass Evald und Alka Seltzer ihren Dachboden im Frederikssundsvej räumten. Dort könne er umsonst wohnen, hatten sie gesagt, kein Problem. Dann stellte sich allerdings heraus, dass es doch ein Problem gab. Erst fand man eine tote Katze, die sich wohl auf den Dachboden verirrt hatte, dann wurde bei einem Besuch der zuständigen Behörden eine so hohe Asbestbelastung festgestellt, dass man von jedem unnötigen Aufenthalt abriet. Die Bewohner hatten sich zusammengeschlossen, um den Vermieter zu verklagen, und Niels war nach wie vor wohnungslos. Er kam einfach nicht zur Ruhe, seit er Ende des Sommers nach Dänemark zurückgekehrt war, und jetzt überlegte er, erneut wegzufahren. Nach Sankt Petersburg vielleicht oder Südspanien. Aber das Timing war äußerst schlecht. Wenn er Kopenhagen schon nach ein paar Monaten als Plakatierer bei Biggo wieder verließ, würde er als unzuverlässig abgestempelt werden und eine Beschäftigung verlieren, die ihm mehr lag als alles andere, was ihm sonst noch einfiel. Schwere körperliche Arbeit machte ihm nichts aus, solange er in bar bezahlt wurde und selbst entscheiden konnte, wann er sie ausführte. Sidsel würde ihm natürlich anbieten, bei ihr einzuziehen, aber ihre Wohnung war ohnehin schon zu eng. Auch wenn sie es abstritte, würde er ihr zur Last fallen. Außerdem war Niels bewusst geworden, dass Cosmo diesmal an etwas Ernsterem litt als nur den üblichen Anfällen von Mutlosigkeit. Dieser Zustand schien nicht von allein vorüberzugehen, und Niels wagte es nicht, seinen Freund der eigenen Dunkelheit zu überlassen.

So kam es, dass er Anfang März bei Cosmo einzog, in die altengerechte Wohnung, in der die verstorbene Frau von Barbaras Mann Hugo seinerzeit gepflegt worden war und die Barbara und Hugo (dank einer Kombination aus ihrer Berühmtheit und seinen guten Kontakten zur Stadtverwaltung) als Sommerresidenz behalten durften. Die meiste Zeit des Jahres verbringen sie im Süden Portugals auf dem ehemaligen Bauernhof, den Barbara gemeinsam mit ihrem ersten Mann gekauft hatte. Inmitten dieser seltsamen Symmetrie aus verstorbenen Ehepartnern und Immobilien lebt es sich, wie Cosmo findet, blendend. Und Barbara hatte tatsächlich auch vollkommen fröhlich und entspannt geklungen, als Niels sie anrief, um sich selbst als weiteren illegalen Untermieter vorzuschlagen.

Solange ihr euch ein bisschen unauffällig verhaltet, hatte sie gesagt. Und über das Geld würden sie sich schon noch einig werden.

Anschließend hatte er Barbaras Debütroman aus dem Regal gezogen. Die Stimme am Telefon war nur schwer mit der jungen Frau in Einklang zu bringen, deren pflaumenschwarze Augen ihm eindeutig flirtend entgegenleuchteten. Cosmo hatte also nicht übertrieben, als er sagte, seine Großmutter sei einmal erschreckend schön gewesen.

Niels sieht auf, als er Schritte hört. Es ist Arvid, ihr Nachbar auf der rechten Seite, der auf dem Weg vorbeigeht. Der Regen hat seine Jacke über den Schultern dunkel gefärbt und einen keilförmigen Fleck am Rücken hinterlassen.

»Guten Abend, Niels«, sagt er und bleibt stehen, wie es hier so üblich ist.

»Guten Abend«, erwidert Niels und springt auf. Diese Wirkung haben die anderen Bewohner auf ihn; er mag das Gefühl nicht, ihre Zeit zu vergeuden. Arvid stellt die Einkaufstasche zwischen ihnen auf dem Boden ab und richtet sich mühsam wieder auf. Der Atem pfeift und rasselt in seinen Lungen.

»Wie ich sehen kann, hat es dich auch erwischt? Ich bin auf dem Weg vom Kaufmann in einen Schauer geraten. Erst habe ich mich brav unter eine Markise gestellt und gewartet, aber es war ja nicht abzusehen, wie lange das dauern würde. Am Ende hätte ich den ganzen Abend dagestanden, und da habe ich gedacht, jetzt sieh aber zu, dass du wieder zu Tove zurückkommst, sonst wird sie noch sauer. Ist das nicht dämlich?«

Niels steht auf dem Kiesweg vor dem Witwer und weiß nicht, was er sagen soll. So sträflich gesund und lebendig, wie er selbst ist. Das kann man schlecht verbergen.

»Du«, sagt Arvid, der anscheinend nicht mit einer Antwort gerechnet hat, »wie geht es denn deinem Mitbewohner? Ich habe ihn schon so lange nicht mehr gesehen. Ist er auf Reisen?«

»Nein«, sagt Niels, »er ist zu Hause.«

»Gut, gut.«

»Aber ich kann ihn ja mal fragen, warum er durch die Gegend schleicht und die Leute nicht ordentlich grüßt.«

Arvid sieht weg.

»So war das nicht gemeint. Er kann ja tun und lassen, was er will.«

»Weiß ich doch, das war nur ein Scherz.«

»Aber geht es ihm denn gut?«

»Ich denke schon«, antwortet Niels, und ihm wird klar, dass Arvid genau weiß, dass Cosmo nicht auf Reisen ist. Man unterschätzt alte Menschen genauso leicht wie Kinder.

»Hat er denn genug zu tun? Barbara hat mir ein bisschen davon erzählt, wie schwer es in seiner Branche ist, irgendetwas zu planen. Dass man von der Hand in den Mund leben muss. Ein hartes Geschäft.«

Nachdem er kurz überlegt hat, antwortet Niels ganz einfach:

»Ja.«

»Gut. Das freut mich zu hören.«

Arvid hat erneut die Henkel seiner Tüte gefasst.

»Richte ihm aus, er soll uns bei Gelegenheit mal besuchen. Guten Abend.«

»Das mache ich.«

Niels bleibt stehen und sieht zu, wie Arvid mit unsicheren Schritten auf seine Haustür zugeht. Seine Schultern hängen herab, jetzt, wo sie in ihrer Breite unbrauchbar und beschwerlich geworden sind. Man kann sehen, dass der Körper nur noch lose zusammenhängt und an Stellen hakt, wo er sich früher geschmeidig zu einem Ganzen zusammengefügt hat. Endlich hat Arvid die Tür erreicht, und jetzt kämpft er mit dem Schlüssel, der zwischen seinen Fingern klein und glitschig ist wie ein Fisch. Niels setzt sich auf den Treppenabsatz, und die Hecke verbirgt Arvids Anstrengungen, sich selbst und die Waren das letzte Stück bis ins Haus zu befördern. Niels schirmt sein Gesicht mit der rechten Hand von der Sonne ab, liest mit der anderen ein weiteres Häufchen Kiesel auf, führt den Arm weit zurück, schleudert ihn vor und öffnet die Finger. Die Steinchen regnen in unregelmäßigen Schauern auf den umgedrehten Blumentopf herab, treffen und treffen nicht, treffen und treffen nicht und nicht und nicht und nicht.

Als er ins Wohnzimmer tritt, wird der Rauch, der sich im Flur nur als Geruch bemerkbar machte, dunkler und dichter. Niels presst seine Mütze gegen den Mund und atmet durch die nasse Wolle, während er hin- und herläuft und an beiden Enden der Wohnung die Fenster aufreißt. Er nimmt die Pfanne von der Gasflamme und stellt sie in die Spüle. Das Metall zischt und knackt mehrmals, dann ist es still. Der Rauchschleier wird aus dem Fenster gesogen, und kurz darauf sieht das Wohnzimmer wieder aus wie immer. Er horcht und rechnet damit, dass irgendein Alarm losgeht, dass jemand klingelt oder durch die Tür hereinruft. Immerhin sind sie von Personal umgeben, das dafür angestellt wurde, die Leute am Leben und bei Laune zu halten. Doch nichts passiert. Niemand hat den Rauch bemerkt, der am Donnerstagnachmittag minutenlang aus einer Wohnung in Strandlunds roten Ziegelgebäuden wehte.

Aus Cosmos Zimmer ertönen fröhliche amerikanische Frauenstimmen, irgendeine Hintergrundmusik, die lauter und leiser wird, aber immer nur für einen kurzen Moment ganz verschwindet. Niels stellt sich vor, wie er die Tür aufreißt und zu der Gestalt hineingeht, die halb aufgelöst im blauen Licht vor sich hindämmert, wie er die knochigen Schultern packt und so fest schüttelt, wie er kann, immer weiter schüttelt. Stattdessen stellt er die Milch wieder in den Kühlschrank, schraubt ein Glas Rote Beete zu und wischt den Küchentisch. Der Ring, den der Saft hinterlassen hat, bleibt als Schatten auf dem Holz zurück. Er klopft das schwarze Spiegelei in den Mülleimer und füllt den Wasserkessel. Nachdem das Wasser gekocht hat, gießt er es in die Pfanne. Rußflocken fließen mit dem Wasser über die Pfannenränder und bilden im Sieb des Abflusses ein dunkles Häufchen. Er dreht die Heizungen herunter, die im Zug der offenen Fenster auf Hochdruck arbeiten. Während die Meeresluft wie ein Pfeifenreiniger quer durchs Wohnzimmer gezogen wird, holt Niels seinen Rucksack und entleert ihn auf dem Esstisch. Heute hat er nicht viel ergattert, die besten Sachen waren schon weg. Eine der vier eingeschweißten Zucchini ist etwas schleimig, der Rest ist in Ordnung. Wie auch der Karton Apfelsaft und die Schalotten haben sie nur kleine Schönheitsfehler. Er räumt die Lebensmittel in den Kühlschrank, der leer ist bis auf eine Packung Eier und die Rote Beete. Es wird für zwei Tage reichen, vielleicht drei. Biggo schuldet ihm noch den Lohn für März, aber Niels will ihn nicht daran erinnern, jedenfalls noch nicht. Er möchte keinen falschen Eindruck bei den Leuten erwecken. Natürlich kann er warten, und das Geld kommt schon noch, das weiß er von Evald, der schon für Biggo arbeitet, seit er das Gymnasium geschmissen hat. Jetzt beobachtet er dich erst einmal, hatte Evald erklärt, als sie sich zufällig auf der Nørrebrogade begegnet waren, die schon seit mehreren Jahren zu Evalds Gebiet zählt. Ob man sich auf dich verlassen kann, ob man mit dir zusammenarbeiten kann, sagte er und atmete in seine groben Hände, das zählt für ihn am meisten. Auf Niels ist Verlass, das findet Biggo bald heraus. Er lernt schnell, arbeitet sorgfältig und würde sich nie beklagen, auch wenn er sich in den letzten Monaten ausschließlich von Haferbrei und Linsensuppe ernährt hat. Abgesehen von den Abenden, an denen er bei Sidsel eingeladen war.

Niels stellt die Kaffeemaschine an und hängt seine durchgeschwitzte Kleidung über einen Stuhl im Esszimmer. Auf diesen Moment hat er sich gefreut, seit er in Richtung Stadt aufgebrochen war. Die langen, heißen Duschen unter dem tellergroßen Brausekopf gehören zu den wenigen Annehmlichkeiten, die er sich im Laufe seines Aufenthalts in Strandlund angewöhnt hat.

Die Luft in dem Zimmer, das er nicht als sein eigenes zu betrachten versucht und doch längst für unantastbar hält, ist frisch und kühl, und Niels ist froh, dass er die Tür hinter sich geschlossen hatte, als er gestern hinausgeschlüpft war. Es ist der kleinste Raum, aber er geht nach Osten, und vom großen, sprossenfreien Fenster aus blickt man auf den Öresund. Barbara hat einen guten Geschmack, und obwohl Strandlund unverkennbar auf Körper ausgerichtet ist, die sich im Verfall befinden, hat sie es geschafft, diesen Eindruck mit einer Mischung aus edlen Möbeln, Kunst und Textilien zu überdecken, die sie über die Jahre von ihren Reisen mitgebracht hat. Nur im Badezimmer, wo Handgriffe an die Wand der Duschkabine gedübelt sind, wird man noch daran erinnert, dass es sich um eine altengerechte Wohnung handelt.

Er trinkt seinen Kaffee nackt, im Stehen, mit einer Hand auf die Fensterbank gestützt. Zwischen den einzelnen Schlucken drückt er die Tasse gegen seine Brust, die bis auf eine herzförmige Insel aus Haaren immer noch glatt ist wie die eines Jungen. Er beobachtet die Spatzen, die in einer Pfütze auf dem Kiesweg baden. Die Sonne vergoldet seinen Hals und seine Schultern, und als er sich abwendet und einige Schritte in den Raum tritt, auch seinen Rücken, auf dem die Muskeln jetzt deutlicher hervortreten. Niels stellt die Tasse ab und lässt seinen Kopf kreisen. Er bewundert seinen eigenen Körper nicht, aber er genießt dessen Zuverlässigkeit, genießt es, ihn zu benutzen und zu spüren, wie er sich in die Bewegungen einfügt, nachdem er sich an die andersartige Arbeit mit Bürste und Kleister gewöhnt hat.

Um Raum für Barbaras Schreibtisch zu schaffen, den Cosmo sowieso nur als Abstellplatz benutzte, hat Niels das Bett an die Wand geschoben. Hier, zum Meer gewandt, sitzt er und liest und errichtet so – mühsam und unermüd-lich – eine Stadt aus dem Wissen in seinem Gehirn. Es gibt so vieles, so unendlich vieles, was ihm noch fehlt, und keine Ausrede zählt. Auf dem Tisch liegen in diesem Moment, von unten nach oben: Georg Lukács' Buch über Goethe, zwei Publikationen des Kollektivs Tiqqun, Band 3 und 4 des *Kapitals,* ein früher Heidegger und Alfredo Bonannos *Armed Joy,* das ihm sein Freund Luken Garate zusammen mit einem A4-Blatt mit den Worten NE TRAVAILLEZ JA-MAIS geschickt hat, mit irgendetwas Grobem gekritzelt, vielleicht einem Stück Kohle.

Die Worte stammen nicht von Luken, es ist ein Zitat von Guy Debord. Zum ersten Mal schrieb er sie auf eine Mauer an der Rue de Seine, vier Jahre bevor er 1957 die Situatio-nistische Internationale gründete, eine Gruppe marxisti-scher Intellektueller und Avantgardekünstler. Googelt man Debord, findet man, abgesehen von Artikeln über seinen spektakulären Suizid im Jahr 1994, ein Bild, das an einem windigen, sonnigen Tag in Cosio di Arroscia aufgenom-men wurde. Er steht in einem Wollpullover da, flankiert von seiner ersten Frau, der Autorin Michèle Bernstein, und einem lächelnden Asger Jorn. Obwohl er ebenfalls lächelt, sieht Debord neben dem Maler aus wie ein mürrischer, me-lancholischer Jurist.

Niels hat den Zettel an die Wand über dem Schreibtisch gepinnt, denn obwohl es nicht schwer sein dürfte, Debords Imperativ zu gehorchen, wenn jeden Moment ein solider Geldbetrag von Papa Garates Bankkonto eingeht, weiß er die Geste zu schätzen. Davon abgesehen bildet er sich nicht ein, sein Freund Luken, der zu intelligent ist, um ein Heuchler zu sein, würde nicht den Widerspruch darin erkennen, dass er sich als erklärter Anarchist von seinen Eltern aushalten lässt, die noch dazu in der ständigen Angst leben, er könnte eines Tages Ernst aus seinen Drohungen machen und die Universität in Tübingen verlassen, um in eine Selbstversorgerkommune im Nordosten Spaniens zu ziehen.

Niels hatte Luken letzten Sommer kennengelernt, er begegnete ihm und seinem Freund Simon vor einem Gemüsehändler in einem verschlafenen italienischen Dorf einige Kilometer südlich der Grenze zur Schweiz. Dort hatte er ein Netz Apfelsinen gekauft, die er, im Schatten sitzend, verspeiste, natürlich nicht, ohne den beiden Männern etwas anzubieten, die wie er selbst Wanderstiefel an den Füßen trugen und ihr bescheidenes Gepäck auf dem Rücken. Zu diesem Zeitpunkt war er schon dreieinhalb Wochen gelaufen, lediglich unterbrochen von einem viertägigen Aufenthalt in einem Kloster. Aber die beiden anderen lehnten dankend und wortkarg ab, woraufhin sie das Gespräch wiederaufnahmen, bei dem Niels sie unterbrochen hatte. Die Wanderer, die er bisher auf seinem Weg durch Italien getroffen hatte, waren in der Regel so mitteilsam, dass er es schon nach wenigen Kilometern in ihrer allzu vertrauensseligen Gesellschaft bereute, auf ihre Kontaktaufnahme eingegangen zu sein. Einige Frauen schienen an mehr interessiert zu sein als nur einer Reisebegleitung, aber nach all den Wochen in Einsamkeit hatte sich Niels' Begehren auf eine Weise nach innen gekehrt, die seine Sinne in der Begegnung mit der Welt schärften. Ein Zustand, den er viel zu sehr genoss, als dass er sich von einer flüchtigen Lust hätte mitreißen lassen. Die Reserviertheit dieser Männer wirkte im

Vergleich dazu erfrischend und verlockend auf Niels, und an den verbleibenden Tagen folgte er ihnen durch das Dorf, trank, wenn sie tranken, aß, wenn sie aßen, ohne noch einmal den Fehler zu machen, ihnen etwas von seinem eigenen Essen anzubieten. Sie forderten ihn nicht dazu auf, sie in Ruhe zu lassen, unternahmen aber auch keinerlei Versuche, ihn ins Gespräch einzubeziehen. Erst abends, als Niels sich als nützlich erwies, indem er das Schloss einer alten Scheune aufbrach, öffneten sich die beiden ihm und erklärten, aufgrund seiner Größe und seiner weit auseinanderstehenden Augen hätten sie ihn bisher für einen Nordamerikaner gehalten. Es verstand sich von selbst, dass dies – die Tatsache, dass er *kein* Nordamerikaner war – eine positive Überraschung für sie darstellte. Am nächsten Tag wanderten sie gemeinsam weiter und trennten sich erst eine Woche später, als Niels' Weg über Rumänien weiter nach Osten führte, während Luken und Simon in nördlicher Richtung nach Tschechien wanderten.

Von Simon hörte er nie wieder etwas, aber der Baske beantwortete Niels' Mail schon nach wenigen Tagen mit einer doppelt so langen, die neben einer Liste mit unverzichtbaren Lektüreempfehlungen auch den Entwurf zu einem Artikel über die postmoderne Fetischisierung des handgemachten Produkts enthielt, den Niels lesen und kommentieren sollte. Seither hatten sie den Kontakt gehalten, und eigentlich hofft Niels auch auf Neuigkeiten von Luken, als er seinen Computer einschaltet und stattdessen eine E-Mail von seiner älteren Schwester vorfindet. Sie wurde vor anderthalb Stunden abgeschickt, als es bei ihr Morgen war. Im Betreff steht: HOW DO LOBSTERS GROW? Niels betrachtet die Versalien der Frage mit gerunzelter Stirn. Zuletzt hatte er an seinem Geburtstag von Ea gehört. Sie schrieb, sie hätte ihm ein Geschenk geschickt, und er brachte es nicht übers Herz, ihr zu sagen, dass er schon seit zwei Jahren keine feste Adresse mehr hatte. Was auch immer sie ihm zugedacht hatte, würde nie ankommen.

Er öffnet die Mail und klickt auf den Link. Rabbi Dr. Azriel Tobin wurde von der Brust aufwärts gefilmt, vor einem dunkelbraunen Stoff, der an einer Seite kleine Falten wirft. Seine Wangen sind hohl, sein Bart ist mehlweiß und ebenso dünn wie das Haar, das in luftigen Büscheln unter seiner Kippa hervorquillt. Seine Miene ist freundlich und sorgenvoll, während er vom Hummer erzählt, dessen Panzer sich nicht weiten kann. Anders gesagt wachse er nicht gemeinsam mit seinem Träger, weshalb sich der Hummer zu irgendeinem Zeitpunkt so erbärmlich fühle, so eingezwängt und gequetscht, dass er beginne, nach einem Ort zu suchen, an dem er seine starre Hülle abwerfen könne. Wenn er dann einen passenden Stein oder eine Felsspalte gefunden habe, krabble er in die Dunkelheit und warte – nackt und verletzlich –, bis ihm ein neuer, passenderer Panzer gewachsen sei. *Now imagine,* sagt Rabbi Tobin und beugt sich vor, der Hummer wäre nicht losgewandert, um nach einem solchen Versteck zu suchen, sondern stattdessen zu einem Arzt gegangen, der ihm ein Rezept für Alprazolam oder Fluoxetin oder Sertralin ausgestellt hätte. *Imagine,* sagt der Rabbi und hebt seine zitternde rechte Hand, der Hummer hätte sein Leben auf dem Meeresgrund fortgesetzt, elend, aber unwissend über die Ursache, weil er betäubt worden war. Niels hat die Allegorie längst verstanden, trotzdem bleibt er sitzen und lässt sich vom Rabbi erklären, solch schwierige Phasen seien ein Zeichen für unser spirituelles Wachstum, und deshalb gehe es darum, den Schmerz nicht zu fürchten, sondern, im Gegenteil, willkommen zu heißen. *Pain is growth,* sagt der Rabbi und lehnt sich mit einem verklärten Lächeln auf seinen dünnen Lippen zurück.

Die Mail wurde an siebenundneunzig weitere Adressaten verschickt und scheint eine Art Kettenbrief zu sein. Der Gedanke dahinter ist, dass jeder Empfänger ihn an seine Kontakte weiterleitet und immer so weiter und so fort. Auf diese Weise sollen jene, die der ursprüngliche Verfasser als »Big Pharma« bezeichnet, nach und nach als die gewissenlosen Vergifter unserer Gesellschaft enthüllt werden, die sie auch sind. Der kurze Text ist mit Ausrufezeichen gespickt. Verbreite die Botschaft! Lass dich nicht von ihnen betäuben! Wir müssen die Wahrheit verkünden! *Pain is growth!* Im Grunde nicht unsympathisch, aber auf rührende Weise banal. Niels käme nie auf die Idee, so etwas weiterzuverbreiten. Er kennt niemanden – außer seiner ältesten Schwester –, der sich dafür interessieren würde.

Ea hat keine Ahnung, wer er ist.

Wie sollte sie auch?

Er war elf, als sie wegging.

Ein stiller Junge, der sein Elternhaus ohne viel Aufhebens gegen die Wohnung seiner Tante in Østerbro tauschte.

Nein, er sieht keinen Grund, Ea Vorwürfe zu machen.

An ihrer Stelle hätte er genauso gehandelt und hat es dann ja auch, sobald die Gelegenheit kam.

Hey. It's me. Fessonia.

Niels spürt einen Schauer, der ihm vom Nacken her den

Rücken herunterläuft, sich von dort weiter ausbreitet und zu einer prickelnden Wärme in der Lendengegend wird.

Die Stimme ist ganz nah, ein heiseres, intimes Flüstern.

Er hat das erste Video nicht gestoppt, und das nächste hat von selbst begonnen.

Die Sprecherin ist höchstens siebzehn oder achtzehn, sie sitzt auf einem Bett, in einem Raum, der gut und gerne ihr eigenes Zimmer sein könnte. Hinter ihr an der Wand hängt eine Lichterkette aus lila Herzen.

And today it's all about you.

Sie lächelt, beugt sich zur Kamera vor. Sie ist hübsch, aber eher so wie eine Disneyprinzessin, glatt und unwirklich, mit strahlend blauen Augen und niedlichen Zähnen.

Okay, Freunde, fangen wir an.

Sie hält eine leere Plastikflasche vor die Kamera und trommelt mit den Nägeln darauf, nicht rhythmisch, aber auch nicht rein zufällig. Sie schließt die Augen, als erfordere diese Bewegung all ihre Konzentration.

Niels kann sich nicht bewegen.

Erregung ist es nicht, was er spürt, aber etwas, das daran erinnert. Ein Gefühl, als würde er von unsichtbaren Händen zurückgeschoben und auf seinen Stuhl gedrückt.

Jetzt hört sie mit dem Trommeln auf und kratzt stattdessen vorsichtig über den gerillten Deckel.

Die vorherige Empfindung kehrt in verstärkter Form wieder: eine intensive, prickelnde Behaglichkeit, die im Nacken beginnt und in den übrigen Körper schwappt, bis sich jeder einzelne Muskel weich und entspannt anfühlt.

Fessonia legt die Flasche beiseite und führt einen Puderpinsel zum Mikrophon, das vor der Kamera steht.

Mit kleinen Bewegungen streicht sie über die harte, löcherige Oberfläche, und das Geräusch, das Niels entgegenklingt, ist berauschend nah und trocken.

Ihre Lippen sind auseinandergeglitten, er kann sie atmen hören.

Niels legt versuchsweise eine Hand auf seinen Schritt, aber er ist schlaff.

Die Lust ist nicht auf einen Ort begrenzt.

Sie wandert von seinen Füßen zu seiner Stirn, über die Wangen und den Hals, die Brust und die Hüften, gelenkt von den Geräuschen, die die junge Frau auf dem Bildschirm erzeugt.

Vielleicht fühlst du dich jetzt schläfrig? Du hast es verdient, dich auszuruhen. Lass einfach alles los. Lass los, befiehlt sie.

Niels steht auf und legt sich auf das Bett. Die Rückseite seines Körpers fühlt sich beinahe glühend an, und um ihn herum zieht sich das Zimmer zusammen und weitet sich wieder, im Takt seines Ein- und Ausatmens. Er spürt eine Brise an seiner rechten Wange und die Abendsonne, die durch das Fenster auf seinen Kopf scheint. Die Stimme der Frau perlt und kratzt, umspielt seine Trommelfelle, zieht lange Wellen des Wohlbehagens durch seinen Körper, und er fühlt sich immer schwerer und offener. Niels rollt sich auf die Seite und lässt seine Augenlider unter dem unbekannten Gewicht herabsinken.

7
Sidsel

Sidsel betrachtet den Kleiderstapel und entscheidet sich noch einmal um. Sie zieht eine petrolfarbene Hemdbluse heraus und tauscht sie gegen einen leichten Pullover, steckt ein zusätzliches Buch in die Außentasche, schließt den Reißverschluss des Koffers und stellt ihn neben ihr Bett. Jeanette hat ihr eine Mail mit der Bordkarte und einem Smiley geschickt. Der Flug geht morgen um 14.30 Uhr, den Rückflug muss Sidsel selbst buchen. Laut Plan soll sie sich am darauffolgenden Morgen mit der leitenden Steinkonservatorin Loretta Barry treffen und mit der Arbeit an der Büste beginnen. All das wird passieren. Noch nicht jetzt, aber bald. Sidsel geht ins Bad und betrachtet sich im Spiegel, sie zieht die Ohrringe aus, kämmt das Haar erst zur einen, dann zur anderen Seite. Sie wünscht, sie sähe genauso neu aus, wie sie sich fühlt, aber das tut man ja nie. Sie dreht das kalte Wasser auf und wischt mit der flachen Hand den Staub vom Waschbecken, ehe sie in die Küche geht und das Geschirr auf dem Abtropfgestell wegräumt. Es ist halb neun, Niels hat gerade geschrieben, er sei unterwegs. Sie war schon nervös geworden. Es sieht ihm nicht ähnlich, zu spät zu kommen, und als sie ihn endlich erreicht hatte, klang er benommen. Ich springe sofort aufs Rad, sagte er mit einer Stimme wie aus einem tiefen Brunnen, gib der Motte einen Gutenachtkuss von mir, und sag ihr, wir können am Wochenende *Der Stern von Afrika* spielen. Das hat Sidsel aber nicht vor. Es gibt keinen Grund, Laura daran zu erinnern, dass ihr Onkel die Verabredung nicht eingehalten hat. Wie die meisten Kinder in diesem Alter hat sie neben einem brennenden Gerechtigkeitssinn auch die Fähigkeit, sich noch Wochen später an alles zu erinnern, was sie als Verrat empfindet.

Laura hatte die Nachricht von London mit einer erhabenen Ruhe aufgenommen. Werde ich mitfahren? Das hatte sie natürlich gefragt, doch als Sidsel erklärt hatte, dies sei kein Urlaub, sie müsse arbeiten und Niels werde in der Zwischenzeit auf sie aufpassen, hatte Laura es ohne Murren akzeptiert. Das Mädchen liebt seinen Onkel mit jener Leidenschaft, mit der Kinder Menschen lieben, die sie seltener sehen, als es ihnen gefällt. Beim Abendessen hatte sie zwei Portionen gegessen und war anschließend genauso schnell eingeschlafen wie immer. Vielleicht werden ihr morgen beim Abschied die Tränen kommen, aber Sidsel bezweifelt es. Laura hat einen robusten und unverstellten Charakter, und es kommt immer häufiger vor, dass Sidsel sich selbst dazu ermahnen muss, ihrer Tochter auf Augenhöhe zu begegnen. Als Laura sie vor ein paar Monaten beim Zähneputzen plötzlich fragte, warum sie nicht wie die anderen Kinder in der Kita eine Oma habe, hätte Sidsel am liebsten mit einer unschuldigen Gegenfrage geantwortet: Wer von den anderen hat denn Großeltern? Erinnerst du dich noch, dass wir letzte Woche eine Geschichte über eine Großmutter gelesen haben? Und was mit der Großmutter passiert ist? Doch irgendetwas in Lauras Blick hatte sie glücklicherweise davon abgehalten, und sie erklärte, Laura hätte durchaus Großeltern, aber zwei von ihnen seien tot und die anderen beiden wohnten in einem anderen Land. Laura antwortete ohne Zögern, das sei aber ärgerlich, denn Großeltern würden Kinder früher aus der Kita abholen als normale Eltern, woraufhin sie ihren Mund wieder für die Zahnbürste aufsperrte und Sidsel die Arbeit beenden ließ. Keine Tränen, keine weiteren Fragen.

Natürlich wird es nicht das letzte Mal sein, dass sie darüber gesprochen haben, aber es ist ein Anfang, für den Sidsel sich nicht schämen muss.

Sie hat gesagt, wie es ist.

Eine Viertelstunde später ist Niels immer noch nicht aufgetaucht, und in der Wohnung gibt es nichts mehr zu erledigen. Alles ist weggeräumt, abgewischt, aufgehängt. Sidsel holt die Zigaretten ganz hinten aus der Küchenschublade, öffnet das Fenster einen Spaltweit und hakt es ein. Die Straße ist feucht und menschenleer, sie stellt sich ihren kleinen Bruder vor, wie er in voller Fahrt die Küste entlang stadteinwärts radelt. Vornübergebeugt wie ein Projektil, die stampfenden langen Beine; auf und ab, auf und ab. In der Wohnung gegenüber trocknet sich eine junge Frau mit kriegerischen Bewegungen das Haar, anschließend lässt sie das Handtuch zu Boden fallen. Ihre Freundin kommt herein und setzt sich aufs Bett. Die beiden reden miteinander, während sich die eine anzieht, und als sie das Zimmer verlassen, ist es die andere, die das Handtuch aufhebt und das Licht ausschaltet. Obwohl die Frauen schon seit fast einem Jahr dort wohnen, könnte Sidsel nichts Aussagekräftiges über ihre Beziehung oder ihre Gewohnheiten erzählen. Sie kommen und gehen zu unterschiedlichen Zeiten, schlafen bis spät in den Tag hinein oder sind schon vor Sonnenaufgang unterwegs. Sie haben oft Besuch, aber nie dann, wenn man es erwarten würde. Bei diesen Gelegenheiten drängen sich in den Zimmern junge Männer und Frauen, die Tee und Bier trinken und vor dem großen Spiegel des Kleiderschranks stehen und sich unterhalten. Sidsel drückt die Zigarette auf der Fensterbank aus und lässt sie über die Kante kullern und auf die Straße fallen, wo sie bis zum nächsten Großputztag der Hausgemeinschaft liegenbleiben wird. In der Regel meldet sie sich zum Fegen, aus Angst, die vielen Kippenstummel unter ihrem Fenster könnten jemandem auffallen.

Der Computer liegt ganz unten, und es erfordert einiges Geschick, ihn unter den zusammengelegten Klamotten herauszubugsieren. Sie zieht ihn aus der Hülle, setzt sich auf die Bettkante und klappt ihn auf.

Das Licht des Bildschirms hat einen unheimlichen Effekt auf das dunkle Zimmer.

Es ist kein guter Zeitpunkt.

Vielleicht stellt Niels genau in diesem Moment unten sein Fahrrad ab, und in wenigen Sekunden klingelt es.

Eigentlich ist es gar kein Punkt, sondern nur eine dünne, gleichgültige Scheibe Zeit zwischen dem einen und etwas anderem, und vielleicht tut sie es deshalb genau jetzt.

Der Cursor taucht auf und verschwindet, blinkt, wartet.

Seit wann weiß sie schon, dass sie wieder hier enden wird?

Die ganze Zeit, natürlich weiß sie es schon die ganze Zeit.

Sie hat den Namen in den Fingerspitzen, eine vertraute Choreographie, und sofort steigt das Blut in ihr auf, schießt von der Brust empor ins Gesicht und sticht und zwickt unter der Kopfhaut.

Etwas in ihr gibt nach, als sie auf den ersten Link klickt.

Ein Gerüst in ihrer Brust fällt lautlos in sich zusammen.

Sidsel hat sich so lange dagegen abgehärtet, jetzt ist sie wehrlos. Er arbeitet immer noch an der Uni, immer noch als Dozent, und auch das Bild ist noch dasselbe, es wurde damals für seine neue Stelle aufgenommen. Sein Haar war kürzer, er lächelt nicht, sieht durch das fehlende Lächeln aber nicht unfreundlich aus.

Es ist ein anderes Büro, ein anderes Stockwerk. Dieselben kleinen, tiefsitzenden Ohren.

Sie kehrt wieder zu den Suchergebnissen zurück. Auf einem Foto von einem Seminar im letzten Oktober sitzt Dozent Vicky Singh zwischen zwei Wissenschaftlerinnen auf einem Podium, sie diskutieren über *The Mutations of Socialist Modernity.* Er lehnt sich über seine übereinandergeschlagenen Beine, die Hand knickt in einem unnatürlichen Winkel vom Gelenk ab, als wäre sie vom Gewicht des Mikrophons nach unten gezogen worden. Das Schild, das den anderen Konferenzteilnehmern verraten soll, wer er ist, sitzt schief an seinem Kragen.

Sidsel schluckt schwer.

In ihren Gedärmen blubbert es, die Übelkeit dringt ihr bis in die Fingerspitzen, aber sie kann unmöglich aufhören. Die Erinnerungen wallen auf und bahnen sich in einem wirren Dickicht aus Details ihren Weg: seine starren Brusthaare, wie sie aus dem Hemdkragen emporklettern, als wollten sie dem ebenso störrischen Bart, der unter ihrer Hand knisterte, auf halber Strecke entgegenkommen. Seine schmale Hüfte, die kräftigen Knie und Ellbogen. Die Methode, mit der er seinen Schal nicht wie die meisten Menschen um den Hals band, sondern über den Kopf hob und mit der Präzision eines Konditors auf sich herabsinken ließ. Seine wiegenden Schritte und wie er seine Tasche in einer Ecke des Vorlesungssaals abstellte, weit entfernt, als wäre sie ein voller Müllbeutel. Der seltsame Geruch, der an seinem Anzug hing, frisch aus der Reinigung, gemischt mit Wind und dem Sandelholzstückchen, das im Küchenfenster seiner Wohnung in einer angeschlagenen Untertasse glomm.

Die Zigaretten und der Wein im Küchenfenster.

Der überwucherte, regennasse Garten.

Ein magentafarbenes Laken, ein türkisfarbenes, ein kobaltblaues. Nie ein weißes.

Nie eine gewöhnliche Mahlzeit, sondern immer ein Probier-mal-hier-und-koste-mal-da, nimm einen Löffel von dem Relish, einen Keks mit Käse und Quittengelee. Diese Wurst ist eine Spezialität aus Polen / Griechenland / Tschechien.

Die Tasche aus den Vorlesungen, die Anzüge und Hemden im Schrank.

Der Schrank: sein Geruch, ins Unerträgliche intensiviert.

Die obskuren und zeitraubenden Teezeremonien, die er als Hobby pflegte.

Seine Hände, der Geschmack seines Speichels, der harte, krumme Schwanz.

Sidsel war fünfundzwanzig, als sie Vicky Singh zum ersten Mal sah und auf der Stelle heftig und vorbehaltlos begehrte.

Zu dieser Zeit hatte sie gerade eine Beziehung hinter sich, von deren zwei gemeinsamen Jahren das eine überflüssig gewesen war. Doch erst als der damalige Freund ihr im Café Dyrehaven gegenübersaß und beim Brunch über die Größe der Frühstückseier dozierte, wurde Sidsel klar, dass es so nicht weitergehen konnte. Sie machte Schluss; einige Wochen bevor sie nach London ging, wo sie das kommende halbe Jahr wohnen und studieren würde. In ihrem Studium hatte sie sich fehl am Platz gefühlt (sie musste die Werke anfassen, statt über sie zu lesen, aber es brauchte einige Jahre, ehe sie begriff, wo der Hund begraben lag), und ein freundlicher Studienberater hatte ihr empfohlen, ihren Radius ein wenig zu erweitern, etwas anderes auszutesten; andere Fächer, in einer anderen Stadt. Und da war sie nun, in der imposanten Aula der Universität. Eine Woche zuvor in London angekommen, vollkommen *clueless,* ehrgeizig, frei.

Als Sidsel zum ersten Mal ins Auditorium trat, war sie beim Anblick ihres Dozenten derart desorientiert, dass sie wieder kehrtmachte und zur Information ging, wo ihr ein Mitarbeiter erklärte, es sei der richtige Raum gewesen, den sie soeben verlassen habe. Weil sie aufgrund des Namens davon ausgegangen war, der Dozent wäre eine Frau, kam sie sich schon da abgehängt vor, hinterherhinkend. Im Laufe der sechs Monate, die er ihr Lehrer, und der dreieinhalb, die er ihr Liebhaber war, hatte sich an diesem Eindruck nichts geändert.

Dozent Singh war einer jener vielversprechenden Akademiker, denen das eigene Talent auf irgendeine Weise entglitten zu sein schien, und Sidsel gegenüber nahm er Abstand von der *pallid illusion of academia*, wie er es nannte. Aber er unterrichte gern. Böse Zungen hätten behaupten können, an ihm wäre ein Schauspieler verlorengegangen, doch in erster Linie war er ein beseelter und engagierter Lehrer, dessen natürliche Anziehungskraft im Laufe der Jahre eine verdichtete Form angenommen hatte. Davon unbeeindruckt zu bleiben war unmöglich. Studenten beiderlei Geschlechts hingen an seinen Lippen, lachten über seine Witze und gaben sich besondere Mühe dabei, ihre Fragen und Antworten zu formulieren. Einmal hatte Sidsel ihn gefragt, wie sich das anfühlte. Erstaunt darüber, etwas erklären zu müssen, das seit seiner frühen Jugend ganz selbstverständlich für ihn war, antwortete Vicky, an manchen Tagen fühle es sich an, als würde er in warmer Milch gebadet, an anderen, als würde ein Felsbrocken über ihn hinwegrollen. In letzter Zeit meistens Letzteres.

Vielleicht wäre es einfacher gewesen, wenn er gut ausgesehen hätte. Vicky war klein und eher schmächtig, mit einem kurzen Hals und hängenden Schultern, und sein Mund war zwar schön geschwungen, die Lippen jedoch trocken, und noch dazu verbargen sich dahinter schlechte Zähne. Sein Haar war das Einzige an seiner äußeren Erscheinung, das wie eine selbstverständliche Fortsetzung seiner Persönlichkeit wirkte: dicht und blauschwarz bis auf die breiten weißen Strähnen, die an den Schläfen ansetzten und sich bis in die Haarspitzen weiterzogen. Er trug es stets zu einem tiefen Knoten gebunden, sie hatte ihn nur zweimal ohne Haargummi gesehen. Das eine Mal, als er ihr Bad benutzte (was nie zuvor geschehen war und auch danach nicht wieder), das andere, als sie ihn zufällig sah, wie er mit seiner Frau auf dem Weg in die Stadt war. Abigail trug Schlaghosen und eine Schiebermütze, Vicky einen enganliegenden bleigrauen Anzug. Sein dunkles Haar flatterte im Wind, es glich einem breiten Band. Sidsel hatte sich hinter einer Frau mit Kinderwagen versteckt, die wie sie auf den Bus wartete. Das geschah wenige Tage bevor sie feststellte, dass sie schwanger war, und ein paar Wochen bevor sie wie geplant wieder nach Kopenhagen ging. Wenn sie in der folgenden Zeit dasaß und überlegte, was sie tun sollte (immer in ihrer kleinen, viel zu grell beleuchteten Küche, immer mit einem großen Glas Rotwein vor sich und mit Essigchips, die sie aus einem Brotkorb aß), tauchte das Bild der beiden vor ihrem inneren Auge auf. Mit seiner klaren Lebendigkeit überdeckte es ihre vagen Vorstellungen von einem Leben mit Vicky und ihrem unehelichen Kind. Je mehr sie darüber nachdachte, desto größer wurde Sidsels Gewissheit, dass es das Richtige wäre, ihn nicht einzubeziehen.

Dear V., I don't think we should see each other anymore. Damit begann sie die Mail, dass sie sich nicht mehr sehen sollten, um das Schlimmste gleich hinter sich zu bringen, und fügte ein paar entkräftende Phrasen hinzu. *I hope you know that I am grateful for the experience of meeting you and since I am leaving soon (in less than two weeks as it is), I feel like this is the best way to go about it. I will miss our afternoons.* Dass sie ihre Nachmittage vermissen würde, war eine Umschreibung dafür, dass sie den Sex mit ihm vermissen würde. Sex mit Vicky war mit nichts vergleichbar, was sie bisher erlebt hatte. Sein Schwanz fühlte sich lebendiger an als andere, so seltsam das auch klingen mochte. Wenn er in sie eindrang, erfasste die ungeteilte Aufmerksamkeit seines Wesens ihren Körper, und angesichts dieser heftigen Nähe klammerte sie sich an ihn. Er küsste ihre Augenlider, fuhr mit den Fingern durch ihr Haar, streichelte ihr Gesicht mal sanft, mal grob und schob ihr Becken in die richtige Position. Oft hatte sie das Gefühl, er wäre imstande, ihre Gedanken schon zu lesen, bevor sie mehr waren als dunkle, vorsprachliche Bedürfnisse. Wenn sie kam, kam sie hart und lange, und anschließend schien es ihr, als wären die Zellen ihres dankbaren, erschlafften Körpers mit Luft und Licht angereichert worden.

Er hatte versucht, sie anzurufen, aber nur einmal, und auch keine Nachricht hinterlassen. Vielleicht hatte auch er zarte Phantasien von einem anderen Leben mit einer anderen Frau gehegt, doch wenn, waren sie genauso schwach gewesen wie Sidsels eigene und hatten sich schnell aufgelöst angesichts einer Wirklichkeit, die nichtsdestotrotz aus einer echten, lebendigen Ehefrau bestand. Als sie sich zum letzten Mal sahen, war Sidsel in der siebten Woche schwanger und wurde von einer solchen Übelkeit geplagt, dass sich der Prüfungsbeisitzer diskret nach ihrem Befinden erkundigte. Vicky trug ein Hemd mit ironischem Blümchenmuster und großem Kragen und glich einem Mann, der sich lieber in beide Oberschenkel geschossen hätte, als die nächsten fünfunddreißig Minuten bei vollem Bewusstsein zu erleben. Sidsel durfte frische Luft schnappen gehen, kehrte zurück und hielt ihren Vortrag; ton- und leidenschaftslos, aber ohne Fehler und mit dem unerklärlichen Vermögen, alle vertiefenden Fragen zufriedenstellend zu beantworten. Nach einer Besprechung, die ihr unendlich lang vorkam, trat Vicky zu ihr auf den Gang hinaus. Mit übertriebener Sorgfalt schloss er die Tür hinter sich, gab ihr eine 80 % und zog sie fest an sich. In diesem Moment hätte Sidsel es ihm zuflüstern können, sie hätte ihn in das leere Haus ihres Geheimnisses einlassen können, doch sie tat es nicht. Sie schwieg, und schließlich war er es, der als Erster etwas sagte. *We can't get confused now,* sagte er. Was genau Vicky mit diesen Worten meinte, erfuhr Sidsel nie, aber vermutlich so etwas wie: Liebe ist es nicht, aber ich gebe zu, es erinnert daran.

Wieder in Dänemark, ließ sie sich einen Termin bei ihrem Hausarzt geben, der sie an einen Gynäkologen überwies. Dieser untersuchte sie und versorgte sie mit den nötigen Informationen, ein paar langen, dicken Binden und zwei verschiedenen Medikamenten. Die Tablette, die sie in der Klinik einnehmen sollte, würde den Embryo beseitigen, die Zäpfchen alles Übrige erledigen. Außerdem hätte sie Anspruch auf ein Mittel gegen Schmerzen und Übelkeit, das jedoch nicht alle brauchten. Der Gynäkologe sprach so unbekümmert und zerstreut über den Ablauf, dass es ihr Vorhaben herrlich banal wirken ließ. Sidsel mochte ihn, doch als sie die Tablette nach zehn Minuten immer noch nicht genommen hatte, bat er sie, nach Hause zu fahren und in einer Woche wiederzukommen.

Es ist zwanzig vor zehn, als Niels klingelt. Sidsel steht in der Tür und hört ihn die Treppen heraufkommen, und sie fühlt sich, als hätte sie auf einer Party, auf der sie niemanden kennt, zu viele Shots getrunken. Sie kann hören, dass er zwei Stufen auf einmal nimmt, und als er den vorletzten Treppenabsatz erreicht, muss sie sich zurückhalten, ihm nicht entgegenzulaufen. Sein Gesicht ist nass, im Stoff seiner Mütze und in den Augenbrauen hängen Regenperlen.

»Guten Abend«, sagt er, »entschuldige, dass ich so spät bin.«

Jedes Mal, wenn sie ihn sieht, ähnelt er ihrem Vater ein bisschen mehr. Als würde das Gesicht des älteren Mannes allmählich unter der Oberfläche auftauchen. Von seiner neuen Arbeit ist er dünner geworden, sehniger. Mehrere Stunden am Tag radelt er mit dem Plakatierfahrrad durch die Gegend und isst bestimmt auch nicht genug. Sidsel hat ihre beiden Geschwister immer um deren Fähigkeit beneidet, die Bedürfnisse des eigenen Körpers zu überhören. Sie ist das genaue Gegenteil, eine Sklavin seiner Launen und Lüste.

»Das macht nichts. Wirklich.«

Sie legt die Arme um ihn. Der Stoff seiner Jacke fühlt sich behaglich an unter ihrem müden Kopf. So bleiben sie stehen, schweigend, dann geht das Licht mit einem Klacken aus, und Sidsel schiebt ihn vor sich her in den dunklen Flur, der nach ihr und Laura riecht.

8
Bee

Bee hat eine Liste erstellt, was nicht lange dauerte. Bisher besteht sie aus acht Namen.

Mit einem kleinen Seufzer greift sie erneut den Kugelschreiber und beugt sich so weit über die Schreibtischplatte, dass ihre Haarspitzen über den Block kratzen. Der Stift zögert vor David R. (Dave). Als sie zum letzten Mal von ihm hörte, wollte er ein Seminar in der Stadt besuchen und brauchte einen Schlafplatz. Sie hatte ihm nie geantwortet. Sie hatte es vergessen oder so lange verdrängt, bis es sowieso zu spät war. Seitdem waren bestimmt drei Jahre vergangen. Pauline hatte nicht viel für Bees Vergangenheit übriggehabt, ihre früheren Freunde interessierten sie nicht. Bees Bekannte aus ihrer Zeit in Monterey und Carmel nannte Pauline scherzhaft *Hattifnatten*: buckelig und fanatisch und genauso freudlos wie die Methodisten, vor denen sie nach Kalifornien geflüchtet war! Deshalb hatte Bee Davids Mail vergessen, und genauso still und leise vergaß sie auch ihn.

Bis heute.

Also nur sieben Namen.

Zu mehr hat es nicht gereicht nach insgesamt zwanzig Jahren an der Westküste. Sie könnte sterben vor Lachen.

Bee unterdrückt den Drang, ihre Stirn auf die Tischplatte zu schlagen, faltet die Liste in der Mitte zusammen und geht zum Fenster. Die bodenlangen Gardinen mit einem Muster aus Ginkgoblättern haben ein Vermögen gekostet, doch Pauline ließ sie bei ihrem Auszug hängen. Um ihr eine Freude zu machen, wie Bee irrtümlich gedacht hatte.

So sehe das Wohnzimmer weniger nackt aus, erklärte Pauline jedoch, als Bee die Gardinen erwähnte, die potentiellen Käufer müssten sich vorstellen können, dass dies ein Zuhause gewesen sei und es auch wieder werden könne.

Ein Verkaufstrick, der Fürsorge zum Verwechseln ähnelte.

In diesem ehemaligen Zuhause hat Bee in den letzten sieben Monaten gewohnt. Es funktionierte mal besser, mal weniger gut, und jetzt ist es bald vorbei. Letzte Woche wurde 18 Park Hill Ave. offiziell auf woolhouserealestate. com zum Verkauf angeboten. Auf dem Foto in seinen Anzeigen lächelt Gabriel Woolhouse wie ein Wolf aus einem Kinderbuch, und Pauline zufolge ist er berühmt für seine schnellen und reibungslosen Abschlüsse. Das Beste ist gerade gut genug für sie, jetzt, da ihr gemeinsames Zuhause den Besitzer für jene Millionen wechseln soll, die es offenbar immer schon wert gewesen war. Pauline glaubt, Bee hätte eine Lösung gefunden (weil Bee gesagt hat, sie habe eine Lösung gefunden). Pauline sorgt sich nicht um sie, denn sie war sich sicher, Bee würde »schon zurechtkommen«.

Von nahem kann man durch den hellgrünen Leinenstoff hindurchsehen. Draußen herrscht weiter Dunkelheit, aber eine silbrigere Dunkelheit als noch vor einer halben Stunde.

Die Straße ist leer, die Bäume im Park liegen wie ein massiver bläulicher Klumpen unter ihr. Selbst das Fenster in dem Zimmer, das Mr. Pistilli über Airbnb vermietet, ist schwarz. Nicht mal ein vom Jetlag geplagter Tourist leistet ihr Gesellschaft.

Bee war um Viertel nach vier aufgewacht und nicht in der Lage gewesen, wieder einzuschlafen. Soweit sie erkennen konnte, war sie von nichts Bestimmtem geweckt worden. Sie hatte im Dunkeln gelegen und sich ausgeruht gefühlt, aber trotzdem benommen. Erst nach ein paar Minuten war ihr bewusst geworden, dass sie nicht alleine war. Ein paar Türen weiter lag Fifi in Hudsons altem Bett und schlief. Der Gedanke belebte sie, und nach ein paar Atemübungen, die keinerlei Wirkung zeigten, stand sie auf und zog sich so leise wie möglich an.

Es war ihr wie der richtige Moment vorgekommen, um sich an die Liste zu setzen, auch nach dem überraschend gelungenen Abendessen mit Fifi. Allein, an diesem jungen Tag, der fast noch Nacht war. Sie hatte sich eine Kanne Tee gekocht und zwei Kerzen angezündet, die sie vor sich auf den Tisch stellte. Sie hatte sich ans Werk gemacht, mit einem guten Gefühl und voller Aufgeschlossenheit. Doch schon nach den ersten drei Namen (darunter zwei Exbeziehungen) stand fest, dass nur noch sehr wenige Menschen übrig waren, zwischen denen sie wählen konnte.

Das Seil, das sie aus der Höhle hätte führen sollen, war zu kurz, und jetzt stand sie mit dem morschen Stummel in der Hand in der tiefen Dunkelheit.

»Ich hoffe, Sie finden eine gute Lösung, Miss.«

Was hatte sie noch mal dem netten Fotografen geantwortet, als sie mit der Weinflasche in der Hand im Türrahmen lehnte?

Die findet man doch immer, oder?

Irgendwas wird sich schon ergeben, nicht wahr?

Etwas Leichtes, Unbekümmertes hatte sie geantwortet. Anmaßend wie eine, die überzeugt ist, dass sie schon aufgefangen wird, wenn sie sich nach hinten fallen lässt.

In einen Wald aus Armen.

Ein elastisches Netz aus Händen.

Das Problem ist nur, dass gute Lösungen gute Freunde voraussetzen, und diesen Bereich hat Bee seit vielen Jahren Pauline überlassen. Sie will nicht lügen: Es war eine unbeschreibliche Erleichterung gewesen, die eigene Vergangenheit abzulegen wie einen zerschlissenen Wintermantel und in jene Welt einzutreten, die ihr die Beziehung zu Pauline Farley eröffnet hatte. Die Freunde ihrer Frau waren gebildet und unterhaltsam, und obwohl sie Ende vierzig waren, hatte Bee den Eindruck, sie würden mitten im Leben stehen. Ja, sie *waren* diese Mitte. Die eine Hälfte der Gruppe war das, was Pauline bildende Künstler nannte, aus ihren Händen und Hirnen wuchsen Dinge. Deren Sinn verstand Bee nicht immer, doch sie lernte, ihren Wert nicht anzuzweifeln. Oft taten sich mehrere von ihnen zusammen und eröffneten »einen Ort« für ihre Kunst (die Einladungen sammelten Bee und Pauline in einem herzförmigen Halter, der auf dem Küchentisch stand) und verloren erstaunlicherweise nie den Mut, wenn sie denselben »Ort« nur wenige Jahre später wegen eines zu niedrigen oder gänzlich ausbleibenden Umsatzes schließen mussten. Die andere Hälfte arbeitete hinter den Kulissen daran, Kunst in Geld umzusetzen, und diese beiden Flügel zehrten gegenseitig voneinander. Der Freundeskreis bildete ein kybernetisches Ökosystem aus Künstlern und Mäzenen, wilden Ideen und Kapital, und auch wenn es anders hätte kommen können, boten sich Bees gebietsfremder Art von Anfang an gute Wachstumsbedingungen. Sie fühlte sich in ihrer Gesellschaft wohl, keiner fragte sie nach ihrer Vergangenheit, und wenn sie es taten, hörten sie immer rechtzeitig auf, bevor das Thema auf die Teenagertochter zu sprechen kam, die Bee bei ihrer Mutter in Bondurant gelassen hatte (damals war sie nicht auf die Idee gekommen, dass diese Zurückhaltung auf Paulines Zutun zurückzuführen sein könnte). In diesem aufgeschlossenen Freundeskreis fand man ihr Metier exotisch, und obwohl Bee den Verdacht hatte, sie würden die Hellseherei eher als eine Art performative Kunst ansehen, fühlte sie sich gemocht und respektiert.

Aber so nah sie einander auch sein mochten, man konnte sie doch nicht als Bees Freunde bezeichnen. Einige hätten es vielleicht werden können, wenn sie sich bemüht hätte. Bee kennt die Namen ihrer Kinder und Hunde. Sie kann sich den Geruch ihrer Hausflure in Erinnerung rufen, das Gefühl ihrer Haare und Bärte an ihrem Hals, wenn sie sich umarmten, das Klirren ihrer Ringe, wenn sie ihr Glas erhoben oder zum Mund führten. Bee weiß, wo sie tanzen gehen und wo ihre Familien ein Sommerhaus haben, das man sich ausleihen kann. Sie weiß ungefähr, welchen Wein sie bevorzugen und wer was nicht isst, aber sie käme nicht – niemals im Leben – auf die Idee, sie anzurufen und um Hilfe zu bitten.

Dieses Recht hat sie verloren, als sie Pauline verlor.

So ist es.

Eine einzelne Birne brennt durch, und die ganze Lichterkette ist dahin.

Pita wird wach und stakst mit Beinen, die noch steif sind vom Schlaf, über den Teppich. Sie dreht ein paar schnaufende, wedelnde Kreise um ihre Besitzerin, doch als Bee die Begrüßung nicht erwidert, gibt sie auf und schleicht zurück in ihr Körbchen.

Unten am Gittertor des Parks sind zwei Müllmänner in Overalls und reflektierenden Westen aufgetaucht.

Der Morgen ist offiziell angebrochen.

Once more, my soul, the rising day –

Beatrices Silhouette zeichnet sich schmal vor dem matten Licht ab, das durch die Fenster ins Wohnzimmer fließt. Ein Kälteschauer lässt sie frösteln, und aus einem Reflex heraus fährt sie blitzschnell mit den Händen über ihren Bauch und ihre Hüften, die Arme und Schultern; wie ein Mensch, der sich vergewissern will, dass er immer noch da ist und unversehrt.

Bee richtet sich auf und sieht sich fragend um, doch niemand hat etwas gesagt. Fifi steht mit dem Rücken zu ihr und deckt im Wohnzimmer den Tisch. Jetzt dreht sie sich um und lächelt freundlich. Sie trägt eine Brille und sieht damit seltsamerweise jünger aus, nicht älter. Wie ein Kind auf einer Cornflakes-Packung.

»Ach, guten Morgen!«

Bee schlägt die Decke beiseite, die ihre Tochter über sie gebreitet haben muss, während sie schlief.

»Wie viel Uhr ist es?«

Fifi zuckt mit den Schultern.

»Halb zehn vielleicht. Soll ich nachgucken?«

»Nein, nein. Nicht wichtig. Und du hast sogar schon eingekauft. Das wäre aber nicht nötig gewesen, wir hätten das doch zusammen machen können.«

»Ich war schon früh wach«, erklärt Fifi und geht in die Küche, »und hatte einen Riesenhunger, und du hast so friedlich ausgesehen, dass ich dich nicht wecken wollte. Ich bin einfach nur zum Laden an der Ecke gegangen. Und ich habe Pita mitgenommen, ich hoffe, das war okay?«

»Warum sollte es nicht okay sein?«

»Sie hatte Dünnpfiff.«

Bee befeuchtet ihren Zeigefinger mit der Zunge und reibt sich die Augen. Sie lauscht den berührenden Geräuschen eines anderen Menschen, der sich in ihrer Nähe bewegt. Schränke, die geöffnet und geschlossen werden, Schubladen, Wasserhähne.

»Ich muss zugeben, dass ich irgendwann aufgegeben habe, es wegzumachen«, fährt Fifi fort. »Dein Ansehen im Viertel ist aber nicht beschädigt, niemand hat mich gesehen, falls dich das kümmert.«

»Ha«, sagt Bee, sammelt ihr Haar in einer Spange und faltet die Decke zu einem perfekten Quadrat zusammen.

Fifi hat hübsch den Tisch gedeckt; ein Teller mit geschnittenem Obst, ein Korb mit getoastetem Brot, zwei weichgekochte Eier in einem Küchenhandtuch, eine Packung Orangensaft und Milch in einem Kännchen. Normalerweise isst Bee erst am frühen Nachmittag etwas. Sie hat morgens keinen Appetit mehr, seit Pauline ausgezogen ist.

»Hast du Kaffee da?«

»Im Schrank über der Spüle«, antwortet Bee und erinnert sich im selben Moment an die Liste von gestern. Der Block, die Kerzen und der Kugelschreiber, alles ist verschwunden. Ihr Zwerchfell zieht sich zu einem zitternden Strang zusammen. Fifi muss die Sachen weggeräumt haben, als sie den Tisch deckte. Da drüben sind die Stumpenkerzen, auf dem Kaminsims neben dem katzenäugigen Mönch, aber das Blatt kann Bee nirgends sehen.

Fifi beugt sich über die Kaffeemaschine. Sie trägt das Kleid von gestern, aber mit einem weißen Mohaircardigan darüber. Ihr Haar ist noch feucht und auf dem Kopf zu einem lockeren Knoten zusammengebunden.

»Mit diesen Dingern kenne ich mich nicht aus«, sagt sie und klopft mit einem langen Fingernagel auf die Nespresso-Maschine. »Oma hat noch so eine altmodische. Wo stecke ich die denn rein?«

Bee hebt die Metallklappe, schiebt die Kapsel hinein und drückt auf den Knopf. Die Maschine knurrt, und Fifi stößt einen begeisterten Laut aus, als der karamellfarbene Strahl den Boden der Tasse trifft.

»Das ist ja genau wie in der Werbung!«

Bee antwortet nicht. Sie hat den Block erspäht. Er liegt auf der Fensterbank und obendrauf ihre zusammengefaltete Liste. Das dunkle Feld, wo Davids Name stand, hat bis zur Rückseite des Papiers durchgedrückt.

»Möchtest du auch eine Tasse?«

»Ich nehme einfach dieselbe wie du. War es kalt draußen?«, fragt Bee und tritt ans Fenster.

»Ein bisschen. Ist es hier morgens nicht immer kalt? Ich dachte, das hättest du selbst mal gesagt.«

»Doch«, sagt Bee und hustet, während sie das Blatt in ihre hintere Hosentasche steckt, »ist es tatsächlich. Also, morgens kalt. Das liegt am Nebel. Der zieht vom Meer herauf.«

»So«, Fifi streckt die Tassen vor sich, »setzen wir uns doch an den Tisch.«

Ihr Appetit überrascht sie. Bee isst eine halbe Grapefruit, mehrere Scheiben Melone und zwei Brote mit Butter und Marmelade, und als Fifi ihr ein weichgekochtes Ei anbietet, sagt sie nicht nein.

»Ach«, sagt Fifi und schnalzt ärgerlich mit der Zunge. »Eierbecher!«

»Ich glaube, so was haben wir gar nicht.«

Bee weiß nicht mehr, worauf sich dieses »wir« eigentlich bezieht, und würde es am liebsten wieder in den Mund zurückschieben.

»Ich dachte, ich hätte welche gesehen. Warte mal.«

Fifi kehrt mit zwei Eierbechern aus Holz zurück. Eine Freundin von Pauline hatte sie in ihrer Werkstatt gedrechselt und vor zweitausend Jahren einmal als Gastgeschenk mitgebracht.

»Planst du eine Party?«, fragt Fifi und reicht ihrer Mutter einen der Holzbecher.

Bee hat erst im Dezember Geburtstag, und den plant sie auf keinen Fall zu feiern.

»Party? Was meinst du?«

»Oder ein Abendessen?« Fifi köpft das Ei mit einem Löffelschwung. »Die meisten Namen auf der Liste habe ich gleich erkannt. Iris und Janice natürlich, Janice habe ich *ge-*

liebt. John, Ocean. Wenn man den Tisch und das Sofa in ein anderes Zimmer räumt, ließe sich hier eine richtig schöne Tanzfläche einrichten. Schade, dass der Garten nicht größer ist, sonst könnte man draußen essen.«

Fifi trinkt einen großen Schluck Saft und späht mit dem Tatendrang eines Menschen um sich, der eingestellt wurde, um den Laden zu schmeißen.

»Ich habe keine neue Bleibe«, erklärt Bee, »das ist eine Liste mit den Menschen, die ich vielleicht anrufen und fragen könnte, ob sie etwas wissen.«

Fifi stellt ihr Glas ab und sieht sie an. Ihre künstlichen Wimpern waren Bee bisher gar nicht aufgefallen. Durch ihre Schwere scheinen sie das Blinzeln zu verlangsamen, und die Brille vergrößert Fifis ohnehin schon großen Augen umso mehr und verleiht ihnen etwas Insektenartiges.

»Du musst umziehen?«

»Letzte Woche wurde das Haus zum Verkauf inseriert, und ich habe Pauline versprochen, bis Ende des Monats hier raus zu sein. Die Menschen auf der Liste sind die, bei denen ich mich überwinden könnte, um Hilfe zu bitten. Aber mit vielen habe ich schon seit Jahren nicht mehr gesprochen. Ich habe zum Beispiel keine Ahnung, ob Iris überhaupt noch im Lande ist. Sie hat immer davon gesprochen, nach Mexiko auszuwandern.«

Fifi nimmt einen Löffel von ihrem Ei.

»Ich wünschte, ich würde eine Party feiern«, sagt Bee und versucht zu lachen.

»Aber warum hast du denn nichts gesagt? Du hast doch gar keine Zeit, auch noch Besuch zu kriegen, wenn du so bald schon keine Wohnung mehr hast.«

Bee kann sich nicht erinnern, diesen Ausdruck im Gesicht ihrer Tochter je gesehen zu haben.

Hat Fifi Mitleid mit ihr?

»Hör auf, so was zu sagen. Es ist schön, dass du gekommen bist. Und ich freue mich, dass du da bist. Ich werde schon eine Lösung finden.«

Bee weiß genau, was Fifi denkt. Sie sollte es einfach sagen. Bee hätte den Stich in der Brust verdient, den es ihr versetzen würde. Pita grunzt unter dem Tisch, Fifi nimmt den Mops hoch und krault ihn ungeduldig zwischen den Ohren.

»Hast du schon mal überlegt, wieder nach Hause zu kommen?«

Bee atmet tief ein, bemüht sich, die Ruhe zu bewahren.

»Natürlich habe ich das.«

»Aber du wirst es nicht tun.«

»Nicht, wenn es sich vermeiden lässt. Ich glaube, Marianne wäre auch nicht besonders begeistert darüber, wenn ihre erwachsene Tochter auf ihrem Sofa schlafen würde.«

»Sie würde dich doch richtig bei ihr wohnen lassen!«, ruft Fifi aufgebracht.

»Ja, natürlich. Das weiß ich ja auch«, sagt Bee, »aber es ist nicht dasselbe wie mit euch beiden, Seraphina. Zwischen uns gab es zu viele Enttäuschungen und Missverständnisse. Es wäre für keinen von uns schön.«

Fifi blickt aus dem Fenster. Die Gardinen sind aufgezogen. Der Himmel über den Wipfeln des Parks ist diesig und blau. Bald wird die Sonne durch die dünne Wolkendecke brennen. Fifis Hand streicht zerstreut über Pitas Rücken, und Bee fühlt sich auf störende Weise erschöpft.

»Was ist mit William«, fragt Fifi, »als ich zum letzten Mal nachgeguckt habe, war er immer noch im Land. Vielleicht kann er helfen.«

»William? Welcher William?«

»Meinst du das ernst?«

»Was?«

»Dass du dich nicht an seinen Namen erinnerst?«

»Wenn ich nicht weiß, von wem du überhaupt sprichst, lässt sich schwer sagen, ob ich mich erinnern kann oder nicht.«

»Ich spreche von meinem Vater«, sagt Fifi, »von William Catchpoole.«

Bee versteht nicht, wie sie so naiv sein konnte.

Natürlich hat Marianne Fifi erzählt, was sie wusste.

Die beiden wohnen zusammen, seit Bee an jenem Januarmorgen im Jahr 2007 bei ihrer Mutter vor der Tür stand. Fifi war damals elf Jahre alt. Sie waren die ganze Nacht durchgefahren, in einem geliehenen Auto, nur mit dem allernötigsten Gepäck an Bord. Bee hatte einen zweiseitigen Brief geschrieben, den sie in letzter Sekunde wieder einsteckte und durch ein Blatt Papier ersetzte, auf dem stand:

Wir sind weg. Versuch nicht, uns zu kontaktieren. B.

Der Zettel lag auf dem Küchentisch neben seinem Tabak. Sie hatte zwei Ecken mit einem Tacker und einer Kaffeetasse beschwert, zum Schutz vor dem Windstoß, wenn er, aufgebracht und gereizt von der Nachtschicht, die Tür aufriss.

Seither sind zwölf Jahre vergangen, und sie hat nichts von ihm gehört.

Ausnahmsweise tat er, worum sie ihn gebeten hatte.

Es hatte die ganze Nacht geschneit, und abgesehen von den Säcken mit dem Großmüll, die überall auf den Bürgersteigen standen, wirkte das Reihenhausquartier märchenhaft. Fifi war beeindruckt.

Wie schön es hier ist, seufzte sie, als Bee in die Cedar Street einbog.

Als waschechtes Hippiekind war ihre Tochter schon von klein auf von allem fasziniert, was nach Spießertum stank. Marianne ließ sie in Nachthemd und Fleecepullover herein und sagte, sie hätte die obere Etage für sie vorbereitet.

In der darauffolgenden Zeit stellte sie nur die nötigsten Fragen (Schuldest du ihm Geld? Musste das Mädchen darunter leiden? Bist du schwanger?) und konzentrierte sich ansonsten ganz auf Fifi. Sie kaufte ihr bergeweise neue, warme Kleidung, organisierte ihr einen Platz in der örtlichen Schule und ließ ihre Epilepsie behandeln, von der Bee gehofft hatte, sie mit der richtigen Ernährung heilen zu können. Als alles Wesentliche geregelt war, meldete Marianne ihre Enkelin im Bondurant Hockeyclub an und vereinbarte einen Friseurtermin für sie, und Fifis verfilzte und sonnengebleichte Haare wurden bis knapp unter die Ohren abgeschnitten. Noch lange danach konnte sie nicht an einer reflektierenden Fläche vorbeigehen, ohne sich verblüfft nach ihrem Spiegelbild umzusehen.

Schon von Beginn an wurde deutlich, wie wohl sich Fifi als Vorstadtkind fühlte.

Sie liebte die Ruhe und die Regelmäßigkeit, die Nachbarn, die jeden Tag zur selben Zeit aufbrachen, Mariannes fleisch- und milchbasierte Ernährung und den Lärm der

Rasenmäher und Laubbläser. Alles, was Bee die Luft zum Atmen genommen hatte, ließ ihre Tochter blühen und gedeihen. Fifi fand schnell eine Menge Freundinnen, und in der Schule begann sie ohne viel Klagen, die Lücken zu füllen, die der Heimunterricht ihrer Mutter und ihres Stiefvaters hinterlassen – und in einigen Fällen auch bewusst verursacht – hatte. Bondurant bot ihr alles im Leben, wovon sie immer geträumt hatte. Nur mit dem Eishockey konnte sie sich nicht anfreunden und begann stattdessen einige Monate später mit Jazzballett.

Bee gab sich Mühe, und in der ersten Zeit lief alles halbwegs gut.

Sie war froh, ihre Tochter so glücklich zu sehen, und die Erleichterung darüber, aus dem Dorf und von Rodney wegzukommen, genügte ihr lange, um durchzuhalten.

Drei Abende in der Woche unterrichtete sie Yoga in einem Raum in Fifis Tanzschule, und die Schwester einer Freundin von Marianne hatte ihr einen Teilzeitjob als Sprechstundenhilfe bei demselben Zahnarzt besorgt, zu dem sie schon als Kind gegangen war. Ab und zu gab sie private Séancen (ausschließlich im Haus ihrer Kunden, Marianne duldete *so was* nicht in ihrem Haus), doch sie machte keine Werbung. Die Leute hörten von ihr und riefen dann mitunter, wenn sie lange genug Mut gesammelt hatten, bei ihr an und fragten, ob sie das richtig verstanden hätten. Im Laufe eines Jahres hatte Bee so viel Geld zusammengespart, dass sie sich die Mietkaution für ein kleines Haus im Nordosten Bondurants leisten konnte.

Einige Tage bevor sie sich mit dem Vermieter zur Besichtigung treffen wollte, tauchte Pauline im Wartezimmer des

Zahnarztes auf. Bee war gerade dabei, Plastikbecher in der rohrförmigen Halterung zu stapeln, die an der Wand neben einem Plakat hing, auf dem ein Skateboard fahrender Zahn mit einer umgedrehten Baseballcap zu sehen war.

Die große Frau war die erste Patientin des Tages, und ihre Anwesenheit und ihr besonderes Parfüm füllten das sonst so leere Wartezimmer bis zum Rand aus. Bee grüßte, und die Frau, die völlig anders war als alles, was sonst noch in Bondurant heimisch war, lächelte sie so vertraut an, dass es sie verwirrte.

Kenne ich Sie?, fragte Bee und bereute es, als die Frau erneut aufsah, denn offenbar war das nicht der Fall. Von früher, meine ich? Kommen Sie von hier?

Pauline legte den Kopf schief.

Von früher? Das glaube ich nicht. Ich bin nur zu Besuch. Und habe Zahnschmerzen bekommen. Das ist meine traurige Geschichte.

Sie tippte sich mit dem Mittelfinger auf die Wange. Bee entschuldigte sich und widmete sich erneut den Bechern. Es erforderte ein gewisses Geschick, sie alle auf einmal in den Halter zu schieben und dafür zu sorgen, dass sie auch dort blieben. Währenddessen konnte sie den Blick der Frau in ihrem Nacken spüren, und noch lange nachdem »Pauline Farley« aufgerufen worden war, nahm sie den Duft ihres Körpers wahr. Etwas Warmes, Wurzelartiges blieb in der Luft hängen. Bee sorgte dafür, im Hinterzimmer zu verschwinden, bevor Pauline erneut das Wartezimmer durchqueren würde, doch als sie sich wieder hinauswagte, um den Tank des Wasserspenders auszuwechseln, saß die Patientin immer noch da, in Jacke und Mütze, vertieft in einen Artikel in einer der alten Einrichtungszeitschriften, die die Frau des Zahnarztes für die Praxis spendete. Ihr glänzendes Haar bauschte sich zwischen der Mütze und dem Schal nach außen, der eine Mundwinkel hing schief herab von der Betäubung. Bee steuerte auf den Wasserspender zu und machte sich wortlos daran, den leeren Tank abzuschrauben.

Meinen Sie, ich könnte die mitnehmen?

Pauline hielt die Zeitschrift hoch.

Bee ertappte sich dabei, einen Blick über die Schulter zu werfen, ehe sie nickte.

Natürlich, nehmen Sie sie einfach.

Phantastisch! Pauline stand auf und steckte die Zeitschrift in ihre Tasche. Da ist ein Artikel über einen meiner potentiellen Kunden drin, erklärte sie, und ein bisschen Hintergrundwissen schadet nie, wenn man die Leute davon überzeugen will, einem Geld zu geben.

Ja, das versteht sich, sagte Bee und hätte beinahe den schweren Tank mit dem frischen Wasser fallen lassen, als das Gewinde geräuschvoll wegrutschte. Pauline bot ihr keine Hilfe an, aber sie ging auch nicht.

Dr. Lodenstein hat mir erzählt, Sie unterrichten Yoga.

Bee hatte Kent Lodenstein nichts von ihrem anderen Job erzählt, aber natürlich wusste er davon. So wie die meisten im Viertel inzwischen wussten, warum sie mit ihrer Tochter in die Cedar Street gezogen war, nachdem sie Marianne davor fünf Jahre lang nicht besucht hatte.

Beziehungsprobleme.

Der falsche Mann.

Ich habe gehört, er sei drogenabhängig gewesen. Marihuana.

Sind sie das nicht alle?

Ein Selbstversorgerdorf? (Wer wünscht sich schon zurück ins Mittelalter?)

Ja, antwortete Bee, das stimmt.

Und welchen Stil?

Bee fing an, die Prinzipien des Hatha Yoga zu erklären, aber Pauline fiel ihr ins Wort. Eigentlich habe sie nur wissen wollen, wann die nächste Stunde stattfinde.

Morgen Abend um acht, sagte Bee, im großen Raum der Tanzschule unten im Zentrum. Ist ausgeschildert, und Sie brauchen sich nirgends anzumelden.

Pauline dankte, klopfte zweimal auf ihre Ledertasche und verließ den Raum. Erst als Bee die andere Tür ins Schloss fallen hörte, stellte sie den dämlichen Tank auf den Boden und ließ sich auf den Stuhl sinken, der noch von Paulines Hinterbacken gewärmt war. Ein Lachen stieg in ihr auf, wie Luftblasen, und verschwand wieder. Sie hatte sich schon lange nicht mehr so leicht gefühlt.

Seit Monaten nicht.

Nein. Seit Jahren.

Alles in Ordnung?, rief Dr. Lodenstein vom anderen Ende des Flurs. Er war es nicht gewohnt, seine neue Sprechstundenhilfe lachen zu hören.

Die ganze Stunde hindurch konnte Bee Paulines Parfüm riechen und darunter, wie ein Versprechen, den Duft ihrer Haut und ihres Haars. Sie achtete darauf, ihre Zeit und Aufmerksamkeit gerecht zwischen den Schülerinnen aufzuteilen, verlor dabei jedoch nie Pauline aus dem Blick, die leger gekleidet war, in Dreiviertelhosen und einem weiten weißen T-Shirt. Bee registrierte ihre fließenden Bewegungen; sie bewunderte ihre sommersprossigen Beine und großen, gepflegten Füße, deren gewölbte Nägel in einem schwarzroten Ton gestrichen waren. Die Frau aus dem Wartezimmer erfüllte Bee mit einem Gefühl, das sie nicht gleich benennen konnte, und als Pauline sie nach der Stunde auf ein Bier einlud, sagte sie zu, ohne zu verstehen, warum. Es war nicht das erste Mal seit Bees Rückkehr nach Bondurant, dass jemand mit ihr ausgehen wollte, aber es war das erste Mal, dass sie die Einladung annahm.

Sie setzten sich an einen Tisch in einer Ecke des Irish Pub und wechselten sich ab, am Tresen die nächste Runde zu holen. Pauline war nur für wenige Tage in der Stadt, um eine Tante zu besuchen, die im Sterben lag. Bee wunderte sich, dass eine Frau wie sie Verwandte in Bondurant hatte, und sie wunderte sich, wie leicht es ihr fiel, über die Jahre in Twin Oaks zu reden, über das Haus, das nie fertig geworden war und es auch nie werden würde, über die schreckliche, stufenweise Verwandlung ihres Exfreundes. Über alles, was sich wie dunkles Gestrüpp in ihrem Inneren angefühlt hatte, wie Stacheldraht und Glasscherben. Sie redeten, bis der Pub-Besitzer an ihrem Tisch auftauchte und sie bat, doch ihre Gläser auszutrinken, damit er zumachen und ins Bett gehen könne. Draußen, ein paar Straßen entfernt, verabschiedeten sie sich voneinander.

An irgendjemanden erinnerst du mich, sagte Pauline und legte wieder den Kopf auf diese Weise schief, die Bee schon zu mögen begann. Aber ich komme nicht drauf.

Der Kuss fühlte sich leicht an. Pauline hatte eine unbefangene und glühend heiße Zunge.

Bee musste lachen, dasselbe unbeschwerte Lachen wie im Wartezimmer. Sie küssten sich erneut, inniger, länger. Dann wünschten sie sich eine gute Nacht und verabschiedeten sich.

Nach vielleicht zehn Metern wandte Pauline sich um und rief: Kristin Scott Thomas! In *Under the Cherry Moon*, meine erste lesbische Schwärmerei. Du gleichst ihr aufs Haar.

Beim ersten Mal blieb Bee nur ein paar Tage, unter dem Vorwand eines Yoga-Workshops.

Beim zweiten Mal blieb sie eine Woche, ohne jede Ausrede.

Pauline wohnte in einer Doppelwohnung mit zwei Männern, darunter der Vater ihres Kindes. Das war, soweit Bee feststellen konnte, auch nicht weiter verwerflich. Hudson war ein unkomplizierter und fröhlicher Junge, der seine Nanny liebte, eine junge Frau namens Delia, die jeden Morgen kam, bevor Pauline zur Arbeit aufbrach, und erst wieder ging, wenn sie ihn ins Bett gebracht hatte.

Nach ihrem dritten Ausflug nach Kalifornien erklärte Bee ihrer Mutter, dass sie nicht vorhabe, den Mietvertrag zu unterschreiben.

Fifi war gerade in der Schule.

Die beiden Frauen saßen sich am Esstisch gegenüber.

Es waren dieselbe gehäkelte Zierdecke und derselbe moosgrüne Lampenschirm wie damals, als eine sechzehnjährige Beatrice Wallens allen Mut zusammennahm und verkündete, sie habe vor, in den Autocamper ihres zehn Jahre älteren Freundes zu ziehen. Mit dem einzigen Unterschied, dass der Stuhl ihres Vaters jetzt leer war.

Bee brachte ihr Anliegen vor: Fifi und sie würden nach Kalifornien zurückziehen, denn dort hätten sie die besten Jahre ihres Lebens verbracht, in Esalen, an der Küste, unter Menschen, die offen und neugierig waren. Twin Oaks sei ein Fehler gewesen, das gebe sie zu (hier wandte Marianne großmütig den Blick ab), was aber nicht bedeute, dass Bondurant die einzige Lösung sei. Man könne doch an vielen Orten, auf viele unterschiedliche Weisen, ein gutes Leben haben. Und Geld, um ernsthaft von vorn anzufangen, sei auch genug vorhanden.

Marianne hatte ihr zugehört, ohne sie zu unterbrechen, und als sie endlich etwas sagte, war es nur ein Flüstern.

Du kannst machen, was du willst, Beatrice. Seraphina bleibt hier.

Es gab so vieles, was Bee hätte erwidern können: Sie ist mein Kind, mein Leben, welches Recht hast du, dich einzumischen? Was weißt *du* schon über glückliche Kindheiten?

Stattdessen nickte sie und sagte: Gut.

Du kannst kommen, sooft du möchtest, sagte Marianne, und Fifi kann dich besuchen, aber Bondurant ist ihr Zuhause. Sie verdient ein Zuhause, nach allem, was sie durchgemacht hat.

Mehr gab es nicht zu sagen, so funktioniert die Wahrheit.

Ein paar Monate später flog Bee mit zwei leichten Koffern nach Kalifornien. Sie zog bei Pauline ein, die beiden Männer zogen aus. Delia kam nicht mehr jeden Tag, Bee konnte sich um Hudson kümmern, ihn zur Betreuung bringen und abholen, und nach einiger Zeit brauchten sie die Nanny nur noch, wenn sie zum Essen eingeladen worden waren oder am Wochenende, wenn sie Zeit für sich brauchten. Fifi blieb wie vereinbart bei Marianne. In den ersten Jahren besuchte Bee sie einmal im Monat, doch bei jeder Rückkehr nach Bondurant kam sie sich überflüssiger vor. Oma und Enkelin hatten ihre Insiderwitze und festen Rituale. Bee erinnerte sie an etwas, woran sie nicht erinnert werden wollten, und mit den Jahren wurden die Abstände zwischen den Besuchen länger und länger. Sie gewöhnte sich an ihr schlechtes Gewissen, lernte mit ihm zu leben, so wie man mit einer schlechten Hüfte leben lernt.

Seit Fifis früher Jugend war Marianne ihre erwachsene Bezugsperson, ihre Vertraute, und in dieser ganzen Zeit hatte Bee sich eingebildet, ihre Mutter wäre ihr gegenüber *loyal*. Im Gegensatz zu Bee hatte Marianne seinen Namen nicht vergessen, und so, wie Fifi es erzählte, bedurfte es nicht viel mehr als eines bisschen oberflächlicher Detektivarbeit, um den richtigen Mann zu finden:

Im Laufe des Sommers 95 hätten laut Gästeliste drei Williams das Esalen Institute besucht. Der eine sei zweiundsiebzig Jahre alt gewesen, der andere achtzehn. William Catchpoole dagegen war 1967 in St. Louis geboren, zwei Jahre vor Bee.

Heute wohne er in Kentfield, eine Stunde Fahrt von San Francisco entfernt. Soweit Fifi herausgefunden hatte, wohnte er allein dort und war, der hohen Mauer um das Haus herum nach zu urteilen, sehr wohlhabend.

»Willst du ihn sehen?«, fragt Fifi und hat bereits ihr Handy gezückt.

»Wie das denn, hast du ein Foto?«

»Ich kann eins suchen.« Sie lässt ihren Daumen über den Bildschirm gleiten, der durch die Berührung aufleuchtet.

»Warte«, sagt Bee, »warte! Wie kannst du sicher sein, dass er es ist? Er könnte doch auch jemand ganz anderes sein. Ein zufälliger Mann, von dem wir alles Mögliche zu glauben wissen. Wäre das nicht komisch?«

Fifi lässt das Handy sinken und sieht Bee an. Dann streckt sie den Arm aus, greift am Saft und an den leeren Tellern vorbei und nimmt ihre Hand.

»Ich verspreche dir, dass er ganz normal aussieht, Mama, er hat keine Hörner.«

TEIL 2

For Fire for Warmth

Elisabeth

Die Sonne scheint, aber sie haben sicher recht. Es wird zu kalt sein, um draußen zu sitzen. Außerdem hat man schon drinnen für sie gedeckt. Der Schreibtisch, der normalerweise in der Ecke gegenüber dem Bett steht, wurde in die Mitte des Zimmers geschoben und lässt den Raum klein und unzusammenhängend wirken.

Efie öffnet die Tür und streckt den Kopf hinaus. Am Ende des Flurs erkennt sie Ida Marie an ihrem watschelnden Gang. Die will sie nicht noch einmal fragen, sie kann schrecklich aufbrausend und giftig sein. Vor allem am Wochenende, wenn sie lieber shoppen oder mit ihren Freundinnen Kaffee trinken gehen würde. Die Aushilfe biegt um die Ecke und ist verschwunden. Jemand stellt draußen in der Waschküche eine Maschine an. Efie bleibt noch ein paar Minuten hinter der Tür sitzen, ohne dass jemand vorbeikommt. Wahrscheinlich sind sie alle in den Zimmern, um die Leute für das Mittagessen bereitzumachen. Sie schließt die Tür und kehrt zu ihrem Platz am Fenster zurück. Von hier aus hat sie den Fahrradständer und den Eingangsbereich im Blick.

Das Gebäck, das sie beim Bäcker bestellt hat, kommt ihr so kurz vor dem Mittag plötzlich wie eine dumme Idee vor. Draußen in der Küche richten sie schon die Mahlzeiten an, die Stahlschüsseln klirren, und kurz darauf sickert der Geruch von kaltem Fleisch und belegten Broten unter der Tür hindurch und bringt ihre Eingeweide zum Plaudern. Sie beugt sich vor, drückt die Stirn an die Scheibe. Die Rosenknospen im Beet sind angeschwollen, und an einer abgeschnittenen Wurzel hat ein Grüppchen Narzissen die gelben Fransen entfaltet. Eine Elster hüpft über den Rasen, flattert auf und landet in den untersten Zweigen des Ahornbaums. Als Efie das Fenster öffnet, schlägt ihr der rohe Geruch von Erde und Kälte entgegen, und der Wind hebt die Gardine. Wenn sie doch nur im Sommer Geburtstag hätte! Sie beneidet jene, die ihre Feste auf der Terrasse feiern können. Sie hat das Personal gebeten, die Stecklaken und Schaumstoffkeile wegzuräumen, solange die Gäste da sind, und möchte in dieser Zeit auch nicht zum Stuhlgang und Windelwechsel befragt werden.

Efie hat sich gefreut. Im Gegensatz zu vielen anderen hatte sie immer schon gern Geburtstag. Es gefällt ihr, zu feiern, die Gäste zu bewirten und beschenkt zu werden. Sie trägt ihre beste Bluse und saubere, schwarze Steghosen. Die guten Schuhe. Ihr Haar hat einen neuen Alte-Dame-Schnitt verpasst bekommen, an den sie sich inzwischen gewöhnt hat, und schon seit fast einer Woche hält sie sich von der Theke der *Solstuen* fern. Vor einigen Tagen war Ole vorbeigekommen, um nach ihr zu sehen. Wir hatten schon Angst, du wärst rausgeflogen, hatte er gesagt, sichtlich erleichtert, sie in ihrem Zimmer und in guter Verfassung vorzufinden. Efie war gerührt und versucht, mit dem alten Mann zurückzufahren, ihren gewohnten Platz einzunehmen und sich einen zu genehmigen, hatte jedoch stattdessen erklärt, wegen ihres Ekzems gehe sie es gerade etwas ruhiger an. Der Frost und die trockene Luft verschlimmerten es. Sie hatte Ole gebeten, die anderen zu grüßen, und er versprach es ihr. Efie wünschte, jemand vom Personal hätte ihr Gespräch mit angehört. Sie waren jedes Mal so enttäuscht, wenn sie wieder schwach wurde. Das mit der Haut hatten sie sich jedenfalls nicht ausgedacht. Efie dachte lange, es wäre bloß ein Teil ihrer Strategie, um sie vom Trinken abzuhalten: Es ist Ihre eigene Schuld, dass es juckt. Gucken Sie doch nur, wie akut es geworden ist. Doch jetzt, nach nur einer Woche, fühlen sich die feuerroten Flecken über den Brüsten und am Rücken schon weniger rau an. Wie gut das jetzt aussieht, hatte Fatou gesagt, als sie sie gestern nach dem Duschen eincremte. Weiter so, Efie! Dann können wir das Kortison vielleicht bald ganz absetzen. Efie war froh gewesen. Es ist ihr unangenehm, wenn sie die frische Bettwäsche wechseln und ihre Nägel kürzen müssen, weil sie sich nachts wieder blutig gekratzt hat. Sie hasst es, anderen zur Last zu fallen. Efie ist außerstande, sich der Fürsorge der Pflegerinnen hinzugeben. Sie kann sich nicht daran gewöhnen. Nach zweieinhalb Jahren windet sie sich immer noch unter ihren erfahrenen Händen. Die meisten tun so, als würde es ihnen nichts ausmachen, sie zu baden und zu wickeln und zu wenden, aber Efie nimmt es ihnen kein bisschen ab. Sie ist eine Bürde, und dass sie sich ständig dafür entschuldigt, macht es auch nicht besser. Trotzdem liegt ihr dieses verdammte Wort von morgens bis abends auf der Zunge, ständig bereit, wie eine tote Maus zu den Füßen eines jeden zu landen, der im weißen Kittel ihr Zimmer betritt.

Entschuldigung.

Entschuldigung.

Entschuldigung.

Efie schließt das Fenster.

Er hatte doch auf ihre Einladung geantwortet? Jetzt sitzt sie da und zweifelt. Ihr Kopf macht Probleme, es ist schlimmer geworden. Die Gase der Vergangenheit strömen durch unsichtbare Ritzen in die Gegenwart und stiften Chaos und Verwirrung. Jeden Morgen schreibt sie ihren Plan für den Tag in den Kalender und streicht die einzelnen Punkte durch, wenn sie sie hinter sich gebracht hat. Er liegt immer am selben Ort, beim aktuellen Datum aufgeschlagen, auf dem Nachttisch neben der Bronzeskulptur von Ganesha, die Leif, ein Freund, ihr damals von einer seiner Reisen mitgebracht hatte. Sie konsultiert ihren Plan regelmäßig, manchmal mehrmals in der Stunde. Ohne ihn fühlt sie sich wie der Astronaut, den sie einmal in einem Film gesehen hat: freischwebend allein im Weltall, ein silberner Punkt vor einer unendlichen Dunkelheit. Der Klebstoff in ihrem Gehirn ist brüchig geworden, die Bilder lösen sich und verschwinden.

Efie geht die Nachrichten in ihrem Posteingang durch. Es dauert nicht lange, bis sie seine Antwort gefunden hat. Das Datum und die Uhrzeit stimmen. Er freue sich darauf, sie zu feiern, schreibt er. In der Zwischenzeit solle sie schön brav sein. Ihr Herz beruhigt sich, dann ist er sicher unterwegs. Sie legt das Handy neben sich auf die Serviette, die Ida Marie zu einem schlampigen Dreieck gefaltet hat. Sie richtet das dänische Fähnchen, das schief in seiner Halterung steckt, und zieht die Laugenstange ein Stückchen heraus, so dass sie am Milchhörnchen lehnt. Was würden sie nur denken, wenn ihr einziger Gast fernbliebe? Sie würden es bei ihrer Teamsitzung ansprechen und ihr gegenüber zu überspielen versuchen. Sie würden ihr Bestes geben, und Efie würde so tun, als wäre ihr damit geholfen. Efie hat sich nie als einsam betrachtet. Es fällt ihr leicht, die Leute zum Lachen zu bringen, und als sie jünger war, hatte sie fast immer Menschen um sich. Sie war entweder Gastgeberin oder selbst Gast, doch seit Leif überfahren wurde, ist es still geworden. Er war der Nabel ihres Freundeskreises und derjenige, den sie am besten kannte. Von René und Ulla hört sie nichts mehr, sie sind mit ihren Enkeln und ihrer Schrebergartenhütte beschäftigt. Ab und zu kommt Sus vorbei, doch die Krankheit der Tochter hat sie verändert. Die Leute aus dem *Femmeren* sind entweder gestorben oder zu krank, um sie zu besuchen, und auch ihre alten Kollegen melden sich nicht mehr. Anfangs schickten sie noch Gemeinschaftskarten zum Geburtstag und zu Weihnachten, jetzt hat sie schon seit einigen Jahren keine mehr bekommen.

Wann hatten sie beschlossen, damit aufzuhören?

Niels ist der Einzige, um den Efie nicht kämpfen muss, damit er bleibt. Er kommt mehrmals im Monat vorbei, phasenweise auch öfter. Sie unterhalten sich ein bisschen, dann setzt er sich an ihren Tisch und liest, während sie fernsieht oder ein Mittagsschläfchen hält. Wenn das Wetter es zulässt, leihen sie sich eine Rikscha und fahren eine Runde durchs Viertel, oder er nimmt sie in eine richtige Kneipe mit, wo sie ein einziges Bier trinken, ehe er sie in ihrem Rollstuhl wieder nach Hause schiebt. Als er im letzten Frühjahr aufbrach, hatte sie nicht damit gerechnet, etwas von ihm zu hören (immerhin war er auf Abenteuerreise), doch schon nach einer Woche bekam sie die erste lange E-Mail. Sie enthielt ausführliche Beschreibungen von Menschen, die er getroffen, und Orten, die er gesehen hatte. Namen von Städten und Flüssen, genaue Distanzen und Höhenmeter und seine Überlegungen zur nächsten Etappe. Efie tippte die Angaben bei Google Maps ein und starrte verzückt auf die graugrüne Masse, als könnte sie irgendwo zwischen den Baumwipfeln ihren Neffen entdecken, der einsam und majestätisch durch den Wald dahinschritt. Sie antwortete ihm mit Anekdoten aus ihrem Alltag (und dichtete hier und da einen Todesfall oder Streit hinzu), um kurz darauf eine Mail von einem neuen Ort in der Welt zu erhalten, ein Stück weiter südlich oder östlich.

Efie glaubt, dass sie Niels versteht. Etwas an ihm erinnert sie an ihre eigene Jugend: das Misstrauen gegenüber allem Etablierten, der Idealismus und wiederkehrende Drang, wegzukommen, voranzukommen. Als sie jung war, hatte sie sich auf den Weg gemacht, sobald die Eltern es ihr erlaubten. Erst nach Frankreich und Griechenland, wie so viele andere junge Menschen mit Hummeln im Hintern, aber später, als sie eine richtige Arbeit hatte und Geld verdiente, auch nach Asien, Südamerika und auf den Balkan, mit verschiedenen Freundinnen und Freunden, in Gruppen und auch allein. Efie kann noch immer die erwartungsvolle Unruhe spüren, die der Name einer fremden Stadt in ihr weckt. Sie hatte sich vorgestellt, ihre Rente damit zu verbringen, all die Orte zu sehen, die ihr immer noch fehlten. So kam es nicht. Es gibt Zeiten, in denen das Leben mit einem macht, was es will, und aus demselben Grund ermutigt sie Niels immer wieder, auf Reisen zu gehen, obwohl sie ihn dann so sehr vermisst, dass es weh tut.

Und da ist er ja –

Kommt den Plattenweg entlang, mit einem kleinen Mädchen an der Hand.

Das Mädchen sagt etwas, und er bleibt stehen und geht in die Hocke, so dass ihre Gesichter auf einer Höhe sind.

Efie fühlt sich instinktiv gekränkt.

Wer ist dieses Kind?

Und warum muss es zu ihrem Geburtstag mitkommen?

Solche impulsiven Einfälle sind typisch für ihn.

Kein Gespür für anderer Menschen Gefühle.

Er steht wieder auf und zieht dem Mädchen die Schlupfmütze vom Kopf, seine Bewegung ist übertrieben wie die eines Zauberers. Das dunkle Haar fällt ihr ins Gesicht, und sie streicht es lachend mit beiden Händen weg.

Efie betrachtet sie durch den Spalt ihrer Gardine, und dann dämmert es ihr.

Sidsels Tochter.

Der zerknautschte Säugling, den sie als Allererste in der Geburtsklinik besuchte.

Das Kind, für das sie eine Art Großmutter hatte werden wollen.

Sie kneift die Augen zusammen, sie strengt sich an, doch der Name weicht den Suchscheinwerfern ihrer Erinnerung aus.

Charlottes Enkelin.

Hat Sidsel ihre Meinung geändert? Hat sie ihr verziehen?

Efie reckt den Hals, doch sonst ist niemand bei den Fahrradständern oder am Eingang des Parks zu sehen. Es sind nur die beiden, und jetzt schließen sich die automatischen Schiebetüren hinter ihnen.

Kurz darauf kann sie die Stimmen auf dem Flur hören: die von Niels, tief und gedämpft, die des Mädchens, glasklar.

Efie kann sich noch erinnern, wie überwältigt sie war, als ihre Nichte anrief. Es wäre nur für ein paar Stunden, hatte Sidsel gesagt, und wahrscheinlich wird sie die meiste Zeit schlafen. Efie sagte zu, ohne einen Blick in ihren Kalender zu werfen, sie tat nicht einmal so, als würde sie überlegen. Was auch immer sie geplant hätte, ließe sich absagen.

Anschließend, als sie sich verabschiedet und das Gespräch beendet hatten, blieb sie im Auto sitzen. Es war mitten im Sommer. Auf der Rückbank schwitzten die Lebensmittel in den Einkaufstüten, aber Efie wollte nicht die Tür öffnen und aussteigen. Sie wollte in dem Gefühl verweilen.

Sie merkte sich diesen Augenblick als einen Schritt in die richtige Richtung.

Ein Zeichen dafür, dass sie dabei war, in das Leben zurückzukehren, das ihr vertraut und lieb geworden war.

Als sie in der Woche darauf ihr Fahrrad vor Sidsels Hauseingang abstellte und klingelte, war sie auf dieselbe aufgeheizte Weise nervös wie ihre Abiturienten vor dem Abschlussball. Aus dem Gemüseladen strömte ein berauschender Duft von sonnenwarmem Obst und Kräutern, und sie schwitzte heftig in ihrer leichten Bluse. Durch die Antidepressiva war ihr Körper so aufgedunsen, dass er innerhalb kurzer Zeit den doppelten Umfang erreicht hatte, und ihr Gesicht war rund wie ein Ball. Sie war nicht wiederzuerkennen, aber das war nicht wichtig. Die Medikamente wirkten, Efie konnte morgens wieder aufstehen, ohne sich stundenlang dazu aufraffen zu müssen. Sie konnte Pläne schmieden und sie einhalten, und sie konnte Tage durchstehen, ohne Zwangspausen zum Weinen einzulegen oder weil sie plötzlich erschöpft war.

Die Depression hatte sie nach dem Entzug überfallen wie ein hinterhältiger Kommentar.

Ein unerwarteter, brutaler Stoß in den Rücken.

Den meisten ergehe es umgekehrt, hatte der Arzt gesagt.

In ihrem Fall war die Lücke, die der Alkohol in ihrem Leben hinterlassen hatte, ohne jede Vorwarnung und bis zum Rand mit einem lähmenden, diffusen Trübsinn gefüllt worden.

Nach dem letzten therapiebegleitenden Gespräch war sie trocken und trotzdem außerstande, wie geplant zur Arbeit zurückzukehren. Es war ein Gefühl, als hätte man ihr Sand in Augen, Mund und Ohren geschüttet, um ihr anschließend einen Sack über den Kopf zu ziehen.

Sie waren sich einig, ihre Krankschreibung zu verlängern und »etwas Zeit ins Land gehen zu lassen«.

Wir alle hier feuern dich an, Elisabeth, hatte Aksel gesagt und ihre Schulter getätschelt, als würde sie an irgendeinem obskuren Wettkampf teilnehmen, dessen Ziel es war, das Leben zu ertragen.

Aber jetzt ging es ihr also besser. Mit kleinen, vernünftigen Schritten kehrte sie in die Welt der Lebenden zurück.

Sidsels Anruf war der Beweis.

Ihre Nichte öffnete ihr mit dem Kind auf dem Arm die Tür und umarmte sie flüchtig.

Nachdem sie ein letztes Mal die Essens- und Schlafabläufe durchgegangen waren, gab Sidsel ihrer Tochter einen Kuss, drückte kurz ihre Hand und riss sich los, ehe sie aus der Tür verschwand und die Treppen hinab, mit dem hohen Tempo eines Menschen, der fürchtet, später etwas zu bereuen.

Das Kind brüllte herzzerreißend, aber Efie fühlte sich ruhig.

Sie ließ das Mädchen auf ihrem Unterarm sitzen, während sie in der Wohnung umhergingen und sich umsahen. Efie deutete auf eine Fotografie, ein Kissen, eine Zimmerpflanze und erklärte, welche Farbe sie hatten, wie sie hießen und wozu sie gut waren. Sie ließ das Kind die Hand ausstrecken und sie berühren.

Ja, sagte sie, das ist weich.

Das ist feucht.

Guck, das da, das glänzt und leuchtet.

Anschließend, als das Kind zur Ruhe gekommen war und den Abschiedsschmerz anscheinend vergessen hatte, legte Efie es auf die Spieldecke in der Küche und wärmte das Essen auf, das Sidsel in kleinen Tupperdosen bereitgestellt hatte. Sie hob die Kleine in den Hochstuhl und band ihr das Lätzchen um, sie half ihr geduldig dabei, die kleinen Häppchen Fischfrikadelle und Kartoffel in den Mund zu schieben, sie bot ihr Wasser aus einer Schnabeltasse an und tupfte ihr anschließend mit dem Zipfel eines sauberen Küchenhandtuchs das Gesicht ab.

Um sieben Uhr zog sie ihr den Strampler für die Nacht an, mischte eine Flasche Muttermilchersatz und gab sie dem Kind im abgedunkelten Schlafzimmer. Sie sorgte dafür, dass es ein Bäuerchen machte, und senkte es wieder ins Gitterbett hinab.

Gute Nacht, sagte sie und legte eine Hand auf den runden Bauch des Mädchens.

Das Kind wimmerte und drehte den Kopf erst zur einen, dann zur anderen Seite, spuckte den Schnuller aus und nahm ihn mehrmals wieder an, ehe es schließlich einschlief.

Als Sidsel eine Stunde darauf wiederkam, saß Efie auf dem Sofa und las ein Buch, das sie im Regal gefunden hatte.

Sie hatte abgewaschen und Wäsche zusammengelegt.

Draußen vor den Fenstern war der Sommerhimmel rosa.

Lief alles gut, fragte Sidsel, und Efie brauchte nicht zu lügen.

Einige Zeit darauf rief Sidsel erneut an. Sie war zur Abschiedsparty einer guten Freundin eingeladen.

Efie tauchte wie verabredet auf, und der Ablauf wiederholte sich. Diesmal weinte die Kleine beharrlicher, als verstünde sie inzwischen, was kommen würde, und Efie musste mehrmals ins Zimmer zurückgehen und sie hochnehmen, für sie singen und sie beruhigen, doch um halb neun schlief sie tief und fest. Efie machte sich ein Käsebrot und setzte sich mit der Zeitung hin, die sie selbst mitgebracht und morgens absichtlich nicht gelesen hatte. Gegen Mitternacht hörte sie den Schlüssel im Schloss. Sidsel roch nach Rauch und Nacht, und während sie darauf wartete, dass das Wasser endlich kochte, und sich die blonden Haare raufte, bemerkte Efie, wie sehr sie ihrer Mutter ähnelte. Sie tranken eine Tasse Tee in der engen Küche. Als Efie aufbrechen wollte, fiel Sidsel etwas ein:

Warte, sagte sie und verschwand im Schlafzimmer, als Dank für die Hilfe. Den fand ich so hübsch.

Der Kaktus war nicht größer als ein Daumen und trug eine einzige feuerrote Blüte.

Efie bedankte sich, und als sie zu ihrem Fahrrad herunterkam, polsterte sie den Korb mit ihrer Jacke aus, damit der kleine Topf auf dem Heimweg nicht umfiel.

Sie stellte den Kaktus auf ihren Schreibtisch und goss ihn vorschriftsgemäß.

Im Herbst buchte sie eine Gruppenreise nach Istanbul und bestellte sich Limonade, wenn der Rest der Gesellschaft billigen Wein und Raki trank. Sie hatte keine Angst mehr vor dem Wort Alkoholikerin, und wenn jemand sie fragte, antwortete sie frei heraus. Efie sah die Hagia Sofia und kämpfte sich die Tausenden Treppenstufen hinauf, bis Lunge und Fußsohlen brannten. Sie fotografierte die mageren Katzen, nahm die Fähre über den Bosporus.

An Weihnachten bestellten sie eine riesige Portion Sushi, spielten Geschenkspiele und *Die Siedler*. Sidsel legte das Kind zum Schlafen in Efies Bett, und Niels blieb bis zum nächsten Tag.

Es war zu Beginn des neuen Jahres, als es schiefging. Kurz nach dem ersten Geburtstag des Mädchens.

Sidsel wollte zu einem Informationsabend an der Konservatorenschule, und Efie hatte ihre Hilfe angeboten. Das war inzwischen ganz normal geworden.

Sie wollte gerade zur Tür hinaus, als Aksel anrief.

Efie ging wieder ins Wohnzimmer zurück, lockerte ihren Schal und knöpfte die Jacke auf.

Wir haben viel darüber gesprochen, sagte er, und du

musst mir glauben, wenn ich sage, dass wir alles in unserer Macht Stehende getan haben, um eine Lösung zu finden. Ich habe mich für dich eingesetzt.

Sie stellte sich vor, wie er in seiner Wohnung mit den hohen Decken und Blick auf die Østre Anlæg umherging. Efie hatte den Rektor ein einziges Mal zu Hause besucht. Dieses Personalfest war in die Annalen eingegangen. Alle hatten zu viel getrunken; sie war damals neu gewesen und hatte noch nicht von sich reden gemacht. Die Frau des Rektors hatte sich über dem Balkongeländer erbrochen, und der Physiklehrer hatte sein Hemd ausgezogen und es wie ein Lasso über seinem Kopf geschwungen.

So wie die Dinge gerade stünden, könne er ihr nichts anbieten. Es gebe zu viele Unbekannte. Die Schüler würden sich durch einen Lehrerwechsel so kurz vor dem Abitur verunsichert fühlen, sie seien mit der Vertretung sehr glücklich und hätten deshalb dafür plädiert, die neue Lehrkraft zu behalten. Es tue ihm wirklich leid.

Planmäßig hätte sie eigentlich nach den Osterferien zurückkehren sollen.

Ein Neuanfang.

Efie sagte, sie könne es verstehen. Sie sei froh, dass er es versucht habe.

Auf dem Weg zu Sidsel hielt sie an einem Kiosk an, den sie normalerweise nicht besuchte, und kaufte eine Flasche Weißwein und einen kleinen Wodka. Sie wickelte die Flaschen in ihren Schal und legte sie ganz unten in die Tasche, ohne aus ihrer Handlung einen Gedanken zu formen.

Noch heute kann sie das Gebrüll hören, das sie weckte. Zerrissen und voller Angst. Sidsel hatte ihren Schlüssel weggeschleudert und sich an Efie vorbei ins Schlafzimmer gedrängt, wo das mechanische Schluchzen ihrer Tochter schon viel zu lange anhielt, um wieder zu verstummen.

Efie wartete nicht, bis ihre Nichte sie rauswarf. Sie stand vom Sofa auf und suchte mit tauben Fingern ihre Sachen zusammen.

Als sie unten auf der Straße ankam, war ihr Fahrrad verschwunden, es schneite, und sie beschloss, in eine Kneipe zu gehen, die sie nicht kannte, um von dort aus ein Taxi zu rufen. Aber nicht ehe sie ein Glas Wein getrunken hatte, oder auch zwei. Nicht ehe sie sich tief in diesen sternengesprenkelten Rausch getrunken hatte, in diese Ausweitung ihres viel zu beengten Kopfes, die sie so sehr vermisst hatte. Mein Gott, wie hatte sie das vermisst. Dieses samtene Gefühl. Wie eine stramm geknotete Schnur tief im eigenen Gehirn, die wieder gelockert wird.

Ich habe heute auf meine Enkelin aufgepasst, erzählte sie allen, die es hören wollten.

Ab und zu passe ich auf sie auf. Helfe, wo ich nur kann, die Mutter ist allein mit dem Mädchen.

Zwei Tage später kam Niels mit ihrer Lesebrille und dem Schal vorbei, die sie vergessen hatte. Er erwähnte nicht, was passiert war, obwohl Sidsel ihm alles erzählt haben musste. Er räumte ihre Wohnung auf und stellte eine Wäsche an, er nahm die leeren Flaschen und den Müll mit, als er ging.

Laura, ja! Ein schöner und etwas gewöhnlicher Name.

Sie nimmt die kleine Hand und lächelt.

»Ich heiße Elisabeth«, sagt sie, »aber ich werde Efie genannt.«

Das Mädchen sieht zu Niels hinüber, als wollte es sich vergewissern, dass die Information stimmt, und er zuckt mit den Schultern und nickt.

»Bist du krank?«, fragt Laura und zeigt auf den Rollstuhl.

»Es sind vor allem die Beine«, antwortet Efie, »der Rest ist gesund.«

»Herzlichen Glückwunsch«, sagt Niels und küsst sie auf die Wange.

»Danke. Wir brauchen wohl einen zusätzlichen Teller.«

»Ich hole einen«, sagt Niels und ist zur Tür hinaus, noch bevor Efie protestieren kann.

Sie betrachtet das Mädchen. Ein hübsches Kind, aber sind nicht die meisten Kinder in diesem Alter hübsch? Klar wie frischgeprägte Münzen.

»Willst du nicht deinen Schneeanzug ausziehen?«

Laura nickt, ohne sich zu rühren.

»Soll ich dir helfen? Dann komm mal rüber.«

Sie öffnet den Reißverschluss und schält das Kind aus dem Overall. Aus der Bärenhülle tritt ein schmächtiger Körper in Glitzerrock und gestreiftem Oberteil hervor.

»Na, du siehst aber toll aus«, sagt Efie und schlägt die Hände zusammen. »Wie das glitzert!«

»Den hat mir meine Mutter gekauft. Das sind Pailletten, ich hab zwei davon. Aber der andere ist grün.«

»Der ist sehr schön. Hast du Hunger?«

Laura schnieft, antwortet aber nicht.

»Magst du Kopenhagener?«

Das Mädchen dreht sich unsicher zur offenen Tür um, wo Niels im selben Moment mit einem Klappstuhl, einem Teller und einer Karaffe gelbem Saft hereinkommt.

Nachdem sie gegessen und gesungen haben, darf Laura auf Efies Bett klettern und die Knöpfe drücken. Sie jauchzt jedes Mal vor Freude, wenn der Motor brummt und die Matratze sich unter ihr ausbeult und hebt.

»Noch ein letztes Mal«, sagt Niels, »dann ist Schluss. Das ist kein Spielzeug, Tante Efie sollte es idealerweise auch noch benutzen können, wenn du fertig bist.«

Laura nickt und drückt den Knopf so lange, bis ihre Streichholzbeine senkrecht in die Luft ragen. Die ganze Maschinerie rasselt mehrmals beängstigend und kommt dann zum Stehen.

»Darf ich nur noch ein einziges Mal?«, fragt sie, rollt sich auf den Bauch und landet völlig mühelos wieder auf den Knien.

»Nix da«, sagt Niels, »abgemacht ist abgemacht.« Er hebt sie vom Bett, setzt sie wieder auf ihren Stuhl und schenkt ihr ein Glas Saft ein, aus dem sie sofort zu trinken beginnt. Vielleicht liegt es an den Farben, aber Efie erkennt nichts von Sidsel in ihr wieder. Mit ihrem schmalen Gesicht, dem breiten Mund, den strahlend schwarzen Augen ähnelt die Tochter der Mutter nicht im Geringsten. Ohne sein Wissen haben die Gene des Vaters hart daran gearbeitet, ihn in diesem kleinen Menschen nachzubilden. Efie bewundert die Nichte für ihre Entschlossenheit. Selbst hat sie fast zwölf Jahre damit verbracht, auf den richtigen Mann und den richtigen Zeitpunkt zu warten (während ihre Freundinnen der Reihe nach beides falsch wählten), ehe ihr klar wurde, dass sie nie kommen würden – und schon gar nicht zur selben Zeit.

Laura stellt ihr Glas ab, hustet lauthals und wischt sich mit dem Ärmel den Mund ab.

»Niels, darf ich auf den Flur rausgehen und ein bisschen gucken?«

»Was willst du denn da draußen?«

»Einfach nur ein bisschen gucken.«

»Meinst du denn, du findest allein zurück?«

Das Mädchen nickt, springt vom Stuhl und schlüpft zur Tür hinaus. Niels läuft ihr mit ihren Schuhen in der Hand nach.

Efie war achtunddreißig, als sie begriff, dass sie nie Mutter werden würde. Es geschah einige Tage vor Heiligabend, in einem Café in Sevilla. Die Nacht war lau für diese Jahreszeit und sternenklar, sie hatte gut gegessen und getrunken. Jetzt saß sie vor dem Café und rauchte, während sie auf die Rechnung wartete, und genau da, zwischen zwei Zigaretten, war es, als würde der Gedanke in sie hineinfallen: Es wird nicht passieren. Nicht weil es physisch unmöglich war, sondern weil es nicht so *kommen würde*. Eine Vorahnung. Eine Erscheinung. In gewisser Weise war es eine Erleichterung. Im Gegensatz zu ihrer Schwester, die in den immer häufigeren und längeren Phasen, wenn Troels beruflich reiste, ans Haus und an die überaus unterschiedlichen Bedürfnisse ihrer Kinder gefesselt war, konnte Efie tun und lassen, was sie wollte. Abgesehen von ihrem Unterricht, den sie liebte, war sie frei und würde nicht wie so viele andere Frauen in ihrem Alter auf dem Mühlstein der Familie zerrieben werden. Als Charlotte krank wurde und Niels bei Efie einzog, hatte sie erwartet, dass die Verantwortung für den Jungen ihren Mutterinstinkt wecken würde. Das traf jedoch nicht ein. Ihr Verhältnis war von Anfang an von einer großen Gleichberechtigung geprägt, und in den Jahren nach Charlottes Tod waren sie in erster Linie Mitbewohner. Sie wechselten sich mit dem Kochen und Einkaufen ab, und Efie mischte sich nur in sein Leben ein, wenn es unbedingt notwendig war. Im Gegenzug verurteilte er sie nicht, wenn sie wieder auf eine ihrer Touren ging.

»Sie hat den Fernsehraum gefunden«, sagt Niels und zieht die Tür hinter sich zu, »jetzt ist sie für die Welt verloren.«

»Jaja«, sagt Efie, »für eine Sechsjährige muss es hier drinnen ja auch schrecklich öde sein.«

»Nicht unbedingt. Ich glaube, sie findet es interessant genug. Laura meldet sich schon, wenn sie Langeweile hat.«

Efie lächelt, aber es ist nicht so wie sonst. Das Mädchen hat die Art und Weise verändert, wie sie miteinander reden, wie sich Niels in ihrem Zimmer anfühlt. Die Salzlampe, die er ihr geschenkt hat, steht auf dem Schreibtisch und verbreitet ein seltsames, korallenfarbenes Licht.

»Möchtest du noch Kaffee?«, fragt sie und hat sich schon nach der Kanne gestreckt.

»Nein, danke.« Niels lehnt sich in seinem Stuhl zurück und räkelt sich. »Sechsundfünfzig. Du hast dich echt gut gehalten.«

»Ach, red keinen Quatsch!«

Sie muss trotzdem lachen.

Mehr sagt er nicht. Die Sonne scheint ihm in den Nacken und lässt die kurzen Härchen funkeln wie eine Wasseroberfläche.

Ob er sich auch langweilt? Efie sieht sich nach etwas um, das sie ihm anbieten könnte. Sie würde ihm gern etwas geben, hätte gern, dass die beiden noch eine Weile bleiben. Beim Gedanken an den Abschied wird ihr innerlich ganz schwarz. Bald ist es zwei Uhr, und sie müssen los. Zu irgendeinem Zeitpunkt müssen die Leute immer weiter. Sie hat gelernt, damit zu leben, jedoch nicht, es zu mögen. Aber sie möchte nicht weinen, nicht an ihrem Geburtstag.

»Ich habe Sidsel nichts erzählt«, sagt Niels.

Efie hat nicht gefragt, aber darüber nachgedacht.

»Was ist, wenn Laura irgendetwas sagt?«

»Ich habe nicht vor, ihr zu verbieten, über dich zu sprechen, Efie.«

Er sieht sie unverwandt an. Es ist kaum zu fassen, wie sehr er mit zunehmendem Alter seinem Vater Troels ähnelt. Die Augen und die langen Wangen. Sie muss sich anstrengen, um die Dinge nicht zu vermischen und den alten Zorn wieder an sich heran und auflodern zu lassen. Wie sie diesen Mann verachtet hatte – und das Beharren ihrer Schwester darauf, ihn bis zuletzt zu verteidigen! Efie hatte die Nachricht von der plötzlichen Erkrankung des Schwagers und seinem Tod im nordöstlichen Russland ohne große Gefühlsregung empfangen. In ihren Augen waren seine drei Kinder schon davor de facto elternlos gewesen.

»Hast du gehört, was ich gesagt habe?«

Er hat seine Hand auf ihren Arm gelegt.

»Ja«, sagt sie, »das freut mich.«

Im Nachbarzimmer jammert Jonna in langen Vokalketten. Niels tupft Mohn von seinem Teller und steckt den Finger in den Mund.

»Sidsel wird ihre Meinung nicht ändern.«

»Nein«, sagt Efie und lächelt versehentlich, »ich weiß.«

Ida Marie schiebt das Bett wieder in eine neutrale Position, stellt die Teller und Tassen so lautlos wie möglich auf ein Tablett. Elisabeth ist in ihrem Rollstuhl eingeschlafen. Ida Marie hebt ihren warmen Kopf mit einer Hand und legt ein Kissen zwischen Schulter und Ohr, dann geht sie in die Hocke, legt die Arme um Elisabeths Unterschenkel und zieht die Knie ein Stück vor und in die Mitte, damit das Gewicht besser verteilt ist. Die große Frau riecht angenehm nach Shampoo und Kampfercreme, aber die Windel ist vorne schwer. Ida schließt das Fenster und knipst die Salzlampe aus. Ein Foto von zwei Mädchen auf dem Nachttisch erregt ihre Aufmerksamkeit, sie nimmt es vorsichtig in die Hand. Eigentlich ist sie nicht so. Viele der anderen Aushilfen geben ihrer Neugier nach. Sie spähen in Schubladen und Schränke, lesen alte Briefe und Tagebücher, stöbern in Dingen, die sie nichts angehen – und später tratschen sie untereinander über ihre Entdeckungen. Nicht so Ida Marie, normalerweise. Sie respektiert das Privatleben der Bewohner, so wie sie es sich auch für sich selbst wünscht, wenn sie eines Tages zu alt oder zu krank geworden ist, um es zu schützen. Die Mädchen auf dem Bild sehen aus wie fast erwachsene Teenager, in hellen Shorts und farbenfrohen T-Shirts mit dem Namen des Ferienorts auf der Brust, auf einem Tennisplatz. Elisabeths dichte Locken bilden eine Wolke um ihren Kopf, und die andere, die ihre Schwester oder Kusine sein muss, hat glattes, blondes Haar, zu einem Pferdeschwanz zusammengebunden. Sie haben sich gegenseitig die Arme um die Schultern gelegt und lachen den Fotografen an, verschwitzt und erschöpft und auf eine Weise sonnengebräunt, die Ida Marie mit den Siebzigerjahren verbindet. Der völlige Mangel eines Zusammenhangs zwischen diesem Mädchen, das einmal auf einem Tennisplatz stand, und der Frau, die in ihrem Rollstuhl eingeschlafen ist, lässt die Zeit erscheinen wie eine böse Zauberei. Ida Marie schaudert und stellt die Fotografie zurück, wirft das Geschenkpapier in den Mülleimer und nimmt das Tablett mit, als sie geht. Im Büro sucht sie Elisabeths Pflegeplan heraus und hinterlässt eine Notiz für die Abendschicht.

Windel muss gewechselt werden, wenn sie aufwacht, wollte sie nicht wecken.

10
Ea (und Curtis)

Obwohl es noch früh ist, stehen die Leute schon Schlange bei El Farolito. Ea betrachtet Hectors kräftige Gestalt durch das beschlagene Fenster. Er hat die Theke erreicht und gibt seine Bestellung auf. Sie braucht ihn nicht zu hören, um zu wissen, was er sagt und wie er es sagt. Sie haben in der Sonne geparkt, weil Ea nicht damit gerechnet hatte, dass es so lange dauern würde. Ein Mann schiebt einen Einkaufswagen, vollbeladen mit seinem Hab und Gut, den schräg ansteigenden Bürgersteig hinauf. Das eine Rad dreht sich quietschend im Kreis. Eas Blick folgt dem Mann im Rückspiegel, er muss ständig stehen bleiben, um seine Hose hochzuziehen, die von einer Nylonschnur zusammengehalten wird. Sein Bart hat die gleiche nikotingelbe Farbe wie die Wolle am Schwanz eines Schafs, seine Stirn glänzt in der Sonne. Sie kennt ihn, er hält sich meistens unten im Park auf. Ea ist es nicht gewohnt, ihn aufrecht und in Bewegung zu sehen, aber es ist zweifellos derselbe Mann. Wenn sie mit Coco an ihm vorbeikommt, grüßt er sie höflich und nennt sie »ladies«. Als er längst um die Ecke gebogen ist, kann sie das Rad immer noch hören. Ea zieht ihre Tasche auf den Schoß, kramt nach einem Mineralwasser, obwohl sie weiß, dass keins da ist, und lässt sie wieder auf den Boden plumpsen. An der Tür der SECOND CHURCH OF CHRIST, SCIENTIST, hängt ein Zettel, der auf Spanisch und Englisch mitteilt, die Kirche sei dauerhaft geschlossen. Das Kreuz und die Krone, die vor einem Hintergrund von Wattewölkchen schweben, die geschwungenen roten Buchstaben. Sie mochte dieses Schild immer gern. Ea kurbelt das andere Fenster herunter und öffnet das Handschuhfach. Abgesehen von Süßigkeitenpapier und zerfledderten Comicheften ist es mit Kassetten vollgestopft, die ein Exfreund für sie aufnahm und ihr in einem Schuhkarton überreichte, nachdem sie ihn verlassen hatte: »Damit du an mich denkst, während du vor mir flüchtest.« In gewisser Weise hat sich die Wirkung tatsächlich eingestellt, denn immer, wenn sie die Kassetten einlegt, denkt sie an ihn – und ist erleichtert. Ea findet *The Modern Lovers*, schiebt sie ins Kassettendeck und drückt auf Play. Jonathan Richmans Bariton umfängt ihren Brustkorb und drückt zu. Seit ihrem Besuch bei der Seherin hat sie Lust zu weinen, aber immer, wenn sie es versucht, passiert nichts.

Ea hat Hector nichts von Beatrice Wallens oder von den Stimmen erzählt. Sie weiß genau, was er sagen wird: Hellseher sind Menschenkenner (nicht mehr und nicht weniger). Und die Stimmen eine Folge ihrer Übermüdung und ihres Schrecks darüber, einer Frau gegenübergesessen zu haben, die behauptete, mit ihren verstorbenen Eltern in Kontakt zu stehen.

Und in diesem Moment, in dem das Diesseits in all seiner überhitzten, stinkenden Fülle so überzeugend wirkt, ist Ea geneigt, ihm recht zu geben.

»Kannst du mir mal erzählen, was diese ganzen Leute vormittags um halb elf mit Burritos wollen?«, fragt Hector und bringt den Geruch von El Farolito mit ins Auto. »Und was für Garagenrock hörst du da?«

»Stell es einfach aus.«

»Ich war kurz davor aufzugeben. Das war wirklich kein schönes Erlebnis.«

Ea streicht ihm über das Haar.

»Hast du daran gedacht, um eine Extraportion Guacamole zu bitten?«

Er balanciert die Styroporschachteln auf dem Schoß und schnallt sich an.

»Was, wenn es nicht so wäre?«

»Dann müsstest du leider noch mal zurück.«

»Ich hatte ganz vergessen, wie gemein du sein kannst.«

Er streckt den ganzen Kopf aus dem Fenster wie ein Hund, an den er sie auch erinnert, groß und mit langem schwarzem Fell und treuem Bick.

»Warum fahren wir nicht?«

Ea deutet auf die Perlenschnur von Autos zu ihrer linken Seite. Es gibt noch einige andere, die genau dasselbe vorhaben.

»Übrigens, hast du gesehen, dass die Kirche zugemacht hat?«

»Ach, wirklich? Hm. Ich habe immer gerätselt, was dieses Komma bedeuten soll, und jetzt ist es zu spät, um zu fragen.«

Kurz darauf setzt Ea den Blinker, und sie können sich endlich dem Verkehr anschließen, der auf der Mission Street in nördlicher Richtung fließt. Es war seine Idee, einen Ausflug zu machen. Normalerweise ist es Ea, die die anderen aus der Stadt treibt (Ausflüge, bei denen sich Vater und Tochter die Hälfte der Zeit darüber beschweren, dass sie wegfahren müssen, und die andere Hälfte, dass sie nicht wieder nach Hause wollen. Coco: »Das ist mein Glücksort!« etc.), aber nicht heute. Beim Frühstück hatte Hector die Tour noch einmal angesprochen, als hätte er Angst davor, dass sie es vergessen und etwas anderes planen würde. Sie sind allein. Coco wurde am frühen Morgen abgeholt, weil wieder einmal eine ihrer unzähligen Kusinen Geburtstag feiert. Ea verdächtigt Lola, einfach irgendwelche Verwandte zu erfinden, um ihre Tochter auch über die vereinbarten Tage hinaus zu sehen. Hector sagt, es würde ihr nicht gut stehen, paranoid zu sein.

Er hat Roberta Flack eingelegt, und Ea singt uneitel mit. Nach all den Jahren trifft sie der Anblick der schalentierroten Harfensaiten der Brücke immer noch mitten ins Herz. Glück! Bam! Der Himmel über ihnen ist wolkenlos, der Stille Ozean glitzert dunkelblau. In manchen Momenten ist alles einfach. Als sie die Golden Gate zur Hälfte überquert haben, schlägt er vor, einen Abstecher zum *Headlands Center for the Arts* zu machen. Das Fort im Marins-Naturpark beherbergt seit den Neunzigerjahren Stipendiatenwohnungen und Ausstellungsräume für Künstler.

»Und nicht nach Sausalito fahren? Findet denn da was Besonderes statt?«

Sie dreht den Kopf. Zwischen dem Bart und der Sonnenbrille ist nur ein schmaler Streifen seines Gesichts sichtbar, aus dem sich unmöglich etwas ablesen lässt.

»Damian hat da gerade ein Aufenthaltsstipendium. Ich habe gesagt, dass wir vielleicht vorbeikommen. Wir könnten kurz anhalten und hallo sagen und dann zum Meer weiterfahren und später etwas essen gehen.«

»Wenn du meinst.«

Damian Roo ist ein mittelbekannter Kunstfotograf, mit dem Ea etwas hatte, kurz nachdem sie hier angekommen und verzweifelt darauf aus war, sich mit der Stadt zu verbinden. Im Bett waren sie nicht miteinander, aber es hätte nicht viel gefehlt. Einen Großteil des Jahres reist er umher, weshalb er, wenn er endlich wieder in San Francisco ist, von der Idee besessen scheint, »die Herde zusammenzutreiben« und alles Mögliche zu feiern. Lass uns den letzten Dienstag im Monat feiern, den Vollmond, lass uns feiern, dass der-und-der einen neuen Job hat, dass wir alle hier sind! Als er letzthin zum Essen bei ihnen war, hatte er Ea am späten Abend dazu überredet, ihre Nadeln zu holen. Er hatte sich bereits aus der Mappe mit Cocos Zeichnungen sein Motiv ausgesucht. Die meisten blättern die Designs der Neunjährigen durch, seufzen und deuten auf etwas und sagen, nein, wie goldig, und guck mal, das da, sie ist so talentiert, aber wenn es darauf ankommt, entscheidet sich niemand dafür. Mit Ausnahme von Damian. Er deutete auf *Eye in the hand* (Coco gab ihren Motiven sehr lakonische Namen, und dieses stellte eine Hand mit einem Auge auf der Handfläche dar), hob sein Hemd und streckte ihr seinen Brustkorb entgegen. Die anderen johlten. Ea fühlte sich eigentlich zu betrunken, um mit der anspruchsvollen Arbeit anzufangen, versank dann aber schnell in sich und ihrer Konzentration, und nach etwa einer Stunde richtete sie sich wieder auf und sagte: Fertig. Es war eines ihrer besten.

Das Atelier liegt in der obersten Etage der Kaserne, im ehemaligen Schlafsaal der Rekruten. Es riecht popcornartig nach Sonne und frischer Tinte, und der Raum ist auf eine Weise rustikal, von der man an einem Tag wie diesem unmöglich nicht verzückt sein kann. Die breiten Querbalken werden von vier Reihen von Stahlsäulen gestützt, und das Licht flutet durch die Fenster herein und über den wurmstichigen Dielenboden. In einer Teeküche in der hintersten Ecke erhitzt Damian Wasser auf einer Gasflamme und gießt zwei Tassen Instantkaffee auf, die er ihnen dann gar nicht anbietet, weil er schon im nächsten Moment so sehr damit beschäftigt ist, ihnen die Fotos zu zeigen, die er am Morgen auf die an der Wand lehnenden Styroporplatten geklebt hat. Keine der Aufnahmen interessiert Ea. Das Licht ist hart, und alle Porträtierten starren mit dem gleichen apathisch-suggestiven Blick vor sich hin.

»Die beiden da«, sagt Damian und stellt sich neben sie, »die hatten sich erst zum zweiten Mal getroffen. Eigentlich wollte ich sie nur dazu bringen, sich zu küssen. Dann haben sie mich gefragt, ob es okay wäre, wenn sie richtig zur Sache kommen würden. Ich habe natürlich gesagt, sie sollten sich nur keinen Zwang antun. Und so war es dann auch. Ich glaube, es hat sie angeturnt.«

Sie nickt.

»Sieht so aus.«

Das Paar liegt engumschlungen am Rande eines Maisfelds. Das Kleid der Frau ist bis zum Hals hochgeschoben, ihr Kopf nach hinten gebeugt, der Mund zu einem Stöhnen geöffnet. Er ist nackt bis auf die Schuhe. Trotzdem ziehen die Maispflanzen die meiste Aufmerksamkeit auf sich. Sie sind groß und unnatürlich grün, mit abstehenden, aufgebauschten Frisuren.

Damian betrachtet sie mit einem melancholischen Lächeln.

»Ich muss gerade daran denken, wie ich dir zum ersten Mal begegnet bin«, sagt er, »du warst so jung. Ich weiß noch, dass ich dich reden und reden ließ. Ich mochte deinen Akzent. Der ist dir abhandengekommen, weißt du das eigentlich?«

»Ich werde aber immer noch gefragt, wo ich herkomme.«

»Und du glaubst, das läge daran, wie du sprichst?«

Sie dreht sich wieder zu dem Foto um, jetzt sehen die Maispflanzen einfach nur aus wie Mais.

»Es ist dein Blick«, sagt er, »wie du uns *ansiehst*. Als wärst du ein kleines bisschen besser. Die gute alte europäische Überlegenheit. Deswegen musst du dich nicht schämen, eigentlich ist das sehr süß …«

Damian will noch mehr sagen, aber dann ruft Hector vom anderen Ende des Raums nach ihm. Er möchte wissen, welches Objektiv Damian für die Bilder von den Zwillingsmädchen verwendet hat.

Das Schlimme ist, dass Damian richtigliegt.

Ea hätte geglaubt, es würde mit der Zeit vorübergehen, aber wenn überhaupt, ist es schlimmer geworden. Sie ertappt sich dabei, die Art und Weise zu vermissen, wie die Leute in Europa ihr Besteck halten. Sie vermisst Gebäude, die mehr als ein paar hundert Jahre alt sind, und den Geruch von Regen auf Kopfsteinpflaster. Letzthin hat sie versucht, Coco beizubringen, wie man Messer und Gabel gleichzeitig benutzt. Ea verliert den Appetit, wenn sie zusehen muss, wie das Essen in den Mund geschaufelt wird.

Zehn Minuten darauf sind die beiden Männer immer noch in technische Fachsimpeleien vertieft. Ea geht zu dem Regal hinüber, dem einzig richtigen Möbelstück im Atelier, und zieht willkürlich einen Bildband aus dem Regal. Sie setzt sich mit dem Buch auf dem Schoß auf den Boden und lässt nackte Frauenkörper in verschiedenen Positionen an ihrem Blick vorbeihuschen. Oberschenkel, Schultern, Brüste, Ohren, Lippen. Erst als sie sich im letzten Drittel des Buchs befindet, wird ihr klar, dass alle Bilder ein und denselben Menschen zeigen, Yoko, die Frau des Fotografen, und dass sie am Ende stirbt. Es gibt auch ein Foto von der Leiche im Sarg. Der Körper und das Haar sind von Blumen bedeckt, das Gesicht schaut zwischen den seidenartigen, weißen Blütenblättern hervor. Dann die Katze auf dem Sofa und das straff bezogene Doppelbett. Der schneebedeckte Garten, ein voller Aschenbecher, eine Bluse auf einem Bügel. Aus den letzten Fotografien spricht Leere. Auf der gegenüberliegenden Seite hört sie, dass sich Hector abrupt von Damian verabschiedet, wie es typisch für ihn ist, als wäre der Aufbruch eine überraschende Tatsache, die ihm jemand über einen Knopf im Ohr mitgeteilt hätte. Ea schließt das Buch und stellt es wieder ins Regal.

Sie gehen, Hand in Hand, in Richtung Auto. Unter ihren Sandalen knistert und ploppt das Gras von den vielen Insekten.

»Ich mag ihn nicht«, sagt Ea.

»Nee«, sagt Hector. »Aber er ist gut.«

»Du bist besser.«

Er seufzt.

»Ich meine es ernst. All seine Bilder sind auf dieselbe Art *interessant*. Was du machst, ist schön.«

»Lass uns jetzt nicht darüber sprechen.«

Darüber = Warum hast du aufgegeben, was du liebst?

Die Fotos für den Immobilienmakler sollten ein Neben-job sein, aber inzwischen nehmen Gabriels Aufträge all seine Zeit in Anspruch. Hector verbringt die Tage damit, durch die Gegend zu fahren und mit dem Weitwinkel Fotos von den geschmacklosen Zimmern und Küchen stinkrei-cher Leute zu machen. Gabriel behauptet, die Häuser, die Hector übernimmt, würden doppelt so viele Interessenten anlocken wie der Rest. Kann sein, dass es stimmt, aber er fotografiert überhaupt nicht mehr zu seinem eigenen Ver-gnügen, und die einzigen Gedichte, die er schreibt, sind die für Cocos Pausenbrot (nachmittags leert Ea die Brot-dose und sammelt die fettbefleckten Zettel treu in einer Plastikhülle, *Lunch Poems* im wahrsten Sinne des Wortes). Sie wünschte, es würde ihr nichts bedeuten, was er macht, doch als er seinen Studienplatz aufgab, fühlte sie sich be-trogen. Sie hatte sich in einen Künstler verliebt.

Ein Grüppchen Eukalyptusbäume wirft seine zotteligen blauen Schatten auf das Auto, aber natürlich hätten sie die Fenster geöffnet lassen sollen. Drinnen riecht es intensiv nach Fleisch und durchweichten rohen Zwiebeln. Es ist, als würde man eine Mundhöhle betreten.

»Er hat behauptet, ich hätte meinen Akzent verloren«, sagt Ea und schnallt sich auf dem warmen Sitz an.

»Typisch Damian. Macht dich das traurig? Bist du des-halb wütend auf ihn?«

»Vielleicht«, sagt sie, startet den Motor und parkt aus, »vielleicht ist es das. Ich weiß es nicht. Und was, wenn es stimmt?«

Ea bohrt ihre Füße tief in die oberste Kieselschicht, bis

sie spürt, wie eine feuchte Kälte ihre Haut umschließt. Irgendwo zwischen dem *Headlands Center of Art* und dem Hier und Jetzt ist ihr der Tag entglitten. Neben ihr isst Hector, den Kopf zwischen die Knie gebeugt. Sie ist nicht mehr richtig hungrig. Die Mittagssonne brennt herab und lässt die Landschaft kulissenhaft flach erscheinen. Ea reißt ein Stück von ihrer Tortilla ab und wirft es zu der Silbermöwe hinüber, die sich in der Nähe gehalten hat. Sie legt den Kopf in den Nacken und schluckt die Spende lautlos, ehe sie abhebt und ein Stück weiter die Küste hinab wieder landet. In der Brandung schaukelt ein glänzender schwarzer Baumstamm hypnotisierend im Kreis.

»Man soll Vögel eigentlich nicht mit Brot füttern«, Hector deutet mit einem Nacho in Richtung der Möwe, »das quillt in ihrem Magen auf.«

»Ich dachte, es wären Nudeln, die aufquellen.«

Die Wellen türmen sich auf und brechen sich in seinen rauchfarbenen Brillengläsern.

»Nudeln? Kann sein. Coco hat mir das mit dem Brot erzählt«, sagt er mit vollem Mund. »Stell dir vor, da hat man sich all die Jahre eingebildet, man wäre ein Tierfreund …«

Ein paar Meter weiter sind zwei Familien dabei, ihr Picknick vorzubereiten. Überall im Sand verstreut liegen Decken, Sonnenschirme, Plastikeimer und Ziploc-Tüten, und niemand bemerkt, wie ein kofferförmiger Labrador mit sonnengebleichtem Fell seinen Rücken krümmt und gefährlich nah an den Bastmatten einen Haufen macht. Ea leert ihre Wasserflasche und blickt versuchsweise zum Horizont, doch ihr Blick springt zurück, als wäre er mit straffen Gummibändern in den Augenhöhlen befestigt.

Sie langweilt sich. Nicht wie eine Erwachsene, sondern auf diese quälende, ermüdende Weise, wie sie es von den Nachmittagen ihrer Kindheit in Erinnerung hat. Sie überlegt, was Coco jetzt gerade macht (wahrscheinlich lesen, irgendwo am Rande der Geburtstagsgesellschaft, Ea hat beobachtet, dass sie ein *Dragon Ball* in ihren Rucksack stopfte). Wie immer, wenn das Mädchen nicht in der Nähe ist, hat sie das Gefühl, ein Teil von ihr läge im Schatten.

»Ich gehe runter und halte ein bisschen die Füße ins Wasser«, sagt sie, steht auf und fegt mit der Hand die kleinen Steine von der Rückseite ihrer Beine, »kommst du mit?«

Hector nickt, richtet sich aber nur halb auf, beugt sich nach vorn und verlagert das Gewicht auf das linke Knie. Er wackelt ein wenig, dann aber gelingt es ihm, das rechte Bein vorzuschwingen und es in einem Neunzig-Grad-Winkel vor sich aufzustellen. Eine Haltung, die Ea bisher nur in Filmen gesehen hat.

»Hector«, ruft sie erschrocken, »steh doch auf!«

Er hat die Sonnenbrille abgenommen, der Wind bläst ihm das Haar ins Gesicht. Die Leute gucken und zeigen auf sie. Jemand stößt einen Pfiff aus. Anschließend liegen sie lange im Sand und halten sich in den Armen, verlegen und überrumpelt und glücklich.

Er hat dafür gesorgt, dass jemand auf Coco aufpasst, und einen Tisch in einem noblen Restaurant reserviert, wo keiner von ihnen schon einmal war. Es gibt einen Willkommensdrink und ein Menü mit Weinbegleitung, Cognac zum Kaffee und schließlich, als der Kellner vom Anlass ihres Besuchs erfährt, auch ein Glas Champagner aufs

Haus. Zur Überraschung des Babysitters sind sie schon vor elf zu Hause, viel zu betrunken und müde, um miteinander zu schlafen. Jetzt schlummert er neben ihr, und jedes Mal, wenn er die Luft einzieht, klickt es mehrmals hintereinander im einen Nasenloch. Verlobt. Vielleicht würde es sich anders anfühlen, wenn sie nicht so übersättigt wäre? Neuer. Ea dreht sich auf den Rücken und schiebt sich ein zusätzliches Kissen unter den Kopf, ihr Magen ist bis zu den Rippen ausgeweitet und schmerzt, ihre Speiseröhre brennt. Sie hält die Hand vor sich, betrachtet den Ring, den er eigens für sie hat anfertigen lassen. Damians Schwester ist Goldschmiedin, das erklärt auch den ermüdenden Ausflug zum Atelier. Hectors Geheimniskrämerei berührt sie fast am meisten. Ea spielt mit den Fingern, lässt das Gold aufblitzen. Sie haben es immer noch nicht geschafft, Gardinen aufzuhängen, und nachts wirken die Wände des Schlafzimmers lebendig und tief im Licht der Straße. Sie hat sich daran gewöhnt, bezweifelt inzwischen sogar, ob sie in der richtigen Dunkelheit überhaupt noch einschlafen könnte.

Peanut flitzt mit einem beleidigten Rascheln in seine Höhle, als die Deckenlampe eingeschaltet wird.

»Entschuldige«, murmelt Ea und kramt die Schachtel Nexium aus der Küchenschublade hervor. Sie setzt sich an den Tisch und trinkt das restliche Wasser in kleinen Schlucken, spürt, wie das Feuer in ihrem Magen erlischt, als die Tabletten zu wirken beginnen.

Es ist schon nach Mitternacht, aber gegenüber bei den Nachbarn brennt noch Licht in der Küche, und kurz darauf taucht der Dunkelhaarige auf und fängt an, mit Pfannen und Schneidebrettern zu hantieren. Wie immer beim

Kochen trägt er ein Bandana. Eine Zeitlang hatten Hector und Ea Protokoll über die vielen abweichenden Gewohnheiten dieser Familie geführt, und jetzt bekommt sie Lust, das Spiel wiederaufzunehmen. Irgendwo muss der Zettel noch liegen. Sie sucht an der Pinnwand und in dem Stapel von Zeichnungen, die auf dem Leiterregal verteilt liegen. Sie öffnet die Schubladen in der blauen Kommode, leert eine nach der anderen, bis sie das Blatt mit der Überschrift DEVIANT NEIGHBOR BEHAVIOR findet. Die letzte Beobachtung ist über ein Jahr alt: *Tochter, ca. 8 Jahre alt, stemmt Gewichte, während sie Zeichentrickfilme sieht (auf Befehl?!).* Ea schreibt, was sie gerade observiert hat, notiert Datum und Zeit und hängt die Liste an die Pinnwand.

Peanut ist aus seinem Versteck gekommen und fixiert sie mit wütenden Greisinnenaugen durch das Glas.

»Hast du Hunger?«

Normalerweise übernehmen Hector oder Coco das Füttern.

Ea holt die Plastikdose mit den Mehlwürmern aus dem Kühlschrank. Der Temperaturanstieg weckt sie aus ihrem Dämmerschlaf, und sie winden sich in den Sägespänen. Ea schnappt sich zwei von ihnen mit der Bratpinzette und senkt sie zu der Echse hinab. Eine barbierosa Mundhöhle mit winzigen, messerscharfen Zähnen blitzt auf.

»Hier, du kleines Monster.«

Ea rückt die Platte erneut auf das Terrarium und fängt an, die Papiere wieder in die Kommode zu räumen. Das Foto fällt aus einem gefütterten Umschlag, wo es zusammen mit einer abgelaufenen Clipper Card und ein paar geknüpften Armbändern vorübergehend archiviert wurde. Sie tragen alle drei orangefarbene Rettungswesten über ihren Bade-sachen. Das Wasser des Sees unter ihnen ist schwarz wie Motoröl. Niels, der ganz hinten sitzen und steuern darf, lächelt als Einziger in die Kamera. Sechs Jahre alt, seine Locken funkeln in der Sonne. Sidsels Gesicht liegt im Schatten eines Sonnenhuts verborgen, und Ea selbst sitzt in der Mitte, mager und zusammengekauert, als wäre sie ein Gepäckstück. Sie kann sich noch gut an den Ausflug erinnern, es war der letzte, bei dem sie zu fünft waren. Vor Russland und vor der Erkrankung ihrer Mutter, obwohl beides zum damaligen Zeitpunkt wahrscheinlich schon im Entstehen begriffen war; die Projektbeschreibungen und Anträge auf Fördergelder, die mutierenden Zellen. Wenn die Kinder ins Bett gebracht worden waren, betranken sich die Eltern gemeinsam am Lagerfeuer. Ihre Gespräche drangen zusammen mit dem Rauch durch den Zeltstoff. Sie diskutierten über Politik, Geschlechterrollen, Kunst, sie wurden laut und redeten durcheinander. Ea lag da und horchte nach der Stimme ihrer Mutter. Jeden Abend wünschte sie sich, die Mutter würde sich ins Gespräch einmischen, eine unerwartete Meinung vertreten, irgendetwas, das sie enttarnte. Es geschah nie. Charlotte zog es vor, den Meinungen und Geschichten der anderen zu lauschen, aber wenn etwas Lustiges oder Unpassendes gesagt wurde, verstummte ihr Lachen immer zuletzt.

Ea dreht das Foto um. Die Rückseite ist glatt und weiß, es steht nichts darauf. Mit großer Wahrscheinlichkeit hatte Charlotte es gemacht. Sie taucht nur auf einem Bruchteil der Ferienbilder auf, meistens ist sie der sehende Blick. Als ältestes Kind war Ea diejenige, die am meisten Zeit mit ihrer Mutter verbracht hatte, und gleichzeitig – wie von einer Antiproportionalität bestimmt – diejenige, die sie am wenigsten verstand. Charlotte Gabel war wie ein Haus, wo in jedem Zimmer Licht brannte. Alles war so, wie es schien, es gab keinerlei Deutungsspielraum, keine Ecken, in denen man sich verstecken konnte; und Ea konnte sich nicht von dem gierigen Wunsch befreien, dass es noch etwas anderes gab, noch mehr als das, was war. Anscheinend lebte ihre Mutter ihr Leben, ohne sich auch nur ein einziges Mal zu fragen, ob es anders sein könnte. Ob sie *wollte,* dass es anders war. Die Tage wurden mit einer Seelenruhe hingenommen, die Ea lange mit Gleichgültigkeit verwechselte (oder, wenn sie in einer ungnädigeren Stimmung war, mit Dummheit). Das führte dazu, dass sie sich während ihrer Kindheit und auch fast der gesamten Jugend eher auf einer Wellenlänge mit dem Vater fühlte, dessen Nähe sich nur in kurzen Momenten offenbarte, als mit der Mutter, die bereitwillig alles von sich gab. Erst viel zu spät wurde Ea klar, welch eine Stärke Charlottes Einstellung zum Leben erforderte. Ihre Mutter war kein schlichtes Gemüt. Sie war eine getarnte Riesin, eine lächelnde Halbgöttin zwischen den gewöhnlichen, sterblichen Familienmitgliedern: drei undankbare Kinder und ein launischer Mann, der sich geradezu magnetisch von seinem eigenen Innenleben angezogen fühlte, als würde tief in seiner Brust der Nöck höchstpersönlich sitzen.

Solange Ea denken konnte, war Troels immer viel gereist, aber in den letzten Jahren der Ehe ihrer Eltern war er die meiste Zeit weg gewesen. Deshalb führte die Scheidung kaum zu irgendwelchen praktischen Veränderungen in ihrem Familienleben. Als ihre Mutter krank wurde und er wieder nach Dänemark zurückzog, war er schon seit Jahren kein verlässlicher Bestandteil mehr im Alltag seiner Kinder. Doch wie immer hatte Charlottes gewissenhafter Ordnungssinn ihm alles leichtgemacht, und nach ihrem Tod blieb Troels nicht länger im Land als unbedingt nötig. Anthropologen taugen nicht zum Trösten, sagte er einmal zu Ea, wir haben immer Dinge gesehen, die schlimmer sind. War das eine als Erklärung verkleidete Entschuldigung gewesen? Oder eine Erklärung, die als Entschuldigung dienen konnte, wenn man es brauchte? Vielleicht war es auch einfach nur eine Feststellung gewesen. Wie dem auch sei: Kaum war Niels, der noch zu klein war, um allein zu wohnen, bei ihrer Tante untergebracht, kaum waren das Haus verkauft und die letzten Papiere unterschrieben, fing Troels an, seine Abreise vorzubereiten.

Ea beschloss, ihm nicht zu verzeihen. Nicht, im Sinne von: nie, und als sie während einer Nachmittagsschicht in der Trattoria Ponchielli von einer Frau angerufen wurde, die ihr mitteilte, ihr Vater sei in ein Krankenhaus in Jakutsk eingeliefert worden, hatten sie seit vier Jahren nicht mehr miteinander gesprochen. Die Lage war ernst. Innerhalb weniger Tage griff die Infektion von der Lunge auf das Herz über (also *hat* er tatsächlich eins, murmelte Sidsel, als Ea anrief, und sie mussten beide lachen, weil die Bemerkung so grausam war). Troels starb kurz darauf umgeben von seinem Team und den beiden Dolmetschern, die schon von Anfang an dabei gewesen waren.

In Folge einer Verliebtheit, die, wie sich herausstellte, das Ende der Saison nicht überdauern sollte, wohnte Ea zu diesem Zeitpunkt in Triest. Sie hatte ein Zimmer mit Balkon, einen hingebungsvollen Katerfreund, den sie einfallslos Dante taufte, und eine Arbeit, die ihr Spaß machte. Einzig und allein ihren Geschwistern zuliebe kam sie zur Beerdigung. Die beiden holten sie vom Flughafen ab, und zu ihrem Entsetzen verstand Ea plötzlich genau, wie es ihrem Vater bei seinen kurzen Besuchen in der Heimat ergangen sein musste. Der Abstand zwischen ihnen war geradezu stofflich. Alles, was sie in Niels' und Sidsels Gesichtern wiedererkannte, verstärkte das Gefühl von Fremdheit nur umso mehr, und obwohl Ea es zu verbergen versuchte, kreisten ihre Gedanken nur darum, wie sie so schnell wie möglich wieder aus Kopenhagen entkam. Troels' erkalteter Leib traf vier Tage später mit einem Frachtflugzeug ein, an einem sonnigen Tag im Mai wurde er beigesetzt, und noch ehe der Sommer vorbei war, hatte Ea ihren Job im *Ponchielli* gekündigt und ein One-Way-Ticket nach San Francisco gekauft.

Italien fühlte sich nicht mehr fern genug an.

Mitunter denkt sie an Dante und spürt einen Stich in ihrem Herzen. Der Kater ist sicher längst tot. Seit sie ihn zuletzt gesehen hat, sind zehn Jahre vergangen.

Ea lässt das Foto wieder in die Schublade fallen und erhebt sich auf zitternden Beinen. Dieselbe schwindelerregende Übelkeit wie bei Beatrice Wallens hat sie erneut überkommen. Sie wankt durch die Speisekammer und stößt das Fenster auf, hängt ihren Oberkörper in die Nacht hinaus und erbricht sich lauthals. Drei, vier fürchterliche Schwalle, dann ist es überstanden. Die Magenmuskeln schicken mit einem ekelerregenden Geräusch Luft durch ihren

Hals, aber es ist nichts mehr übrig, sie ist leer. Ea spuckt aus, bis der Geschmack weg ist, wischt sich die Augen und schneuzt sich die Nase. Es regnet. Zwei Stockwerke weiter unten glänzen die Blätter eines Baums, dessen Namen sie nicht kennt. Gegenüber sind die Nachbarn endlich ins Bett gegangen.

Die Idee wirkt nicht mehr ganz so überzeugend, als sie unten auf der Straße ankommt, aber darauf war sie vorbereitet. Davon abgesehen wird es leichter gehen, als sie befürchtet hatte. Es ist spät und der Abstand zwischen den Passanten groß. Sie kann sich am Eisengeländer hochziehen und von dort auf das niedrige Ziegeldach über dem Eingangsbereich gelangen. Der Hasendraht und der symbolische Stacheldraht, die die Mauer auf der Innenseite umkränzen, sind an mehreren Stellen heruntergebogen. Sie ist nicht die Erste, die diese Klettertour auf sich genommen hat, aber sie hofft, dass sie in dieser Nacht die Einzige sein wird. Ea springt herunter und landet mit einem dumpfen Schlag auf dem Boden. Es ging tiefer nach unten, als sie gedacht hatte, die harte Landung singt in ihrer Brust. Sie bleibt so sitzen, in der Hocke, die Hände vor sich auf dem Boden, und lauscht. Ihre Ohren strengen sich an, um das Geräusch von Schritten oder Stimmen aufzufangen, doch zwischen den Gräbern herrscht Stille. Der Friedhof, der sich Ende des 18. Jahrhunderts, als er neu war, von der Church Street bis zur 16th Street erstreckte, ist im Takt mit der um ihn herum wachsenden Stadt zu einem großen Garten geschrumpft. Nur einige wenige der Tausenden Menschen, die hier im Laufe der Jahre beerdigt wurden, haben

Spuren in Form von Steinmonumenten hinterlassen. Die Holzkreuze sind verwittert und haben die Namen toter Miwok- und Ohlone-Indianer mit in die Erde genommen, den Rest haben die Stadtplaner und Investmentfonds erledigt. Der schrittweise Abbau des ursprünglichen Friedhofs hat Ea immer geärgert, aber heute Nacht ist sie dankbar dafür, dass er nicht größer ist und sie zu allen Seiten die Nähe der drei Meter hohen, weißgekalkten Mauer spürt.

Als sich ihre Augen so weit an die Dunkelheit gewöhnt haben, dass sie den Weg vor sich erkennen kann, steht sie auf und folgt ihm zwischen die Gräber. Sie ist viel zu aufmerksam, um wirklich Angst zu haben. Ringsherum drängt sich die Umgebung mit surrealistischer Deutlichkeit auf: das leise Knatschen von Eas Gummisohlen, der dichte Regen, der die Düfte der Pflanzen freisetzt, der Wind in den Spitzen der Zypressen, ein Vogel oder vielleicht auch eine Ratte, die sich tiefer in den dichten Efeu an einem Grabstein hineinbohrt. Ea bleibt vor der Statue von Bruder Junípero Serra stehen. Die Hände des Mönchs sind auf dem Rücken verschränkt, und er starrt schuldbewusst auf seine Sandalen, die unter den Falten seines Steinumhangs hervorragen. Ea setzt sich einige Meter von ihm entfernt auf eine Bank. Die rosa Blüten des Rosenstrauchs verströmen ein Aroma nach Süßigkeiten, das sich mit dem stumpfen Geruch von regennassem Zement mischt.

Und jetzt?

Abgesehen von ihrem Besuch bei der Seherin hat Ea keinerlei Erfahrung damit, die Aufmerksamkeit der Toten auf sich zu ziehen. Die Gräber auf dem Mission Dolores Cemetery gleichen Häusern, in einigen Fällen sogar kleinen

Palästen, inklusive Namensschildern und Gartenhecken, und wie sie dort im Dunkeln sitzt, umringt von Menschen, die längst zu Staub zerfallen sind und mit denen sie, auch als sie noch am Leben waren, nicht das Geringste zu tun hatte, kommt sie sich dämlich vor.

Andererseits bleibt ihr nichts anderes übrig, als es zu versuchen.

Sie richtet sich auf und legt ihre nach oben gedrehten Handflächen auf die Knie, obwohl es natürlich keine Bedeutung hat, wie sie ihren Körper ausrichtet. Dann schließt sie die Augen.

»*Mor?*«

Das dänische Wort fühlt sich obszön an in ihrem Mund, der sich längst an die neue, glattere Sprache gewöhnt hat.

Sie ruft erneut nach ihrer Mutter, diesmal ein wenig lauter.

Wartet.

Natürlich passiert nichts.

Die Nacht bleibt dieselbe.

Ea öffnet blinzelnd die Augen. Im Grunde ist sie erleichtert.

Sie ist sich nicht einmal sicher, was sie fragen möchte und ob sie die Antwort tatsächlich hören will. Als Charlotte noch am Leben war, konnte Ea auch nur selten etwas mit ihren Ratschlägen anfangen.

Was, glaubt sie, sollte jetzt anders sein?

Ea wirft einen Blick auf ihr Handy. Ihr Bildschirmhintergrund mit einem Foto von Coco und Hector, die an ihrem jeweiligen Ende des Sofas sitzen und Hausschuhe im Partnerlook tragen, bringt sie zum Lächeln. Es ist halb zwei.

Irgendwo atmet jemand.

Derjenige schläft eindeutig, was ihrem Schreck die Spitze nimmt. Trotzdem spürt Ea, wie ihr Mund trocken wird. Der schlafende Mensch befindet sich nur ein paar Meter entfernt, liegt zusammengekauert auf dem Boden der traditionellen Ohlone-Schilfhütte, die zum Gedenken an die vielen Indianer, die San Francisco auf dem Gewissen hat, zwischen den Gräbern errichtet wurde. Im Halbdunkel kann sie die Umrisse eines Körpers ausmachen, aber er ist zu weit weg, als dass sie ihn riechen könnte.

**

Curtis kneift die Augen zusammen. Er ist stark kurzsichtig, das war er schon als Kind. Die Frau ist nur ein verschwommener, hellblauer Fleck in der Dunkelheit. Er kommt auf alle viere und steckt den Kopf durch die Öffnung.

»Hallo? Kann ich Ihnen helfen?«

Die Frau steht auf und schüttelt den Kopf, ist schon dabei, sich zu entfernen. Er hat eine Idee, einen Versuch ist es wert.

»Sie haben nicht zufällig eine Zigarette für mich?«

»Tut mir leid, ich rauche nicht.«

»Hm.«

»Warten Sie mal«, sie wühlt in ihrer Tasche und findet, wonach sie sucht, »aber Kaugummis habe ich. Behalten Sie sie einfach.« Sie reicht ihm die Packung, noch bevor er antworten kann, dass er nichts mit Kaugummis anfangen kann. Allein der Gedanke daran, die krachende, feste Oberfläche durchzubeißen, lässt ihn schaudern.

»Am leichtesten kommt man bei Matthew Kellers Grab rüber«, sagt er und deutet mit dem Finger darauf, »von da aus können Sie den Vorsprung bei Maria Dolorosa erreichen, und auf der anderen Seite geht es nicht so tief runter. Aber passen Sie auf, dass Sie nicht auf die Blumen treten oder in meinen Wagen springen. Der parkt auf der anderen Seite der Mauer.«

Die Frau bedankt sich, bleibt aber stehen, wo sie ist.

»Das mit den Zigaretten tut mir wirklich leid«, sagt sie.

»Kein Problem, machen Sie sich deswegen keine Gedanken.«

»Ich habe damit aufgehört, als ich hergezogen bin.«

»Aha.«

Curtis vermutet, dass sie aus irgendeinem Grund neben der Spur ist, was sollte sie sonst hier machen, aber sie klingt weder breit noch betrunken, und ihre Bewegungen wirken kontrolliert. Vermutlich besteht kein Grund zur Angst.

»Darf ich Sie etwas fragen?«

»Schießen Sie los«, sagt er und fasst sich an die Wange.

Der Schmerz ist zurückgekehrt und bereitet ihm schlechte Laune.

»Schlafen Sie schon lange hier drinnen?«

»Seit ein paar Monaten.«

Das stimmt nicht ganz, aber es gibt keinen Grund, leichtsinnig zu sein. Er kennt die Regeln. Die Frau nickt.

»Haben Sie jemals irgendetwas wahrgenommen? Etwas Übernatürliches, meine ich.«

Eine Geisterjägerin. Natürlich. Das passiert auch nicht zum ersten Mal.

»Nie. Sie sind die Erste, die meinen nächtlichen Schlaf

stört. Ich habe den Eindruck, die Toten haben genug mit sich zu tun. Es tut mir leid, dass ich Sie enttäuschen muss.«

»Sie enttäuschen mich gar nicht«, sagt die Frau unbekümmert. »Danke für die Hilfe.«

Er lauscht, bis er das Geräusch des Drahts hört, der nach unten gebogen wird, und zweier Füße, die auf dem Bürgersteig landen. Der Regen hat nachgelassen. Curtis kriecht zurück in die Hütte, die er mit Pappstücken und einer Fleecedecke isoliert hat. Noch kann er ein paar Stunden Schlaf erhaschen, ehe der Morgen graut und er aufstehen und verschwinden muss, als wäre er nie da gewesen.

*

Charlotte

Sag es doch einfach, insistiert er, ich werde auch nicht wütend.

Das glaube ich aber schon.

Ich hatte seine Beharrlichkeit ganz vergessen. Darauf ist er stolz. Seinen Willen, sich in Dinge zu verbeißen, bis es kracht.

Du unterschätzt mich. Wie so oft, übrigens.

Lass uns lieber über etwas anderes reden, sage ich, es kam nun mal so, wie es kam.

Er seufzt und gibt endlich auf.

Worüber willst du denn sprechen?

Ich weiß nicht. Über den Anfang. Das erste Mal, als du mich gesehen hast. Vor den Kindern und dem Haus, vor allem anderen. Als wir aufeinander zugetaumelt sind wie zwei leere Leinwände. Du fängst an.

Als ich dich das erste Mal sah, warst du grün angemalt.

Stimmt, ich hatte mich als Kaktus verkleidet, und du?

Kannst du dich nicht erinnern? Ich bin als Zorro gegangen.

Aber das konnte man nicht erkennen, oder?

Ich hatte im Laufe des Abends meinen Umhang verloren. Und deine Maske.

Die sicher auch, ja.

Alles, was ich gesehen habe, war ein gutaussehender, grauäugiger Mann in schwarzer Kleidung und mit einem Ring im Ohr. Ich fand dich sehr exotisch. Du warst einen Kopf größer als alle anderen. Hast zwischen ihnen aufgeleuchtet wie ein Storch, der versehentlich in einen Schwarm Krähen geraten ist.

Er nickt eifrig, richtet sich auf.

Wir haben uns unterhalten, sagt er, und ich habe dich zu meinem Geburtstag eine Woche später eingeladen. Du warst vielleicht nicht unbedingt schön, aber deine Wangen haben unter der grünen Farbe geglüht wie Granatäpfel, und dein Haar war dick und duftete herrlich. Du hast mit den Händen die Luft umgeräumt, wenn du geredet hast. All das hat mir sehr gefallen.

Und als ich dann auftauchte, stellte sich heraus, dass es eine Falle gewesen war. Ich war der einzige Gast in deiner Wohnung, die eigentlich nur eine Kammer war. Du hast Pasta mit einer scharfen Tomatensauce serviert, und ich kam mir vor wie ein Bauerntrampel. Weißt du noch, was ich als Geschenk dabeihatte?

Er schüttelt den Kopf.

Gib mir einen Tipp.

Etwas Essbares.

Schokolade? Nein, warte. Hattest du mir einen Käse geschenkt?

Ich wollte noch mehr kaufen, oder etwas ganz anderes, aber dann bin ich in Panik geraten und habe einen ganzen Brie und einen Blumenstrauß unten aus dem Supermarkt mitgebracht. Das war unglaublich peinlich.

Na ja, es ist ja noch mal gut ausgegangen.

Du meinst, dass wir im Bett gelandet sind.

Schon an dem Abend ist mir bewusst geworden, dass du anders warst als die anderen Frauen, die ich bisher gekannt und geliebt hatte. Oder mit denen ich im Bett war. Oder mit denen ich unbedingt ins Bett wollte. All diese Studentinnen mit Nikotinatem und dünnen Hälsen. Du warst zugleich schüchtern und offenherzig und schienst dich nicht im Geringsten für deine Nacktheit zu schämen. Im Gegenteil, du bist herumgelaufen, als würdest du dich erst dann passend angezogen fühlen, wenn du nackt bist. Du hast viel gelacht, und ich habe mitgelacht, obwohl ich nicht verstanden habe, was es zu lachen gab.

Meine Schwester hat dich einen Holzklotz genannt und später auch Schlimmeres.

Deine Familie mochte mich nie besonders.

Unsinn. Sie haben dich geliebt, bis du es ihnen unmöglich gemacht hast.

Troels überhört meine Worte.

Weißt du noch, sagt er, dass deine Hände ganz rau und rot waren, weil du den ganzen Tag mit diesen nassen Stengeln gearbeitet hast? Wenn du mich berührt hast, fühlte es sich an, als würde ich von eifrigen Pfoten berührt.

Pfoten ... Hast du deshalb versucht, mich zu zähmen?

Im Gegenteil. Immer, wenn ich dich mit einem meiner Bücher dasitzen sah, habe ich ein schlechtes Gewissen bekommen. Es war so offensichtlich, dass du damit nur mich glücklich machen wolltest.

Da irrst du dich, sage ich und tippe ihm triumphierend auf die Brust, ich habe es nicht dir zuliebe getan, Troels. Ich ließ mir gern etwas empfehlen, und ich habe mir wirklich gewünscht, das zu erleben, was andere erleben, wenn sie lesen. Aber der Zauber blieb aus. Ich konnte zu keiner Zeit vergessen, dass das alles nur von jemandem erfunden worden war; Wort für Wort, Seite für Seite. Dass sich irgendein armer Tropf die Mühe gemacht hatte, die wirkliche Welt nachzuahmen – was auf mich lediglich den Effekt hatte, dass es mich in sie hinauszog, um nachzusehen. Wenn ich endlich aufgab und das Buch zuschlug, war es, als würde ich vor einem Ölgemälde stehen, nachdem ich mir eine endlose Reihe von Bleistiftskizzen ansehen musste.

II
Sidsel

Nichts an Loretta Barrys äußerer Erscheinung spricht für Sidsels Eindruck, einer ehemaligen Punkerin / Hausbesetzerin / Anarchosyndikalistin gegenüberzustehen. Die Konservatorin, die wie vereinbart an der Museumskasse im Great Court auf sie wartet, trägt einen auberginefarbenen Rock und eine passende Bluse. Ihr krauses graues Haar ist an den Schläfen mit zwei Haarspangen gebändigt, und um den Hals trägt sie eine Kette mit einem Silberanhänger in Form einer Eule. Trotzdem wirkt sie unverkennbar *hardcore,* als sie Sidsel begrüßt und sie bittet, ihr durch die Touristengruppen in Richtung des *World Conservation and Exhibitions Centre* des Museums zu folgen, wo sie mit dem Aufzug in den glas- und metallglänzenden zweiten Stock befördert werden, der den Angestellten vorbehalten ist. Das Centre sei erst fünf Jahre alt, erklärt Loretta, und *state of the art* der Konservierung. Bis dahin hätten sie unter elendigen Verhältnissen in mehreren baufälligen und gesundheitsgefährdenden Reihenhäusern gearbeitet, die abgerissen worden waren, um Platz zu schaffen für das neue, von Architekten entworfene Gebäude.

»Stell dir vor«, sagt Loretta, »dass man Labore und Büros und Archive und dreißig bis vierzig Angestellte in Räume gestopft hat, die früher für das Gesinde gedacht waren. An der Ausrüstung gab es an sich nichts auszusetzen, aber wir hatten nicht genug Platz, um sie zu benutzen. Viele Exponate wurden dadurch zerstört. Durch all die Transporte, das Auf und Ab in diesen bescheuerten, viel zu kleinen Aufzügen. Zum Glück gab es in der Museumsleitung Leute, die sehen konnten, wie idiotisch es war, eine der schönsten Sammlungen der Welt zu haben, aber keine reale Möglichkeit, sie zu erhalten. Wir müssen hier entlang.«

Loretta passiert zwei Kollegen und winkt ihnen kurz zu, ohne ihr Tempo zu verlangsamen.

»So gesehen bin ich sogar froh, dass ich lange genug hier war, um die Verbesserungen schätzen zu können. Die Neuen halten es für selbstverständlich, dass jeder seinen eigenen Tisch und Stuhl hat und dass es eine ordentliche Lüftungsanlage und Tageslicht gibt. Hereinspaziert.«

Sie öffnet die Tür zu einem hellen und chaotischen Raum, den sie offenbar mit anderen Mitarbeitern teilt, die gerade nicht an ihrem Schreibtisch sitzen.

»Du kannst deine Sachen da rüberwerfen, wir holen sie später wieder«, sagt sie und deutet mit dem Kopf auf eine bereits völlig überladene Garderobenleiste. Sidsel legt ihre Jacken auf den Boden neben einen Farn, aus Plastik, wie sich bei näherer Betrachtung herausstellt, sicher aus Rücksicht auf die botanische Sammlung des Museums.

»Und selbst? Alles in Ordnung, eine gute Reise gehabt?«, fragt Loretta und kramt in ihrer Tasche, ohne auf eine Antwort zu warten. Sidsel bejaht die Frage, obwohl es keinesfalls eine gute Reise war. Ihre Todesangst, die gemeinsam mit Laura geboren wurde, aber schneller wuchs als das

Kind, hatte eingesetzt, sobald sie ihren Platz eingenommen und den Gurt über ihren Oberschenkeln geschlossen hatte. Sie kreuzte die Finger und schloss die Augen, zählte auf Dänisch, Englisch, Französisch und Deutsch bis zehn und fing dann wieder von vorne an, bis das Flugzeug endlich waagerecht in der Luft lag und der Druck auf ihrem Brustkorb ein wenig nachließ. Bei ihrer Ankunft in Heathrow war sie im Kopf schon so viele mögliche Szenarien von ihrem eigenen Tod und Lauras weiterem Schicksal durchgegangen, dass sie sich völlig ausgehöhlt fühlte. Im Hotel beschloss sie, ein Nickerchen zu machen, um den halben freien Tag, den sie vor sich hatte, besser ausnutzen zu können. Als sie von Kinderstimmen draußen auf dem Flur geweckt wurde, war es Viertel vor zehn. Sidsel nahm ein Bad und wusch sich mit den kleinen, stark duftenden Seifen, sie aß eine Tüte geröstete Mandeln aus der Minibar und besorgte es sich zweimal hintereinander, bis sie kam, ehe sie vor Mitternacht einschlief. Unterhalb ihrer Fenster erstreckte London sich groß und gleichgültig mit Sidsels guten Vorsätzen und vertanen Möglichkeiten.

Am Morgen wachte sie mit einem Loch im Bauch auf, konnte vor Hunger nicht mehr weiterschlafen und ging in den Frühstücksraum des Hotels, wo der einzige andere Gast eine Frau war, die sich eine selbstgemachte Nusspastete in einem Marmeladenglas mitgebracht hatte und deren Haar noch nass war vom Duschen. Die Eier waren auf den Punkt gekocht, die Aprilsonne ließ das Besteck auf dem Tisch funkeln, und als Sidsel einige Stunden später auf dem Weg zum Museum den Park durchquerte, fühlte sie sich schwebend leicht. Mutter zu werden erwies sich für sie als untrennbar mit einem Gefühl der Schwere verbunden, von dem sie nur für kurze Momente befreit wurde. Aber dort, auf dem Kiesweg zwischen Tulpenbeeten und Amseln, hing sie für einen Moment mit niemand oder nichts anderem zusammen als sich selbst; ein eigener Kreislauf, geschlossen und zugleich flüchtig, wie eine Seifenblase.

»Da ist es ja«, sagt Loretta und zieht ein Handy aus ihrer schmuddeligen Mandarina-Duck-Tasche hervor, »ich habe versprochen, Evan Bescheid zu geben, wenn wir so weit sind. Dauert nicht lange.«

Aus dem Telefonat geht hervor, dass Evan der Assistent ist. Die beiden diskutieren über den Transport der Büste. Loretta schlägt ein einfaches Rollbrett vor, worauf Evan etwas sehr Ausführliches erwidert und sie die Stirn runzelt und die Papiere sortiert, die auf der Fensterbank liegen. *»Right«*, murmelt sie gereizt, *»right.«*

Sidsel nutzt die Wartezeit, um einen Blick auf ihr eigenes Handy zu werfen. Sie hat schon seit gestern nichts mehr von Niels gehört, als er auf ihre Ich-bin-gut-gelandet-und-vermisse-euch-schon-Nachricht nur mit einem lakonischen *Hier ist alles in Ordnung* antwortete. Sie kennt ihn gut genug, um zu wissen, dass es stimmt und dass er schreiben oder anrufen würde, wenn es nicht mehr stimmen würde, und trotzdem verspürt sie den Drang, mehr wissen zu wollen. Ob sie einen Ausflug machen? Sidsel versucht sie sich im Bus vorzustellen, nebeneinander auf einer Bank. Niels hatte ihr Angebot ausgeschlagen, das Christiania-Rad zu übernehmen, und zog es auch vor, dass Laura bei ihm wohnte, während Sidsel weg war. Er hatte die Theorie, das Kind würde seine Mutter weniger vermissen, wenn es nicht die ganze Zeit durch die Umgebung an sie erinnert würde. Stattdessen würde Laura etwas anderes zu sehen bekommen, und auf diese Weise wäre es fast wie ein kleiner Urlaub für sie. Vielleicht hat er recht, aber Sidsel fällt es schwer, die Vorliebe ihres Bruders für die umständlichsten, die am *wenigsten* offensichtlichen Lösungen zu verstehen. Wie beispielsweise ein sechsjähriges Kind in einer altengerechten Wohnung zu hüten, wo es keine andere Ablenkung gibt als einen depressiven Mitbewohner.

»Kommst du«, fragt Loretta, ohne am Ende des Satzes die Stimme zu heben, und ist bereits zur Tür hinaus.

Die karmesinroten Wände und die gedämpfte Beleuchtung verleihen dem Ausstellungsraum die Atmosphäre eines Boudoirs. In der Mitte des Raums steht eine Bank mit Lederbezug, und von ihren Sockeln betrachten die wohlhabenden Einwohner von Palmyra die Museumsbesucher mit der würdevollen Nachsicht der Toten. Die Fenster wurden abgedunkelt und jede Statue und jedes Relief sorgfältig mit Spots beleuchtet, um die Details der Steinhauerarbeit hervorzuheben. Sidsel war schon lange nicht mehr zu ihrem eigenen Vergnügen im Museum und wünscht sich beinahe, sie hätte nichts anderes hier zu tun, als sich den anderen Besuchern anzuschließen und sich durch die Ausstellung treiben zu lassen.

»Hier haben wir die Unglückselige«, sagt Loretta und bleibt vor der Büste stehen, die immer noch auf ihrem Sockel thront, aber in Plastik eingehüllt ist. Sidsel spürt ein erwartungsvolles Zucken, das sich mit der Nervosität mischt, die seit Donnerstag in ihr summt.

Loretta schüttelt gerade in dem Moment ihre Uhr aus

dem Ärmel hervor, als der Mann, der Evan sein muss, am anderen Ende der Galerie auftaucht und eine Transportkiste vor sich herschiebt, deren prosaisches Scheppern den Grabkammerzauber verfliegen lässt.

»Verzeihung, dass ihr warten musstet«, sagt er und stellt die Bremsen an den Rollen fest, »wenn ich es richtig verstanden habe, wolltet ihr sie euch ansehen, ehe wir sie mit nach oben nehmen?«

Loretta nickt und wendet sich an Sidsel.

»Willst du?«

Vorsichtig löst Sidsel die Schutzhülle und stellt fest, dass es viel schlimmer hätte sein können. Die größeren Macken am Rande des Schleiers und an der Nase gab es bereits, als die Schönheit von Palmyra Ende der 1920er Jahre bei Ausgrabungen in der Südwestnekropole der Oasenstadt in den Besitz des dänischen Archäologen Harald Ingholt gelangte. Doch es waren weder Ingholt selbst noch die französischen Archäologen, mit denen er zusammenarbeitete, die sie gefunden hatten. Die Büste war damals mit Mitteln aus dem Rask-Ørsted-Fonds aus einer syrischen Privatsammlung erworben worden und ist die einzige der insgesamt hundertdreißig Sandsteinskulpturen der Glyptotek, deren Bemalung noch immer mit bloßem Auge als Schatten auf der Steinoberfläche zu erkennen ist. Insbesondere der Mund der Frau leuchtet in lebendigem Rosa, und hier findet sich auch der Grund für Sidsels Reise nach London: eine etwa einen Quadratzentimeter große, frische Kerbe verunstaltet die volle Unterlippe.

»Wie du siehst, handelt es sich um eine ziemlich saubere Bruchfläche«, sagt Loretta und stellt sich, die Hände in die

Seiten gestemmt, neben Sidsel. »Das Bruchstück liegt in der Werkstatt. Etwas anderes habe ich nicht finden können, und soweit ich es verstanden habe, hat die Kante des Handys nur diesen einen Punkt getroffen. Genau da«, sie beugt sich vor und streift die zerstörte Lippe mit dem Zeigefinger. »Aber wir müssen sie wohl trotzdem einmal durch den Scanner schicken, um uns zu vergewissern, dass keine inneren Schäden entstanden sind.«

»Das Handy?«

»Hat dir niemand erzählt, was passiert ist?«

»Ich dachte, sie wäre umgestürzt. Das war es, was ich gehört hatte.«

Loretta kräuselt die Stirn.

»Sag mal, glauben die denn, wir würden unsere Exponate nicht ausreichend sichern? Nein, ich weiß zwar auch nicht, ob das besser oder schlimmer ist, aber es war eine Besucherin, die bei dem Versuch, ihrer gelangweilten Tochter das Handy aus der Hand zu reißen, die Kontrolle über ihre Bewegungen verlor und dabei mit der Hand und dem Telefon gegen die Büste hinter sich knallte.«

Loretta demonstriert den Bogen, den der Arm der Frau beschrieb. *Bang.*

»Die Kustodin kam angerannt, die Mutter war untröstlich, es war ihnen natürlich unglaublich peinlich.«

»Das kann ich mir vorstellen«, sagt Sidsel.

»Ja, ja. Aber wenn man bedenkt, wie viele Kinder und Irre wir hier jeden Tag hereinlassen, ist es erstaunlich, wie selten so etwas passiert. Dann bringen wir sie mal nach oben, da können wir sie uns genauer ansehen. Evan, wärst du so nett?«

Der Assistent streicht sich die Haare hinter die Ohren und hebt die Büste behutsam in die Transportkiste, woraufhin Sidsel und Loretta sie mit Seidenpapier und Schaumstoff auspolstern.

»So«, sagt Loretta und klopft mit der flachen Hand auf den Deckel, »auf mit dir, Dearie.«

Überall am Kanal sitzen Leute mit geschlossenen Augen, die Gesichter zu den Baumkronen hochgereckt, die wie Heringsschwärme in der Luft flirren. Die Jacken liegen zwischen ihnen aufgetürmt neben Weinflaschen und Einwegbechern. Das Frühjahr ist mit Sidsel zusammen nach London gekommen, und als sie zehn Minuten vor der vereinbarten Zeit in den Broadway Market einbiegt, sitzt er dort bereits mit einem Paperback, das er vor sich in das sirupartige Licht streckt, mit einer Körperhaltung, die zugleich entspannt und posierend wirkt.

Sidsel ist an der Ecke vor einem Konditor stehen geblieben. Vicky sitzt mit dem Rücken zu ihr, und die Oberhand, die sie dadurch gewinnt, ihn zu sehen, ohne dass er sie sieht, ist sie noch nicht bereit aufzugeben, indem sie die Straße überquert und in sein Blickfeld tritt. Sie sieht auf die Uhr. Noch acht Minuten.

Ein Rennradfahrer rauscht in hohem Tempo an ihr vorbei und biegt am Kanal rechts ab.

Hinter ihr bimmelt die Türglocke und kündigt den zuckrigen Atem des Ladens an, der sie kurz darauf einhüllt.

Vicky hustet und blättert um, fährt mit dem Zeige- und Mittelfinger unter seinem Auge entlang.

Sechs Minuten.

Jetzt wäre es immer noch möglich.

Einfach kehrtmachen, sie ist ihm keine Erklärung schuldig.

Sidsel ballt ihre Hände in den tiefen Taschen ihrer Jacke, ruft ihn und tritt einen Schritt in die Sonne hinaus.

Es klopft an der Tür, und eine Frau sagt irgendetwas Ungehobeltes, das Sidsel nicht genau mitbekommt. Sie ist noch nicht bereit aufzulegen. Der Klang von Niels' Stimme löst den Abstand auf, der allmählich an ihr zu nagen begann wie das Gefühl, etwas Wertvolles verlegt zu haben.

»Was habt ihr morgen vor?«

»Weiß ich noch nicht ... vielleicht zum Strand, wenn das Wetter danach ist.«

Sie hat seine Geduld schon fast aufgebraucht.

»Die Gummistiefel liegen in der Jutetasche, falls ihr sie braucht. Zusammen mit der Mütze. Ist es bei euch immer noch so kalt?«

Die Frau klopft erneut an, energisch.

»Sidsel, ich verspreche dir, dass ich die volle Kontrolle über alle Schuhe und sonstigen Klamotten habe. Du siehst sie doch bald wieder. Trink ein paar Bier, nimm ein paar Mollys, und schlaf morgen aus. Ich gehe jetzt ins Bett.«

»Okay, okay«, murmelt sie und beugt die Knie, um einen kleinen Ausschnitt ihres Gesichts zwischen den Aufklebern von lokalen Bands und veganen Initiativen zu erkennen, die den ohnehin schon winzigen Toilettenspiegel fast vollständig bedecken. Vom Lippenstift ist keine Spur mehr zu sehen, und ihre Stirn glänzt. »Gute Nacht, Sauertopf.«

»Gute Nacht.«

Die Frau, die ihretwegen gewartet hat, wirft Sidsel einen feindseligen Blick zu, als sie an ihr vorbeigeht und die Tür zur Bar aufschiebt. In dem Raum mit den niedrigen Decken stehen die Menschen dichtgedrängt. Sidsel wird von einem Meer warmer Rücken und Bäuche empfangen, von Satzfetzen, die bei der lauten Musik niemand versteht, und plötzlichem Gelächter. Sie macht sich schmal wie ein Messer, legt die Hand auf eine klebrige Schulter und schiebt den Betreffenden zur Seite, um zu dem Tisch vorzudringen, an dem Vicky und sie die letzten Stunden damit verbracht haben, starke, billige Drinks zu trinken. Während sie weg war, ist er mit dem Paar am Nebentisch ins Gespräch gekommen und merkt nicht, oder tut so, als würde er nicht merken, dass Sidsel wieder da ist, ehe die Stuhlbeine über den Boden scharren und er aufsieht.

»Da bist du ja wieder«, sagt er und wendet den Nachbarn und dem Gespräch, das er gerade angebahnt hat, einfach den Rücken zu, ohne auch nur mit der Wimper zu zucken. Die beiden anderen sehen sich verwirrt an, die Frau streckt die Hand nach ihrem Partner aus, der als Reaktion sein Glas hebt und es wütend leert. Sidsel würde ihnen am liebsten erzählen, dass sie genau weiß, wie es sich anfühlt. Es liegt nicht an ihnen, er ist einfach so. Eine künstliche Sonne, ein Scheinwerfer. Ihr habt ein kleines bisschen von ihm bekommen, und jetzt wollt ihr mehr. Vicky beugt sich über den Tisch, bis er ihr so nahe ist, dass sie sein weihrauchartiges Parfüm riechen kann. Die vergangenen Jahre, zwei Kinder und die immer noch frische Scheidung haben Spuren in seinem Gesicht hinterlassen. Der schwarze Haaransatz hat sich weiter zurückgezogen, und unter den Augen und an den Ohren ist die Haut von feinen Rillen durchzogen. Doch er hat immer noch dieselbe Wirkung auf sie, und der Geruch seines Körpers bringt Sidsels Möse dazu, sich erwartungsvoll zu öffnen und zu schließen.

»Irgendjemand hat die Toilette als Telefonzelle benutzt«, sagt sie und nimmt einen Schluck von ihrem Whisky Sour.

»Und, wie hast du dich entschieden?«

»Na, was glaubst du denn? Ich nehme die ehrliche.«

Vicky kneift die Augen zusammen.

»Sie ist um einiges länger als die geschönte.«

»Das macht nichts.«

Er holt tief Luft und richtet sich so auf, wie Sidsel es noch aus seinem Unterricht kennt. Das bedeutete normalerweise, dass man gut aufpassen sollte, weil sich wichtige Informationen mit belanglosen Informationen in einem so wohlformulierten Strom vermischten, dass man sie nur mit äußerster Konzentration auseinanderhalten konnte.

»Sie hat sich gelangweilt, wenn sie mit uns zusammen war«, erklärt Vicky, »sie ist fast verrückt geworden vor Langeweile. Es hat keinen Unterschied gemacht, ob wir im Urlaub waren oder zu Hause oder zusammen mit unseren besten Freunden und deren Kindern. Schwimmbäder, Elternabende, Geburtstage, Ausflüge in den Wald und ins Museum; alles, was andere ganz natürlich finden und interessant genug, um zehn, fünfzehn oder zwanzig Jahre damit zu verbringen, sagte ihr gar nichts. Manchmal blieb sie länger im Büro und behauptete, sie hätte viel zu tun, oder sie verbrachte auf dem Heimweg besonders viel Zeit im Supermarkt und bildete sich ein, sie würde es uns zuliebe tun:

um nur das Beste für ihre Jungs zu kaufen. Aber in Wirklichkeit wollte sie nur den Moment herauszögern, in dem sie wieder ihr Zuhause betrat und Teil des Ganzen wurde. Es setzte ihr zu, und schon fünf Monate nach Julians Geburt ging sie wieder arbeiten, obwohl sie Anrecht auf eine doppelt so lange Elternzeit gehabt hätte. Wir hatten zwei kleine Kinder zu Hause, und trotzdem hat sie alle Zusatzaufgaben angenommen, die ihr angeboten wurden, wenn sie sich nicht sogar freiwillig dazu bereit erklärte, Überstunden zu machen. Ich war derjenige, der die Kinder in die Kita brachte und abholte, der für sie kochte, sie badete und ihnen die Fingernägel schnitt. Ich lernte die Namen ihrer Freunde in der Krabbelgruppe. Abi ahnte nicht, wer wer war, und deshalb fiel es ihr schwer, ehrliches Interesse zu zeigen, wenn die Jungen von ihrem Tag erzählten. Für Abi waren sie Teil einer Herde, deren übrige Mitglieder keine besonderen Merkmale hatten. Ich war derjenige, der sich an der Uni freinahm, wenn sie krank waren. Oder der sie mit zur Arbeit nahm. Wenn sie sich endlich einmal dazu zwang, mit ihnen in den Park zu gehen und gegen einen Fußball zu treten oder sich auf den Boden zu setzen und mit ihren Figuren zu spielen, konnte ich beobachten, wie sie vor meinen Augen dahinwelkte. Bevor die Kinder da waren, konnten wir abends stundenlang über unseren leeren Tellern sitzen und reden, es gab immer etwas zu sagen.«

Vicky schüttelt den Kopf und starrt in sein Glas hinab, aber Sidsel merkt, dass er noch nicht fertig ist, und schweigt.

»Abigail hat zwei Kinder zur Welt gebracht«, fährt er fort, »sie hat sie in sich getragen und geboren, und dann konnte sie es nicht ausstehen, Mutter zu sein. Insgeheim warf sie ihnen vor, dass sie alles zerstört hatten, was gewesen war, bevor sie kamen – der eigentliche Grund dafür, dass es sie gab! Sie sprach es nie direkt aus, aber bevor sie mit Xavier schwanger war, sagte sie ab und zu im Scherz, sie hätte sich schon immer besser mit dem empfindlichen Professor identifizieren können, der sich den ganzen Tag in seinem Arbeitszimmer verschanzte und gerufen wurde, wenn das Essen auf dem Tisch stand, als mit der Mutter, die unablässig ihre Hände an der Schürze abwischen und die Kinder dazu anhalten musste, leise zu sein. Sie fühlte sich Charles Ingalls, Mr. Pevensie oder dem Muminpapa viel näher als deren geduldigen Ehefrauen. Trotzdem war es ein Schock für sie. Sie hatte mit einer Verwandlung gerechnet.«

Sidsel versucht sich nicht ansehen zu lassen, dass ihr das neue Wissen unangenehm ist. Es ist zu intim, zu viel. Wie ein teures Geschenk von einem Menschen, den sie nur flüchtig kennt. Aber Vicky ist immer noch ein hervorragender Erzähler.

»Was ist mit den Kindern«, fragt sie, »sieht sie sie?«

»Sie sind jedes zweite Wochenende bei ihr. Jetzt auch gerade. Du hättest deinen Besuch also gar nicht besser timen können.«

Vicky nimmt einen Schluck Bier und lässt es in seinem Mund herumgehen, dann lächelt er neckend.

»Hattest du erwartet, es gäbe einen anderen Grund?«

»Zum Beispiel?«

»Eine Affäre?«

»Darüber habe ich nicht nachgedacht«, lügt sie.

Denn natürlich hatte Sidsel sich vorgestellt, Vicky würde jedes Semester, oder jedes zweite, eine neue Studentin auswählen und Abigail hätte seine Seitensprünge geduldet, bis es ihr eines Tages zu viel geworden war; zu offenkundig verletzend, zu unpraktisch oder einfach nur zu lächerlich.

»Ich war durchaus versucht«, sagt er, »aber es gab keine andere, seit damals, mit dir.«

Seine dunkelbraunen Augen sind weich geworden, und Sidsel begreift, dass dies die Gelegenheit ist, auf die sie gewartet hat. Jetzt könnte sie ihn erreichen, aber der Gedanke, Laura in diesen Abend zu verwickeln, widerstrebt ihr. Das Mädchen hat nichts mit ihnen zu tun, einem ungleichen Paar in der Ecke eines nach Bier stinkenden, überfüllten Pubs. Sidsel bezweifelt, dass sie überhaupt in der Lage wäre, ihren Namen hier drinnen auszusprechen. Ihn über die Lippen zu bringen.

»Was ist?«

»Ich weiß nicht«, murmelt Sidsel und schwenkt das Eiweiß in ihrem leeren Glas umher, »ich glaube, es liegt daran, dass es eine traurige Geschichte war. Sie hat mich getroffen.«

»Findest du? So habe ich das noch gar nicht gesehen. Traurig? Ja, vielleicht.«

Eine Zeitlang lassen sie sich vom Lärm der anderen Gäste tragen, dann räuspert Vicky sich.

»Dann lass mich die Frage anders stellen: Warum hast du mir geschrieben, Sidsel?«

Sie blickt auf und beschließt, die einzige Antwort zu geben, die ihr immer noch ehrlich erscheint.

Die Wohnung liegt zwanzig Gehminuten entfernt, nicht zehn, wie er behauptet hat, und die Zimmer riechen aufdringlich nach frischer Farbe. An den Wänden stehen noch immer vereinzelte Umzugskartons, und trotz der Möbel und des Teppichs, die sie aus seiner früheren Wohnung wiedererkennt, macht das Wohnzimmer einen sterilen Eindruck. Vicky nimmt ihr die Jacke und die Tasche ab, führt sie in die Küche und bittet sie, Platz zu nehmen. Ohne sie vorher zu fragen, ob sie Hunger hat, öffnet er den Kühlschrank und holt verschiedene Lebensmittel heraus. Kochschinken, zwei Käse, einen Eintopf, den er gestern gekocht hat. Joghurt und ein Bund frische Kräuter, die er anfängt zu hacken, während er ihr von den Einkaufsmöglichkeiten im Viertel erzählt und wie gut die Jungen alles verkraftet hätten. Kinder würden sich neuen Situationen viel schneller anpassen, als Erwachsene befürchteten. Sie seien flexibel, hätten noch keine vergleichbaren Erfahrungen. Mama und Papa werden nicht mehr zusammenwohnen. Warum? Weil wir kein Paar mehr sind. Okay, gut.

»Meistens sind es die Erwachsenen, deren Eitelkeit blaue Flecken davonträgt«, sagt er und fegt die Kräuter mit der Hand vom Schneidebrett in eine Schale und tröpfelt Öl und Zitrone darüber, »die Aufgabe besteht darin, nicht alles auf diese kleinen, noch ungezähmten Geschöpfe zu übertragen. Mein Gott, sie sind doch nichts anderes als Trolle. Für sie ist die Welt nicht starr, sondern fließend. Bis sie in die Schule kommen und man anfängt, die Systeme des *Sollens* und *Müssens* in ihre kleinen, formbaren Gehirne einzubauen.«

Jetzt hat Vicky sich warmgeredet, und Sidsel ist wie so oft zur Zuhörerin reduziert worden. Es ist die alte Dynamik, und sie greift. Sidsel gibt nach und lässt sich führen, ist wieder fünfundzwanzig, dumm wie eine Tür, die weit offen steht. Gleichzeitig hat die Situation etwas Einengendes. Es gibt keine Zeitmaschinen. Vicky gibt das Essen in tiefe Teller und reicht ihr den einen.

»Danke«, sagt sie und nimmt einen Löffel. Der Eintopf ist lecker, aber kühlschrankkalt, und die Kräuter haben einen unbestimmbaren Beigeschmack. Sidsel hat keinen großen Hunger. Sie isst ein kleines bisschen und stellt die Schale beiseite, bittet darum, die Toilette benutzen zu dürfen.

Im Badezimmer forscht sie nach Hinweisen auf ihren wachsenden Verdacht, belogen worden zu sein: Der Inhalt seines Kühlschranks deutete nicht darauf hin, dass in dieser Wohnung die meiste Zeit Kinder leben, und abgesehen von zwei Zahnbürsten auf einem Regal neben dem Waschbecken hat sie bisher keine Spur von den Jungen entdeckt. Keine kleinen Schuhe, die unordentlich im Flur herumliegen, keine Spielsachen, keine Bücher mit Seiten aus dicker Pappe. Im Vergleich dazu ist ihre eigene Wohnung auf eine Weise von Laura und ihren Sachen durchdrungen, die sich unmöglich tarnen lässt. Man kann es sehen und riechen, und es würde Tage dauern, das zu ändern. Julian und Xavier sind auf magische Weise nur in den Geschichten über sie vorhanden. Zwei kleine Jungen, die genauso gut anders hätten heißen können. Und hatte Vickys Geschichte nicht ohnehin ein wenig konstruiert gewirkt? Er sprach, als würde er die intimsten Details in Abigails Motiven kennen und wäre dadurch in der Lage, komplizierte gefühlsmäßige Ursachen und Wirkungen offenzulegen, die es ihr erschwerten, Mutter zu werden. Er hatte genaustens die Gedanken beschrieben, die Abigail durch den Kopf gingen, wenn sie mit der Familie zusammen war, aber auch, wenn ihr davor graute, es zu sein. Und das alles, obwohl das Problem (jedenfalls ihm-als-ihr zufolge) doch gerade die fehlende Kommunikation des Paares war, seit sie Kinder hatten. Je mehr Sidsel darüber nachdenkt, desto wahrscheinlicher scheint es ihr, dass Vicky seine Exfrau wie ein Bauchredner aus dem Koffer gezogen und über seine Hand gestülpt hat. Mit Abigail als seiner Stellvertreterin konnte er die Geschichte des Zerfalls seiner Familie aufführen, ohne sich selbst zu entblößen.

Sie öffnet nacheinander alle Badezimmerschränke. Registriert, welche Seife er benutzt, dass er seine Haarbänder in einem angeschlagenen Kaffeebecher mit der Aufschrift P. R. O. S. E. aufbewahrt und er vorübergehend unter Schuppen litt oder es nach wie vor tut. Sidsel setzt sich auf den Badewannenrand. Es ist schon nach Mitternacht, und sie muss morgen noch im Museum vorbeigehen und die erneute Aufstellung der Büste beaufsichtigen, ehe sie am Nachmittag wieder zurückfliegt. Von der pulsierenden Lust, die sie in der Bar spürte, ist jetzt nur noch eine kleine Pfütze banaler Geilheit übrig. Etwas, womit sie auch allein fertiggeworden wäre. In erster Linie ist sie einfach nur müde. Sie haben stundenlang geredet und geredet, ohne etwas zu sagen. Hatte sie sich eingebildet, dass man an einem Abend mühelos über sechs Jahre aufgestautes Schweigen hinweggehen konnte? Dass es einem von ihnen gelänge, ehrlich zu sein?

Sie weiß nicht mehr, was sie sich von ihrem Treffen erhofft hatte.

Als Sidsel die Tür öffnet, wartet er zu ihrer Überraschung davor.

»Darf ich?«

Sie nickt. Die Erregung macht seinen Speichel dünnflüssig und metallisch, als würde sie an Münzen lutschen. Es ist ein langer Kuss. Sidsel hat Zeit genug, zweimal daraus zurückzutreten und sich vorzustellen, wie sie aussehen, zwei angetrunkene, nicht allzu ansehnliche Idioten, um dann erneut in dem Gefühl fließender Münder und Zungen zu verschwinden. Seine Hände in ihrem Haar und um ihr Gesicht.

»Aber danach gehe ich«, sagt sie.

Vicky nickt und streicht ihr über die Stirn, wieder und wieder, bis er ihr plötzlich fest ins Ohrläppchen kneift und daran zieht. Sie schließt die Augen, ein knirschendes Stöhnen entfährt ihr. Mit der anderen Hand hat er ihre Hose geöffnet und zieht sie über den Po herab. Er führt zwei Finger in sie ein und lässt sie dort. Die Sachlichkeit der Bewegung lässt Sidsel nach Luft schnappen. Sie ist feucht, war es schon lange, und als er sie vor sich ins Schlafzimmer schiebt und auf das Bett schubst, ist keinerlei Widerstand mehr in ihr vorhanden. Laura hat ihren Körper verändert, so wie das Alter seinen, aber es ist dieselbe drastische Lust, dieselbe Gier wie damals, und während er ihr Gesicht auf die Matratze drückt und in sie eindringt, spürt sie die altbekannte Sehnsucht danach, alles auf einmal tun zu können, sich selbst und den Akt zu multiplizieren. Ihn tausendfach zu wiederholen, mit unverminderter Heftigkeit.

12
Niels

Es ist lächerlich, aber Niels kann nicht anders, als sich von Lauras Benehmen im Stich gelassen zu fühlen. Im Laufe des Tages hat sie Sidsel mit keinem Wort erwähnt, aber wie auch schon gestern verwandelte sie sich in ein winselndes Wildtier, sobald sie ihren Schlafanzug trug. Ich habe ein komisches Gefühl im Bauch, wimmerte sie und wälzte sich hin und her, bis die Decke ganz feucht war von ihrem Schweiß, ich vermisse meine Mutter. Ich *kann* die Augen nicht zumachen. Sie *wollen* gerne offen bleiben. Sie kämpfte verbittert und gab erst gegen zehn auf, unter der Bedingung, dass Niels auf einem Stuhl neben ihrem Bett sitzen blieb und die eine Hand in einem bestimmten Abstand zu ihrem Kopfkissen auf die Matratze legte. Der Anbruch der Nacht löschte die vielen schönen Stunden aus, die sie zusammen verbracht hatten; der Besuch bei Efie und auf dem Spielplatz, und später, als er ihr gezeigt hatte, wie man mit einer leeren Weinflasche einen Pizzateig ausrollte und Patiencen legte. Alles weg. Morgen wären sie gezwungen, wieder von vorn anzufangen, das hatte er verstanden. Alles würde neu sein.

Niels hört das Schlurfen von Cosmos Hausschuhen. Er legt sein Buch auf dem Schreibtisch ab und öffnet die Tür einen Spaltweit. Sein Mitbewohner ist ausnahmsweise vollständig angezogen, doch sein Haar ist auf der einen Seite plattgedrückt, und sein Körper verströmt einen Mief von ungewaschenem Bettzeug.

»Störe ich?«, fragt er.

Niels nickt in Richtung des schlafenden Mädchens und bedeutet mit einer Geste, ins Wohnzimmer zu gehen.

»Laura wird bis morgen hier wohnen«, erklärt er, »Sidsel ist gerade beruflich in London.«

»Dann ergibt es doch einen Sinn«, Cosmo lässt sich auf Barbaras Sofa hinabgleiten, »ich dachte, ich hätte mir das eingebildet.«

Er lächelt dämlich.

»Was denn?«, fragt Niels.

»Ich war davon ausgegangen, dass ich halluzinieren würde, als ich sie gestern Nachmittag gehört habe und heute Abend wieder. Das Seltsame ist, dass es mir keine Angst machte. Ich dachte einfach nur: ein Kind? Das bilde ich mir bestimmt ein.«

»Ich dachte, du würdest schlafen.«

Cosmo schüttelt den Kopf.

»Nein, nein«, sagt er, »ich habe euch schon gehört. Oder, das heißt, ich habe nicht geglaubt, dass ich euch höre. Wenn du verstehst? Ich habe euch gehört und doch wieder nicht. Davon abgesehen ist sie ja echt groß geworden! Wie alt ist sie jetzt? Acht? Neun?«

»Fast. Sie ist sechs.«

»Sechs Jahre. Wahnsinn.«

Während sie reden, bearbeitet Cosmo ein Loch in seinem Pulloverärmel. Mit seinen langen hellbraunen Fingern fasst er die losen Fäden und zieht daran, weitet es systematisch aus.

»Übrigens werde ich am Montag wohl ins *Lammet* fahren«, sagt er, »Dinos Trio spielt, Johansen ist wieder zu Hause. Kommst du mit?«

»Ich muss leider plakatieren.«

»Ach ja«, sagt Cosmo und sieht auf eine Weise betrübt aus, die verrät, dass sie weit am Kern der Sache vorbeireden. Niels spürt, wie die Ungeduld, die er im Laufe des Tages vor Laura verbarg, jetzt seinem Freund gegenüber aufwallt, der das genaue Gegenteil bräuchte, und es ärgert ihn, diese Beschränktheit an sich festzustellen. Er und Phillip, wie Cosmo eigentlich heißt, kennen sich seit der ersten Klasse, und Niels hatte es immer als unkompliziert empfunden, mit ihm Zeit zu verbringen. Auf die meisten Menschen färbt er früher oder später ab, wenn er häufig mit ihnen zusammen ist, und kurz nachdem das eintritt, fühlt er sich zunehmend unwohl, in seiner Bewegungsfreiheit eingeschränkt wie durch ein zu enges Hemd. Mit Cosmo ist es anders. Niels läuft nicht Gefahr, seine eigene Mimik in Cosmos Gesicht gespiegelt zu finden, seine eigenen Ausdrücke zu hören oder seine ruckhaften Gesten an ihm zu entdecken. Genau wie Niels scheint auch Cosmo früh abgehärtet oder bereits in einem abgeschlossenen Zustand auf die Welt gekommen zu sein.

»Erzähl mir doch kurz, worum es eigentlich geht«, sagt er und setzt sich ihm gegenüber.

Sein Freund versucht sich an einem Lächeln, das bis zur Hälfte der Wangen reicht, ehe es wieder zusammenfällt und sein Gesicht in einer erschöpften Grimasse erstarrt.

»Ich muss mit Fernelius sprechen. Er hat mich gefragt,

ob wir das im *Lammet* machen könnten, und ich habe zugesagt, ohne vorher darüber nachzudenken.«

Er murmelt noch etwas, was Niels nicht ganz versteht.

»Fernelius? *Der* Fernelius?«

»Soweit ich weiß, gibt es nur einen Fernelius.«

»Und was hast du mit ihm zu besprechen?«

»Ich denke schon darüber nach, seit ich wieder da bin. Es hat einfach keinen Sinn, sie noch länger hier herumstehen zu haben, wenn man die ganze Situation bedenkt.«

»Was herumstehen zu haben?«

»Die Gitarre«, antwortet Cosmo, »ich habe sie Krister verkauft. Es ist vorbei. Es tut mir nicht gut. Ganz eindeutig, guck mich mal an.«

Er macht eine Pause, als würde er Niels wirklich dazu auffordern: ihn anzugucken.

»Es wird Zeit, dass die Leute endlich verstehen, dass sie nicht länger warten sollen. Es gibt nichts, worauf man warten könnte. Ich habe dieses Leben satt.«

Es ist nicht das erste Mal, dass Niels von Cosmo hört, er hätte mit der Musik abgeschlossen, aber diesmal ist etwas anders. Er klingt resignierter, weniger wütend. Cosmo betrachtet Niels, den es zu seiner eigenen Überraschung mit Trauer erfüllt, Phillip Tibbett nie mehr auf einer Bühne sehen zu können.

»Welche?«, fragt er, obwohl er die Antwort schon kennt.

»Meine Gibson. Die andere ist nichts wert. Wir haben, du weißt schon, das Praktische noch nicht über die Bühne gebracht. Der Handel ist noch nicht abgeschlossen, aber es wird passieren. Das Geld hat er auf jeden Fall. – Das reiche Schwein«, fügt er mit einem unheimlichen Lachen hinzu.

Niels denkt an die beiden Koffer, die schon lange in eine Ecke von Barbaras Arbeitszimmer verbannt wurden, diese beiden geheimnisvollen Sarkophage; und er versteht, dass Cosmo recht hat. Niels hat sich tatsächlich vorgestellt, es würde von selbst vorbeigehen. Er würde eines Tages davon aufwachen, dass Cosmo wieder probte, und seinen Freund über das Instrument gekrümmt vorfinden, vollkommen absorbiert von den Bewegungen seiner Finger auf den Saiten. Aus der Welt abgetaucht, hinein in eine seiner wildwuchernden Improvisationen. Dann fällt Niels etwas ein, das ihn wieder aufleben lässt.

»Fernelius ist Trompeter. Was zum Teufel soll er mit deiner Gitarre anfangen?«

»Krister kann fast alles spielen«, sagt Cosmo, »und er ist kein schlechter Gitarrist. Wenn er sich darauf konzentriert hätte, wäre er womöglich einer der besten geworden.«

Niels antwortet nichts. Er denkt an den Abend, als er zum ersten Mal Krister Fernelius' Namen hörte. Cosmo war durchnässt und kokszappelnd in Linns WG zurückgekehrt, wo Niels gerade das Geschirr vom Abendessen abwusch. Unfähig stillzusitzen, war Cosmo in der Küche umhergetigert und hatte den schwedischen Trompeter verflucht, der, einem gemeinsamen Freund zufolge, Helene verführt hatte, mit der Cosmo bis vor ein paar Wochen zusammen gewesen war. Die Leiche ist noch nicht mal kalt, hatte er mit dunklen Augen gekeift. Grabräuber, hatte er geschluchzt, verdammtes nekrophiles schwedisches Arschloch, woraufhin er auf dem Sofa zusammengeklappt und in seiner Jacke und mit seinen schlammverschmierten Stiefeln auf dem Sofa eingeschlafen war, erschöpft von Eifersucht und etwas, das wie ein tagelanges Besäufnis roch. Die WG hatte beschlossen, ihn seinen Rausch ausschlafen zu lassen, und am nächsten Morgen hatte Niels sowohl Linn als auch einem sehr beschämten Cosmo Haferbrei serviert. Nachdem er geduscht und mehrere Tassen starken Kaffee getrunken hatte, erklärte er Niels, ihn erstaune ja gar nicht die Tatsache, dass Helene nach ihm auch mit anderen zusammen war, so dumm sei er nicht. Es war der Gedanke, dass dieser schwedische Scheich der Nächste war, der sein Ding in die einzige Frau stecken musste, die Cosmo je geliebt hatte, der ihn so aus der Bahn warf. Jeder andere wäre besser gewesen, fauchte er. Hätte er einen Bruder gehabt, hätte er ihn Krister Fernelius vorgezogen, ja selbst mit Niels hätte er leben können, sagte Cosmo damals. Und jetzt sitzt er seelenruhig da und erzählt ihm, er wolle seine geliebte Gitarre an Fernelius verkaufen. Den schwedischen Scheich.

»Wie ist das überhaupt zustande gekommen?«

»Durch Johansen. Er hat mir geschrieben und gefragt, ob ich das mit dem Verkauf ernst meinen würde … Er hat mir nicht gesagt, dass der Interessent Krister war. Scheiß drauf. Solange er den Preis zahlen kann.«

»Was bekommst du dafür?«

Cosmos Blick flackert unter den dichten Wimpern.

»Wir haben uns noch nicht auf einen Betrag geeinigt, aber es wird auf jeden Fall für eine Kaution und die ersten Mieten irgendwo anders reichen.«

Niels kann seine Überraschung nicht verbergen, und Cosmo ist schnell von Begriff.

»Ich hatte nicht vor, für immer bei meiner Großmutter

zu bleiben. Ich hoffe nicht, dass du das von mir gedacht hast.«

»Ich weiß nicht, was ich gedacht habe«, murmelt Niels, »es wirkte wie eine ziemlich vorteilhafte Situation, bis du –«

Bis du wieder gesund bist, hatte er sagen wollen.

»Bis ich was?«

Niels ändert seine Strategie: »Du willst dich also lieber von irgendeinem Bauern ausnehmen lassen, der seine Sauf-touren damit finanziert, seinen von Papa und Mama finan-zierten Besenschrank auf Amager an dich zu vermieten?«

Cosmo lacht nicht, sondern macht nur eine hilflose Geste mit seinen langen Armen.

»Niels, Mann. Es tut mir leid, wenn das ungelegen für dich kommt. Ganz ehrlich.«

Niels kann seine Irritation nicht länger verbergen.

»Wovon redest du?«

»Du wohnst ja auch hier, kann man sagen.«

»Momentan ja, aber bestimmt nicht mehr lange. Ich habe mit Luken darüber gesprochen, ihn in Tübingen zu besuchen, den Sommer da abzuhängen und dann weiter-zureisen.«

Das stimmt nicht. Er hat zwar daran gedacht, aber Luken hat diese Möglichkeit nie selbst angesprochen, und Niels ist nicht der Typ, der sich aufdrängt.

»Luken?«

»Ein Typ, den ich letzten Sommer in Italien kennenge-lernt habe«, antwortet er knapp angebunden. »Hör mal, Phillip, wenn du ausziehen willst, tu es einfach. Ich kann innerhalb eines Wochenendes hier raus sein. Ich meine es ernst. Du sagst einfach Bescheid, und dann bin ich weg.«

Niels steht auf und holt den Tabak aus seiner Jacke. Er fühlt sich rastlos und angespannt, erschöpft davon, den ganzen Tag mit einem Kind verbracht zu haben. An die ständige Aufmerksamkeit, die Laura ihm abverlangt, kann er sich nur schwer gewöhnen. Seit er sie gestern Nachmittag im Kindergarten abgeholt hatte, war nie Zeit gewesen, um zwei zusammenhängende Gedanken auf einmal zu denken. Das Buch, das er in seiner Tasche herumtrug, hätte er genauso gut zu Hause lassen können. Er begreift nicht, wie Sidsel das schafft, tagein, tagaus. Die Dunkelheit über dem Meer ist dicht, direkt über der Oberfläche grünlich. Er stößt das Fenster auf und steckt sich eine Zigarette an, zieht den Rauch tief in die Lungen und bläst ihn wieder heraus. Das hilft. Cosmo ist vom Sofa aufgestanden, jetzt setzt er sich hinter Niels an den Esstisch. Die Stuhlbeine kreischen über das Parkett.

»Ich kann mit Barbara sprechen«, sagt er, »vielleicht kannst du ja hierbleiben? Hugo und sie sind ja sowieso nur für ein paar Wochen im Sommer hier. Ich bin mir sicher, sie haben nichts dagegen.«

»Nein, das sollst du nicht.«

»Gut. Dann lasse ich es.«

Niels verspürt eine kribbelnde Lust, seinem Freund klarzumachen, dass er anfangs nicht zuletzt seinetwegen in diese elende Altenwohnung gezogen ist.

»Bist du das denn nie leid?«, fragt Cosmo.

»Was meinst du?«

»Hast du nie Lust, ein bisschen länger in Kopenhagen zu bleiben? Es ruhiger angehen zu lassen.«

Aus irgendeinem Grund erlaubt es sich Cosmo, so zu

sprechen, als wäre es Niels gewesen und nicht er, der sich den Winter über in seinem Zimmer verschanzt und nur von Erdbeerjoghurt und Tuc-Keksen gelebt hat. Als wäre es Niels gewesen, der sich mit amerikanischen Schrottfilmen vollgedröhnt und ein Lager in seinem Bett errichtet hat; der den Unterschied zwischen Tag und Nacht aufgehoben hat, bis beides nur noch eine erbärmliche graue Masse an Stunden war. Als wäre es verdammt noch mal er, der seinen teuersten Besitz jetzt an einen Menschen verkaufen möchte, den er hasst. Niels antwortet nicht, stattdessen sagt er:

»Ich kann am Montag schon irgendwie mit ins *Lammet* kommen.«

»Meinst du das ernst?«

»Ist kein Problem. Ich fahre einfach ein bisschen früher zum Arbeiten.«

»Die meisten glauben, ich wäre auf Reisen gewesen. Du gehörst zu den wenigen, die wissen ...«

»Ich werde schon kommen.«

Niels fixiert einen Punkt an der schwedischen Küste. Er möchte nicht mehr sagen. Er fühlt sich, als hätten sich zwei Flüssigkeiten, die getrennt bleiben sollten, in ihm vermischt. Als hätte er irgendwo ein Leck.

»Na gut«, sagt Cosmo schließlich, »ich glaube, ich geh dann mal wieder.«

Die Tür wird geschlossen, und kurz darauf hört Niels erneut die ewigen Stimmen, die ihre schnellen Wortwechsel wiederaufnehmen.

Während er weg war, hat Laura sich um neunzig Grad gedreht, so dass sie jetzt mit ausgebreiteten Armen quer im

Bett liegt. Niels beugt sich über sie, schiebt die Hände unter ihren Rücken und ihre Knie und hebt sie vorsichtig weiter zur Wand. Wie immer ist er erstaunt darüber, wie leicht sie ist. Eine Staubfluse. Eine Flamme. Als er sicher ist, dass sie nicht aufwachen wird, legt er sich neben sie, ohne sich umzuziehen und kein bisschen müde. Das Blut brennt nervös in seinen Adern. Ohne Laura wäre er in einer Nacht wie dieser gar nicht erst ins Bett gegangen. Er hätte seinen Zustand ausgenutzt und die Energie in sein Studium gesteckt, hätte bis zum Morgengrauen gelesen und alles mit einer inspirierten Mail an Luken abgeschlossen, oder noch besser: Er wäre eine Runde am Strand laufen gegangen. Schon beim Gedanken zuckt es in ihm. Einfach die Tür aufzuschieben und in den kühlen Raum der Nacht zu treten, sich in Bewegung zu setzen. Erst langsam, dann immer schneller und schneller. Sprinten, bis die Lungen schmerzen und die Beine unter ihm nachgeben. Er würde sich in den Sand fallen lassen, halb ohnmächtig, und am nächsten Morgen von den Schreien der Seevögel aufwachen. Neben ihm dreht sich Laura mit einem Seufzen auf den Bauch. Sie zieht ihr Knie zur Brust und bohrt ihren warmen Fuß unter seine Rippen. Niels rutscht an den Rand seiner Matratze. Er ist es nicht gewohnt, das Bett mit jemandem zu teilen. Nicht einmal zusammen mit Linn fand er Ruhe, die meisten Nächte endete er irgendwann in einem Sessel im Wohnzimmer der WG. Ihr fiel es schwer, das nicht als Zurückweisung aufzufassen, und am Ende war Niels es leid, sich zu verteidigen. Die Leute sollen glauben, was sie wollen. Er steht auf, holt eine Steppdecke aus dem Wohnzimmer, faltet sie einmal und legt sie neben das Bett auf den Boden.

Manchmal hilft es ihm, die äußeren Umstände seiner Wanderungen nachzuahmen, wo der Schlaf wie eine Pflicht für ihn war. Den buckeligen Boden unter ihm und der Isomatte und über ihm der Himmel. Der Schlaf als der notwendige Kurzschluss, der es ihm erlaubte, am nächsten Morgen wieder aufzustehen, bereit für die vielen Kilometer, die auf ihn warteten. Niels legt sich auf die Decke, faltet die Hände über der Brust und unterdrückt den Drang, nach seinen Gedanken zu greifen; lässt sie vorbeirauschen wie Verkehr. Aber er sinkt nicht tiefer, befindet sich nach zehn Minuten immer noch auf derselben Bewusstseinsebene. Er öffnet die Augen und starrt dieselbe graue Decke an.

Umgeben von derselben miesen kleinen Dunkelheit.

Bei jedem Atemzug von Niels atmet Laura einmal ein und aus und wieder ein. Sie atmet wie das geschichtslose Wesen, das sie ist.

Ein Vogel auf einem Ast im Wald.

Reines Potential.

Niels selbst fühlt sich schwer wie ein schlechtes Jahr. Es ist, als würde das, was hinter ihm liegt, zehnmal so viel wiegen wie die Gegenwart und die Zukunft zusammen, als würde er immer weiter fallen, wenn er sich etwas Entspannung gönnte, und sei es nur für einen Moment.

Jeder Tag ist ein Feld, das gemäht werden muss.

Ein ständig wachsender Stapel Plakate.

Niels hat sich längst daran gewöhnt, dass einem das Leben Kraft abverlangt, woher also kommt dieser neue Drang, nachgeben zu wollen?

Zu sinken.

Noch bevor er den Computer überhaupt aufgeklappt

hat, hört er schon ihre Stimme in seinem inneren Ohr. Sein Gehirn reagiert auf die auditive Fata Morgana, indem es wohlige Strahlen an seiner Wirbelsäule hinabschickt bis in die Pobacken. Niels dimmt die Helligkeit des Bildschirms herunter und schließt seine Kopfhörer an, dann schreibt er ihren Namen in das Suchfeld und wählt ein zufälliges Video *(Spring Special).*

Es ist dasselbe Zimmer, ein anderer Tag, ein anderer Tageszeitpunkt.

Die Lichterkette ist weg.

Sie trägt ein limegrünes Trägershirt, ihr Haar wird oben auf dem Kopf mit einer Spange in Form einer großen orangefarbenen Blüte zusammengehalten.

Hey. It's me, Fessonia.

Sie kichert, schlägt den Blick nieder, sieht wieder direkt in die Kamera.

Thank you so much for joining me, my beautiful. I want you to relax, to have your body be completely relaxed, your mind completely relaxed.

Niels weiß, dass dieses *Du* eine Illusion ist.

Er weiß, dass es ein rhetorischer Trick ist, der nicht im Entferntesten etwas mit ihm oder irgendeiner der Tausenden anderen schlaflosen Seelen da draußen zu tun hat.

Er weiß es, aber es hat keine Bedeutung mehr, dass er es weiß.

Fessonia spricht nur zu ihm.

13
Sidsel

Durch das Loch in der Kopfstütze sieht sie den Nacken des Taxifahrers, der kreuz und quer von Falten durchzogen ist wie ein zerknittertes Laken. Zunächst war das mangelnde Interesse des älteren Mannes eine Erleichterung für sie. Nachdem sie ein paar Höflichkeitsfloskeln gewechselt hatten und Sidsel ihm die Hoteladresse genannt hatte, war sie ihren eigenen Gedanken überlassen gewesen, aber jetzt sehnt sie sich nach Zerstreuung.

Sidsel kauert sich auf dem glatten Sitz zusammen. Wenn er wenigstens das Radio einschalten würde! Ihr übermüdetes Gehirn benimmt sich wie ein defekter einarmiger Bandit – erst ein wildes Schnurren, das alle Möglichkeiten offenlässt, und dann, *ding-ding-ding:* ist sie wieder in Vickys Schlafzimmer. Die Bewegungen und animalischen Geräusche drehen sich in ihrem Kopf im Kreis. Sidsel kneift so fest die Augen zusammen, dass sich rote Muster in die Dunkelheit brennen. Als sie sie wieder aufschlägt, begegnet sie dem besorgten Blick des Fahrers im Rückspiegel. Ganz ruhig, Sir, würde sie am liebsten fauchen, ich habe nicht vor, mich in Ihrem glänzenden schwarzen Sarg zu übergeben oder ohnmächtig zu werden. Stattdessen wendet sie sich in der Hoffnung zum Fenster, etwas Interessantes zu entdecken; aber die Straßen sind an diesem frühen Sonntag stumm, als hätte man alles Leben aus ihnen ausgewrungen. Abgesehen von zwei Krähen, die rituell um ein paar Take-away-Reste hüpfen, ist nichts zu sehen ... nichts, das sie im Geringsten interessiert ...

»Da wären wir«, sagt der Fahrer, als er vor dem Hotel hält, das sie an den Replikas von assyrischen Krügen erkennt, die rechts und links des Eingangs stehen. Sidsel nimmt ihr Portemonnaie heraus und legt die Scheine in seine ausgestreckte Hand, öffnet klickend den Gurt und rutscht zur Tür. Sie kann es kaum erwarten, endlich auf ihr Zimmer zu kommen. Nachdem sie geduscht hat, möchte sie sich sauber und allein in das große Bett legen, vom Klingeln ihres Weckers aufwachen und den Tag noch einmal beginnen. Sie wird sich anziehen, im Restaurant frühstücken und rechtzeitig im Museum und später auch am Flughafen sein. Und wenn sie dann heute Abend schlafen geht, wird alles schon angefangen haben, wieder Vergangenheit zu sein.

»Miss ... *Miss,* Sie haben etwas vergessen!«

Er hat sich die Mühe gemacht, sich über den Beifahrersitz zu strecken und das Fenster herunterzukurbeln.

»Der lag noch hinten«, sagt er keuchend und lässt den kleinen grün und weiß gestreiften Pullover vor ihr baumeln wie einen Leckerbissen. Seine Anstrengung und der Sicherheitsgurt, der in den herzzerreißend weichen Hals schneidet, enthüllen ihn als durch und durch menschlich. Doch das nützt jetzt auch nichts mehr, es ist zu spät, und sie waren beide gleich gut darin, es zu ignorieren. Sidsel schüttelt den Kopf.

»Der gehört mir nicht«, sagt sie.

»Sind Sie sicher?«

Der Fahrer bewegt sich wieder, jetzt etwas weniger enthusiastisch. Sidsel schluckt, nimmt sich zusammen.

»Das muss jemand anders liegenlassen haben«, sagt sie, »haben Sie denn kein Enkelkind, dem Sie es schenken könnten?«

Er sieht sie beleidigt an, dann richtet er sich auf und zieht in derselben Bewegung den Arm wieder zurück durchs Fenster.

Vicky war duschen gegangen, kaum dass sie fertig waren, und für einen Moment blieb Sidsel in dem zerpflügten Bett liegen und lauschte dem Plätschern des Wassers. Es war eine plötzliche Eingebung, die sie dazu brachte aufzustehen, ihre Klamotten vom Boden aufzuklauben und in das Zimmer der Jungen zu schlüpfen. Sie war nicht auf den Anblick vorbereitet, der sich ihr bot: Das Zimmer wirkte gemütlich und bewohnt. An den Wänden hingen Bilder und Lichterketten, und auf einigen niedrigen Regalen standen Holzkisten mit handgeschriebenen, zierlich dekorierten Etiketten: *Cars, Blocks, Magnets, Musical Instruments, Animals.* An der Decke über ihr leuchtete ein Meer aus winzigen phosphoreszierenden Sternen. Sidsel brauchte einen Moment, um zu verstehen, dass sie nicht zufällig angeordnet waren. Vicky hatte die Sternbilder nachgebildet, und nicht nur die berühmten, sondern auch die seltenen, die fast niemand erkennen oder benennen konnte. Mit zitternden Händen zog Sidsel sich an. Ihr innerer Kompass sauste hin und her wie ein verwirrter Wetterhahn, in alle Richtungen, ohne Kontakt zu irgendwelchen zugrunde liegenden Prinzipien. Erst vor wenigen Stunden war sie sicher gewesen, dass Vicky log, aber hier drinnen traten die Jungen deutlich hervor. Sie hatte fast das Gefühl, sie könnte ihre kleinen, sonnenwarmen Körper riechen. Den Pullover, der seiner Größe nach zu urteilen seinem Jüngsten gehören musste, schnappte sie wie im Vorbeigehen, ehe sie sich selbst in den grauen Morgen entließ.

So war es am einfachsten, für sie beide.

Sidsel hatte gehofft, etwas zu hinterlassen, ein Zeichen zu setzen, und jetzt tat sie es, indem sie etwas wegnahm.

Loretta ist schon vor einer Viertelstunde losgegangen, um »Erfrischungen« zu holen, und seither hat Sidsel es nicht gewagt, von ihrem Platz am Fenster aufzustehen, weil sie fürchtet, die Konservatorin könnte zurückkommen und glauben, sie würde herumschnüffeln, und genauso wenig wagt sie es, die Augen zu schließen. Im Laufe des Vormittags war ihr Kater immer schlimmer geworden. Hoffentlich würde sie auf dem Flug ein wenig schlafen können. Er geht schon in weniger als vier Stunden, aber Loretta hatte ihre Einladung so ausgesprochen, als duldete sie keinen Widerstand. Deine erste Konservatorenaufgabe für das British Museum, sagte sie, als die Schönheit von Palmyra eine Viertelstunde vor der Öffnungszeit wieder auf ihrem Platz in der Galerie stand, das muss gefeiert werden! Endlich geht die Tür wieder auf, und Loretta hält zwei Dosen Cola und eine Packung Kekse in die Luft.

»Das Café hatte leider noch nicht auf, aber ich habe ein bisschen was in der Küche gefunden. Ich hatte die Wahl zwischen Kaffee und Cola, und wenn ich ehrlich sein darf, siehst du eher aus, als könntest du Zucker gebrauchen.«

Dankbar nimmt Sidsel die Dose entgegen.

»Ich konnte gestern nicht schlafen«, erklärt sie, nachdem sie einen Schluck von dem eiskalten Getränk genommen hat, »dabei hatte ich mich so darauf gefreut, einmal ausschlafen zu können. Meine Tochter wacht immer früh auf.«

Loretta setzt sich auf ihren Bürostuhl und rollt zum Fenster, so dass Sidsel und sie einander gegenübersitzen. Die Keksrolle stellt sie zwischen ihnen auf dem Boden ab.

»War es sehr laut?«, fragt sie. »Die meisten Hotels haben ja Wände aus Pappe.«

»Das Hotel war gut«, versichert Sidsel, »es lag nicht am Hotel.«

»Na dann«, sagt Loretta, »aber mit dem Schlaf darf man eben nicht rechnen. Mit dem Schlaf ist es wie mit der Liebe, entweder er ist da, oder er ist nicht da. Man kann ihn nicht herbeizwingen.«

Sie lächelt schroff und greift nach den Keksen.

»Tut mir leid, aber ich bin gerade frisch geschieden. Das ist ein Thema, über das ich viel nachdenke. Liebe, keine Liebe.«

»Das tut mir leid«, sagt Sidsel, woraufhin Loretta abwinkt.

»Ach was, nein, das braucht es nicht. Alles ganz undramatisch. Es gehen nur so viele, wie soll ich sagen, *praktische Angelegenheiten* damit einher, wenn sich zwei Menschen nach so vielen Jahren trennen. Was machen wir mit dem Haus und dem Auto, den Versicherungen, dem Testament? Beim ersten Mal war es noch existentieller, da hat man sich immer noch gewisse Illusionen gemacht. Michal ist mein zweiter Mann«, erklärt sie, reißt das Plastik auf und nimmt sich einen Keks, »mein zweiter Exmann, müsste ich korrekterweise sagen.«

Sie steckt sich den ganzen Keks auf einmal in den Mund.

»Habt ihr Kinder?«

Loretta kaut eine Weile, ehe sie antwortet.

»Michal und ich? Nein, wir hatten beide welche aus erster Ehe. Anfangs war das ein schreckliches Durcheinander, aber jetzt sind sie alle so alt, dass es ihnen egal ist, was ihre Eltern treiben. Ich habe meine älteste Tochter angerufen, um es ihr zu erzählen, und weißt du, was sie gesagt hat? Gut für euch. Sie sagte, es hätte sie gewundert, dass wir das nicht längst gemacht hätten. Ich dachte eigentlich immer, wir hätten es geschafft, auf eine solide und ein bisschen langweilige Art glücklich zu wirken. Ha. Sie wussten es sicher, noch bevor wir es selbst wussten.«

Loretta nimmt sich noch einen Keks, er bricht ab und wird von ihrem Rock aufgefangen.

»Nach der Scheidung von meinem ersten Mann habe ich ein Buch gelesen, das mir eine eigentlich gute Freundin empfohlen hatte«, fährt sie fort und fegt die Krümel von dem gespannten Stoff, »*Love's Striving*. Und weißt du was, es hat mich so wütend gemacht! Der Autor teilt die Ehe in Phasen auf und spricht darüber, wie man sich dann jeweils verhalten soll. In der ersten Phase kommt die Anerkennung des anderen ganz von allein, und das ist etwas, was man sich für die späteren Phasen merken und bewahren sollte, und so weiter …«

Sie schüttelt wütend den Kopf.

»Klar habe ich Lust bekommen, vieles zu ändern. Aber das konnte ich ja nicht! Es war zu spät. Außerdem war ich die meiste Zeit mit den Kindern allein, es gab keine Möglichkeit, abends auszugehen und jemanden kennenzulernen und einen neuen Versuch zu starten. Alles von vorn zu machen, es besser zu machen. Mein Exmann und ich waren uns einig, dass wir es den Kindern überlassen würden, wo sie sein wollten und wie lange. Sie haben beschlossen, ihre Basis bei mir einzurichten, abgesehen von den seltenen Wochenenden, die sie in der *wesentlich* größeren Wohnung ihres Vaters verbrachten. Besonders grotesk ist, dass ich mich jetzt, wo sie groß sind, selbst daran erinnern muss, wie sehr ich mich in diesen Jahren nach der Freiheit – meiner eigenen Freiheit – gesehnt habe. Ich habe versucht, mit Michal darüber zu sprechen, er hat selbst drei Söhne, aber ich fürchte, er hat mich nicht verstanden. Genau wie mein Mann war er nie richtig in die Erziehung involviert, als die Jungen klein waren. Ich gebe niemandem die Schuld, es *kam* einfach so. Einer von uns musste das Geld verdienen, was zur Folge hatte, dass mein erster Mann nach der Scheidung mehr oder weniger da weitermachen konnte, wo er fünfzehn Jahre vorher aufgehört hatte, wohingegen ich kaum noch wusste, wer ich selbst war, nachdem mein Jüngster von zu Hause ausgezogen war. Die Kinder hatten mich förmlich invadiert. Ich war wie eine Stadt, die zweiundzwanzig Jahre lang besetzt gewesen war, vollkommen entfremdet von meinen alten Sitten und Gebräuchen ... Willst du denn gar nichts? Sonst esse ich sie noch alle auf.«

Loretta streckt Sidsel die Keksrolle hin, und sie nimmt sich einen, um nicht unhöflich zu sein.

»Versteh mich nicht falsch«, fährt Loretta fort, »ich bin keine biologische Deterministin. Ich will gar nicht sagen, dass die Männer immer von allem befreit sind. Dass es notwendigerweise so zusammenhängt. Ich meine nur, dass immer nur ein Elternteil die eigentliche Verbindung zu den Kindern hat und auch die eigentliche Verantwortung trägt. Nie beide. Das lässt sich nicht machen. Nichtsdestotrotz ist es meiner Erfahrung nach in den meisten Fällen die Mutter, die auf so eine Weise vor Anker liegt. Aber vielleicht ist das auch eine Generationenfrage?« Sie steht auf und stellt den Ton an ihrem klingelnden Telefon aus. »Es kommt mir vor, als würde jetzt ein neuer Wind wehen. Wenn ich mit meinen Kindern darüber rede, geben sie mir immer das Gefühl, ich wäre schrecklich altmodisch. Aber das findest du vielleicht auch?«

Die Konservatorin sieht sie von ihrem Platz hinter dem Schreibtisch an.

»Ich weiß nicht«, sagt Sidsel und fühlt sich schwer, wie aus einem einzelnen Steinblock gehauen.

Loretta schnalzt mit der Zunge.

»Tja, das ist ja auch alles ziemlich kompliziert. Aber du musst jetzt gehen, wenn du deinen Flug kriegen willst. Diese Stadt ist ein Alptraum.«

An jene Reise erinnert sich Sidsel besser als an die anderen, weil ihr Vater vorher noch nie so lange weg gewesen war und weil er am Abend vor seinem Aufbruch den Atlas hervorholte und mit dem Finger zeigte, wo er bald viele Monate wohnen würde. »In dem ganzen Gebiet hier«, erklärte er und strich über das leere Grau, »leben gerade mal eine Million Menschen. Wenn man sie gleichmäßig über die ganze Republik verteilen würde, lägen zwischen jedem

Menschen vier Kilometer.« Seine Basis, und die der übrigen Forschungsgruppe, war Jakutsk, die Hauptstadt der Teilrepublik Sacha. Sidsel hatte ihn mehrmals gebeten, ihr zu erklären, was er dort oben wolle, aber wie immer, wenn es um seine Arbeit ging, waren Troels' Erklärungen so diffus, dass sie geheimniskrämerisch wirkten. Erst einmal werden wir uns einen Überblick verschaffen, konnte er beispielsweise sagen. Aber worüber? Na ja, über die Situation als solche. An jenem Abend fragte Sidsel ihn erneut und bekam einmal mehr eine solch allgemeine, nichtssagende Antwort. Aber er musste es bereut haben, denn später, als sie in ihrem Bett lag und las, klopfte er an die Tür und setzte sich auf ihren Schreibtischstuhl. Er sah sich neugierig um, lobte ihre Auswahl von Plakaten und fing an zu erzählen: von Aleksander, dem Dolmetscher des Projekts, der in einem Dorf im nördlichsten Teil der Republik geboren war, aber in Jakutsk studierte. Wie sie immer weiter und weiter in den Norden fuhren, auf der gefrorenen Lena, der Ice Road, um mit den lokalen Fischern ins Gespräch zu kommen. Menschen, die vom einen Tag auf den anderen ihre Existenzgrundlage verloren hatten. Ihre Fischereilizenzen waren an große nationale Firmen übergegangen, die den kostbaren Weißlachs und den Störkaviar zu schwindelerregenden Preisen nach Asien und Europa verkauften. Doch der Befehl war direkt aus Moskau gekommen, und sie waren eher ängstlich als wütend. In diesem Zusammenhang war ein Dolmetscher unentbehrlich. Der junge Mann war in einem Dorf zwischen Fischern und Rentierjägern aufgewachsen, er kannte ihre Art zu denken, ihre Gewohnheiten und ihre Sprache. Er versicherte ihnen, dass Troels dort sei, um ihnen zu helfen, und dass sie ihm und der NGO trauen könnten, für die er arbeitete. Ohne Aleksander, erklärte er, sei er nichts als ein weiterer verdächtiger Europäer mit, bestenfalls, undurchsichtigen Absichten. Troels erzählte ihr, wie sie in den Blechhütten der Fischer übernachteten, gemeinsam mit deren Familien und Hunden. Von der Dunkelheit und dem hitzigen Knallen des Gasofens, der einzigen Wärmequelle. Er beschrieb die tausend Zähne der Kälte und das Gefühl, in einer Landschaft ohne Ende zu sein, wie eine Figur, die in einer Geschichte gefangen war, die der Autor vergessen hatte. Als Troels seine Erzählung beendet hatte, stand er auf, strich Sidsel über das Haar und verließ das Zimmer mit einem verlegenen Winken. Ein halbes Jahr später reichte ihre Mutter die Scheidung ein, und kurz darauf begann ein Leberfleck an ihrem Rücken zu jucken. Als sie nach langer Zeit endlich zum Arzt ging (weil niemand sie im Laden vertreten konnte), hatte der Krebs bis in die Lymphdrüsen in den Leisten und unter dem linken Arm gestreut.

Die Freunde der Familie trafen ein hartes Urteil über Troels, und die meisten von ihnen hegten den Verdacht, er wäre inzwischen Alkoholiker oder hätte sich in eine Einheimische verliebt, wenn nicht sogar eine Kombination aus beiden Sünden. Sidsel war sich nicht so sicher. Ihr Vater hatte immer etwas Unfreies an sich gehabt. Der große Mann lief mit einem inneren Gefängnis herum, einem Gitter vor den Augen, wo auch immer auf der Welt er sich gerade befand. Während der Vorbereitungen zu einer neuen Reise konnte er sich einbilden, dass es ihm *diesmal* gelingen würde, diesem Zustand zu entkommen, ernsthaft zu *sein* und zu *sehen,* doch er kehrte jedes Mal beschämt zurück –

noch mehr in sich gefangen als bei seinem Aufbruch. Bei Charlotte war es genau umgekehrt. Sie verließ nur selten die Stadt, in der sie wohnten, aber ihre Seele fand immer die Möglichkeit, sich auszuleben, selbst an stark begrenzten Orten: allein in einem Reihenhaus mit drei Kindern, hinter dem Tresen eines Blumenladens am Marktplatz, als Patientin auf der Krebsstation. In den letzten Monaten ihres Lebens war sie ans Bett gefesselt, und trotzdem vermittelte sie Sidsel das Gefühl, als könnte sie, wenn sie wollte, jederzeit aufstehen und gehen.

Manche Menschen haben ein Talent zu leben, hatte der Pfarrer gesagt, und Charlotte Gabel war ein solcher Mensch.

Wenn ihre Mutter eine besetzte Stadt gewesen war, dann hatte sie gelernt, die Besatzungsmacht vorbehaltlos zu lieben. Ein williger Gulliver, der mit pochenden Nabelschnüren am Boden festgezurrt war.

»Ich muss gleich aussteigen.«

Sidsel blickt auf. Der Mann nickt in Richtung ihrer Beine, die in den Mittelgang gerutscht sind und ihm den Weg versperren. Seine Haare sind mit glänzendem Wachs zurückgekämmt, seine Augen blau und zornig. Sie zieht die Füße zu sich, und er zwängt sich wortlos vorbei und steigt auf den Bahnsteig, wo er in der Menge verschwindet. Wie ungeheuer wenig man einander ungestraft geben kann! Der Zug setzt sich wieder in Bewegung. Auf der anderen Seite des Fensters marschieren in einer schier endlosen Prozession die Schornsteine Londons vorbei, doch irgendwann verschwinden sie allmählich und werden von Fabrikhallen, Rasenflächen und niedrigen Bauten abgelöst.

Die Vergangenheit hat den Griff um Sidsels Aufmerksamkeit gelockert, die sich jetzt den Mitpassagieren zuwendet; sie bewundert, wie geschmeidig sie sich den Bewegungen des Zuges anpassen, wie jeder einzelne ein ganzes Meer von Gedanken in sich aufnehmen kann, ohne viel Aufhebens darum zu machen.

14
Bee

Mehrere der Gäste drehen sich diskret auf ihren Stühlen um, verblüfft vom Anblick der kleinen Königstochter, die an diesem Samstagnachmittag in dem hippen italienischen Restaurant erscheint. Sie erwidert ihre Blicke mit einem liebenswürdigen Lächeln, doch die Mutter der Prinzessin erkennt, dass etwas an ihr nagt. Fifis diskret geschminktes Gesicht kräuselt sich zu einer sorgenvollen Grimasse, als sie ihren Rock rafft und knisternd gegenüber von Bee auf die Bank sinkt.

»Ich verstehe das nicht«, murmelt sie, »wer kommt denn eine halbe Stunde zu spät zu einem Treffen, das er selbst vorgeschlagen hat?«

»Hast du versucht, sie anzurufen?«, sagt Bee und nimmt einen Schluck von dem völlig überteuerten Rotwein. Man braucht nicht lange, um sich daran zu gewöhnen, Geld zu haben. Das Problem ist die umgekehrte Entwicklung. Fifi hat ihre Limonade nicht angerührt. Sie begnügt sich damit, missmutig mit ihrem Strohhalm gegen die Eiswürfel zu schlagen.

»Natürlich habe ich sie nicht angerufen.«

»Und sie haben dich auch nicht angerufen?«

»Keiner hat den anderen angerufen, Mama. Das macht man nicht einfach so.«

»Wozu hat man dann überhaupt Telefone?«

Fifi blickt auf ihr Handy, dann durch die großen Scheiben ins Freie. Ob sie es schon bereut, dass sie Bee erlaubt hat, sie zu begleiten?

»Ich habe eine Nachricht geschrieben«, sagt sie schließlich, »aber sie haben sie noch nicht gelesen.«

»Möchtest du wieder gehen? Wir könnten doch ruhig gehen. Wenn sich meine Kunden so sehr verspäten, betrachte ich die Sitzung als abgesagt. Damit sind sie in der Regel auch einverstanden.«

Bee ist ein bisschen zu hartnäckig. Aber es gefällt ihr nicht, dass Fifi ihre Stimme an eine App verkaufen will. Die Tochter schüttelt den Kopf, dann richtet sie sich auf.

»Da sind sie.«

Die beiden Männer sind jünger, als sie erwartet hätte, davon abgesehen, sehen sie genauso aus wie alle anderen in dieser Stadt. Der Typ mit dem Vollbart und den tätowierten Knöcheln stellt sich als C.P. *(sea pea?)* vor, während der andere, ein ostasiatisch aussehender Mann in einem Kapuzenpulli und einer Weste mit vielen Taschen, einen Namen nennt, den Bee nicht mitbekommt, aber sie kann sich auch nicht überwinden, nachzufragen.

Fifi ist ein einziges Lächeln, während sie beiseite rückt, damit sich die App-Männer zu ihnen setzen können, und dankend die Frage verneint, ob sie etwas essen wolle. Bee sagt, sie könne sich noch ein Glas Wein vorstellen, einfach denselben.

»Hier ist es wirklich nett«, sagt Fifi an den Westenmann gewandt, »eine gute Wahl.«

Er dankt und erklärt, eine Freundin von ihm hätte das

Restaurant eröffnet und sie gedenke, den Erfolg in Cole Valley zu wiederholen.

»Ich habe versucht, sie zu warnen«, sagt er und steckt etwas, das wie ein USB-Stick aussieht, in eine seiner vielen Taschen. »Das ist nicht so einfach, wie es klingt. Man geht das Risiko ein, sein Konzept zu verwässern. So etwas will gut überlegt sein.«

Er wendet sich lächelnd an Bee.

»Beatrice, oder? Ich habe nicht ganz mitbekommen, wer Sie sind. Also, in welcher Beziehung ihr zueinander steht.«

»Oh«, sagt Fifi und errötet unter ihrem Puder, »ich habe meine Mutter mitgebracht, ich hoffe, das ist okay für euch?«

»Ja klar, ist doch nett.«

Er sieht nicht so aus, als würde er es ernst meinen, und Bee ist erleichtert, als sie sieht, wie C.P. am Tresen zahlt und mit einem Tablett in den Händen auf sie zusteuert.

»Jetzt gibt es für alle ein bisschen was«, sagt er und stellt zwei Espressi und das Weinglas ab. Kaffee? Anscheinend ist Bee die Einzige, die es sich hier ein bisschen gemütlich machen will. Pauline hatte immer darauf bestanden, bei ihren Besprechungen Alkohol zu servieren, auch wenn sie morgens stattfanden. Nicht zu viel, nichts Unangemessenes, nur gerade genug, um die Schultern ein bisschen sinken zu lassen.

»Phantastisch«, sagt der andere, »wie wäre es denn, wenn wir damit anfangen, dir zu erzählen, was wir uns vorgestellt haben, Seraphina? So ganz allgemein. Idee, Benutzeroberfläche, Zielgruppe …«

Bisher hat sich keiner von beiden dafür entschuldigt, dass

sie eine Dreiviertelstunde zu spät gekommen sind, und Bee sieht es nicht gern, wie Fifi sie anlächelt. Wie ein Kind aus dem Kinderheim, viel zu sehr darauf aus, geliebt zu werden. *Nimm mich.* Schon jetzt hat sie ihnen zu viel gegeben, und im Laufe der nächsten Viertelstunde stellt sich heraus, dass sie noch mehr haben wollen. Fessonia soll *Sleepi* nicht nur ihre Stimme, sondern auch ihr Gesicht leihen. Fifi soll in die Telefone der Leute einziehen, sich herbeirufen lassen, wenn sie im Dunkeln liegen und vor sich hin starren.

»Ich kann genauso gut ehrlich sein. Wir haben uns schon eine Reihe von potentiellen Kandidatinnen angesehen«, sagt der Mann, der, wie Bee inzwischen weiß, Jeff heißt, »und du bist einfach etwas Besonderes. Deine Follower sind hyperfixiert auf dich, Seraphina. Es geht ihnen nicht so sehr um ASMR, sondern vielmehr um das Gefühl, mit Fessonia zusammen zu sein, und dieses Zusammensein wollen wir so authentisch wie möglich gestalten und von allem Überflüssigen befreien. Du sollst nicht zusammen mit allen möglichen anderen auf einer Plattform angeboten werden, vor deinen Videos soll keine Werbung laufen. Du sollst deine eigene Welt bekommen, einen Ort, der hundert Prozent du bist.«

C. P. hat bereits ein iPad hervorgeholt, jetzt stellt er es zwischen sie auf den Tisch. Fifi kaut aufgeregt auf ihrer Unterlippe herum. Bee hätte Lust, sich nach ihrer Tochter auszustrecken. Sie zurückzuhalten und zu beschützen, aber jetzt hat C. P. die Beta-Version von *Sleepi* geöffnet. Fifi starrt auf den Bildschirm, wo eine animierte Version ihres Gesichts vor einem Hintergrund mit Sternen auftaucht. Jeff beobachtet sie diskret.

»Okay, also, der Gedanke war, eine Art Reich des Schlafs zu erschaffen«, sagt C. P., »die App funktioniert wie ein Tor zu diesem Ort, und du bist die Freundin der Anwender und hilfst ihnen.« Er fährt mit dem Finger über den Bildschirm. »Hier können die Leute ihre Ziele eingeben und ihren Fortschritt tracken. Sagen wir mal, ich würde jede Nacht fünf bis sieben Stunden schlafen und dreimal wach werden, wünsche mir aber, dass ich sieben Stunden schlafe und höchstens einmal wach werde. Das gebe ich hier ein, bämm. Jetzt bin ich nicht länger allein mit meinem Projekt, Fessonia nimmt mich die ganze Zeit an der Hand.«

»Das ist ja total schön«, sagt Fifi, »hast du das alles selbst gemacht?«

»Ich und ein paar andere. Und das ist erst der Anfang. Wenn du bei uns an Bord gehst, fangen wir an, deine Videos und *speaks* und Geräusche in die Grundstruktur zu integrieren. Es wird eine Menüführung geben, die es den Leuten erleichtert, genau das Erlebnis zusammenzustellen, das sie sich wünschen. Was beim einen wirkt, muss es ja nicht zwangsläufig auch beim anderen tun. Die Leute haben unglaublich genaue Vorstellungen, wenn es um ASMR geht. In der Hinsicht erinnert es ja stark an Porno. – Womit ich es natürlich nicht vergleichen will«, fügt er dämlich hinzu.

»Wir stellen uns vor, dass du exklusive Inhalte für diese App erstellst«, sagt Jeff, »Sachen, die es nicht auf deinem Kanal gibt. Du wirst Zugang zu professioneller Ausstattung haben, Beleuchter, ein Make-up-Artist. Es wird eine Deluxe-Version von dem Brand, das du schon geschaffen hast.«

»*Fessonia's Whispers 2.0*«, fügt C. P. hinzu und macht das Tablet aus.

Fifi schaut sehnsuchtsvoll auf das schwarze Glas.

»Wie hört sich das für dich an?«, fragt Jeff.

»Das hört sich richtig toll an«, sagt sie atemlos.

»Ja? Das finden wir nämlich auch«, sagt er lachend. »Es gibt schon eine ganze Reihe von Schlaf-Apps auf dem Markt, aber sie sind alle sehr steril. Mit *Sleepi* wollen wir etwas erschaffen, auf das sich die Leute jeden Abend freuen, mit dem sie interagieren wollen, bevor sie schlafen.«

»Darf ich hier kurz einhaken? Nur eine schnelle Frage.«

Alle drei sehen sie überrascht an. Fifi schüttelt kaum merklich den Kopf, aber das kratzt Bee wenig. Die Sache stinkt eindeutig zum Himmel.

»Klar«, sagt Jeff widerwillig, »schießen Sie los.«

»Soweit ich Seraphina verstehe, ist ihr Kanal ein richtig gutes Geschäft. Aber der Gedanke liegt nahe, dass der Kanal einige Zuschauer, oder wie man sie nennt, verliert, wenn es eine App gibt, wo man dasselbe bekommt, nur besser. Oder liege ich da völlig falsch?«

Jeff hat angestrengt zuvorkommend gelächelt, während Bee gesprochen hat. Jetzt ist sein Gesicht zugeknöpft wie das eines Arztes.

»Dieser Teil ist noch nicht ganz geklärt, aber wir hatten uns vorgestellt, Seraphina einen einmaligen Betrag für den Inhalt zu zahlen, den sie für *Sleepi* entwickelt.«

»Im Prinzip kauft ihr also Fessonia«, sagt Bee, »Ihr kauft Fifis Projekt für einen einmaligen Betrag.«

Jeff wendet sich an Fifi, die nervös an ihrem einen Ohrring herumdreht.

»Es steht dir natürlich immer noch frei, deinen Kanal weiterzuführen. In den meisten Fällen führen mehrere Plattformen nur zu mehr *traffic*, zu mehr *views*. Vielleicht wäre es treffender, das Ganze als ein *spin-off* von dem anzusehen, was du schon aufgebaut hast. Eine Erweiterung –«

»Oder eine Verwässerung«, sagt Bee, »haben Sie nicht vorhin erst genau davon gesprochen? Wenn man etwas Gutes nimmt und Raubbau daran betreibt.«

»Mama.«

Fifi ist blass vor Scham, aber Bee hat nicht vor, tatenlos dabei zuzusehen, wie ihre Tochter über den Tisch gezogen wird. Sind Mütter nicht genau dafür da? Sich zwischen ihr Kind und die Welt zu stellen, wie ein Sieb, das allen Dreck abfängt. Und jetzt sitzt Fifi gerade zwei Riesenarschlöchern gegenüber, die es eindeutig nur darauf abgesehen haben, von dem zu profitieren, was sie in jahrelanger Arbeit aufgebaut hat. Allein in ihrem Zimmer in Bondurant. Ohne die Hilfe von Männern in Weste.

»Denk darüber nach«, sagt Jeff und steht auf, »und wenn du das Bedürfnis hast, alles noch mal durchzusprechen, kannst du immer anrufen.«

»Sie darf jetzt also gerne auf Ihrem ach so *geheimen* Telefon anrufen?«

Er sieht Bee verständnislos an.

»Ja. Wenn sie Fragen hat, darf sie mich jederzeit gern kontaktieren.«

»Das wird sie aber nicht. Sie wird Sie nicht kontaktieren.«

Er schwingt seinen Rucksack über die Schulter, lächelt Fifi zu.

»Klingt ganz so, als hätte deine Managerin gesprochen.«

»Danke«, sagt Fifi und steht auf, um seine ausgestreckte Hand zu ergreifen, »ich werde mich melden.« Ihr Rock bleibt in einer Naht der Bank hängen, und der Tüll reißt mit einem knarzenden Geräusch.

»O nein«, murmelt sie und sieht aus, als würde sie gleich in Tränen ausbrechen.

C.P. winkt und folgt seinem Geschäftspartner, der schon auf dem Weg hinaus ist.

»Hey!«, ruft Bee. »Vergesst es!«

Die Männer sind weg. Das Treffen ist beendet.

Fifi steht wie versteinert da, dann verschwindet sie auf der Toilette, den zerfetzten Rock hinter sich herschleifend. Bee setzt sich wieder. Das Paar am Nebentisch starrt unverhohlen herüber, und jetzt dreht sie sich zu ihnen.

»Kann ich Ihnen irgendwie helfen? Womit auch immer?«

»Nein, danke«, antwortet die Frau bissig und flüstert ihrem Freund etwas zu. Sie sehen weg.

»Ganz genau. Nein, danke«, murmelt Bee und leert ihr Glas.

Sie ist nicht so betrunken, dass sie nicht versteht, warum Fifi wütend wurde. Aber das ändert nichts daran, dass sie das Richtige getan hat. *Sleepi* muss sich eine andere Meerjungfrau suchen. Ihre Seraphina darf ihre Stimme behalten und weiter so frei singen, wie sie will.

Fifi legt ihr Telefon weg und setzt sich im Bett auf.

»Meinst du das ernst?!«

Zum ersten Mal seit Stunden klingt sie wieder wie ihr sprudelndes, begeisterungsfähiges Selbst.

Nein. Bee meint nicht, dass es eine gute Idee wäre, einen Mann zu besuchen, mit dem sie vor vierundzwanzig Jahren einmal im Bett war, um ihn darauf aufmerksam zu machen, dass er jemandes Vater ist. Ganz im Gegenteil meint sie, dass es eine schlechte und möglicherweise auch gefährliche Idee ist, wer weiß. Aber Fifi fährt bald wieder zurück nach Bondurant und zu Marianne, und Bee hat keine Lust, ihre Tochter mit dem Eindruck gehen zu lassen, sie würde es nur darauf anlegen, ihr Leben zu zerstören. Nach der Besprechung mit den beiden App-Entwicklern war Fifi so lange auf der Toilette geblieben, dass Bee in der Zwischenzeit ein Tiramisu von der Größe eines Herrenschuhs bestellen und verspeisen konnte. Das Dessert lag ihr schwer im Magen, dämpfte aber, wie sie gehofft hatte, ihren Rausch ein wenig, und auf dem gesamten Heimweg versuchte sie Fifi – mit ruhigen, wohlüberlegten Worten – zu erklären, warum sie meinte, dass es das Beste wäre, wenn sich diese beiden Schlaftypen eine andere Kandidatin suchten. Doch Fifi war aufgebracht, und nichts von dem, was Bee sagte, konnte etwas daran ändern.

Sie habe alles im Griff gehabt!

Ob Bee denn nicht verstanden hätte, dass es eine Verhandlung gewesen sei. Ein Auftakt.

Mit welchem Recht mische sie sich in Fifis Geschäfte ein?

Wieder zu Hause angekommen, war Fifi ins Bett gegangen, ohne ihr eine gute Nacht zu wünschen. Bee blieb im Wohnzimmer hocken und hoffte, ihre Tochter würde es bereuen und zu ihr herunterkommen, um über alles zu reden, und als sie anderthalb Stunden später immer noch nicht gekommen war, ging sie selbst hinauf und klopfte an. Bee bereute ihre Worte im selben Moment, in dem sie ihren Mund verlassen hatten. Gleichzeitig war es unmöglich, sich nicht an der Wirkung zu erfreuen, die sie auf Fifi hatten: Sie sah aus wie eine Wunderkerze, die einen Funken auffing und selbst anfing zu sprühen.

Und vielleicht war es auch nicht so schlimm.

Vielleicht wäre es tatsächlich schön, ihn wiederzusehen.

»Meinst du das ernst?«, fragte sie erneut und schaltete ihre Nachttischlampe ein, deren Licht Bee in den Augen stach, »gleich morgen?«

»Ja.«

Über die Details hatte sie noch nicht nachgedacht.

Zum Beispiel stellt sich immer noch die Frage, wer das Auto fahren soll. Fifi darf es nicht, und Bee musste ihren Führerschein letztes Jahr um Thanksgiving herum abgeben. Es war nicht unbedingt nur ein schlechtes Erlebnis gewesen. Die Beamten waren freundlich, und sie hatte jemanden zum Reden gebraucht. Sie hatte beinahe gehofft, sie würden sie über Nacht dabehalten, aber am Ende war Bee doch nach Hause geschickt worden. Pauline bezahlte das Bußgeld, aber an dem verlorenen Führerschein konnte sie aus verständlichen Gründen auch nichts ändern.

»Am Vormittag wäre es wohl am besten«, sagt Fifi, »vielleicht um halb elf? Oder besser erst nach dem Mittagessen?«

Ihre Augen strahlen, und Bee wagt nicht zu sagen, dass der eine Zeitpunkt nicht besser geeignet sei als der andere, wenn es darum ging, jemanden in seinen Grundfesten zu erschüttern. Oder vielleicht sogar sein Leben zu zerstören.

»Am Vormittag klingt gut.«

»Dann machen wir einen Roadtrip!«

Fifi springt aus dem Bett, umarmt ihre Mutter und küsst sie auf den Mund. Als das zum letzten Mal vorkam, wohnten sie in einem Wohnwagen, und Fifi hatte noch ihre eigenen Wimpern.

Wie schon beim letzten Mal wirkt das Haus in der Anzeige sowohl größer als auch heller. Wenn sie weiterklickt, springt ihr jedes Mal ein neues wundervolles Zimmer entgegen; Zimmer, die sie wiedererkennt und von denen sie doch nichts ahnte. Wie in einem Traum. Es wundert sie, dass es sich tatsächlich lohnt, solche Fotos machen zu lassen. Wie kann man nicht enttäuscht sein, wenn man das richtige Haus betritt? Wie dem auch sei, sein Name steht nirgends. Er hat kein Copyright auf seine Bilder und findet sich auch nicht auf der Liste mit Gabriels lächelnden Mitarbeitern. Bee will gerade aufgeben, als sie an *For Fire for Warmth* denken muss. Er hatte *en passant* seine gescheiterte Karriere als Dichter erwähnt, vielleicht, damit sie sich selbst nicht als ganz so gescheitert empfand. Jetzt schreibt sie den Titel seines Debüts in das Suchfenster, und da ist auch schon der Autor, Hector Nunez, zehn Jahre jünger und einige Kilos leichter, fotografiert während einer Lesung in der Buchhandlung auf der Bonita Avenue. Mit der linken Hand hält er seinen Gedichtband hoch. Das Buch beschattet einen Großteil seines Gesichts, aber es besteht kein Zweifel, dass es derselbe Mann ist, der mit seiner Kamera und seinen Stativen bei ihr war. Dass er derjenige war, der zu ihr sagte: Das klingt hart, sagen Sie Bescheid, wenn ich irgendetwas tun kann.

Bee ist sich durchaus bewusst, dass die Leute so was nur so dahersagen.

Dass sie es nicht ernst meinen.

Aber dann sollen sie eben etwas anderes sagen.

Es gibt genug andere aufmunternde Phrasen, die kein konkretes Hilfsangebot beinhalten.

Außerdem möchte sie ihn dafür bezahlen.

Als sie ihn das erste Mal anruft, geht er nicht ans Telefon, und Bee hinterlässt eine kurze Nachricht, die den Eindruck vermitteln soll, es handle sich um ein berufliches Anliegen. Dann wird ihr bewusst, dass Samstagabend ist und er sich vermutlich nicht vor Montag darum kümmern wird. Sie ruft erneut an und landet erneut auf seiner Mailbox. Beim dritten Mal geht er sofort ran.

»Guten Abend«, sagt sie, »hier ist Bee Wallens aus der Park Hill.«

»Einen Moment, bitte.«

Sie kann hören, wie er sich bewegt, eine Tür, die geöffnet wird. Nackte Füße auf dem Boden, tapp, tapp, tapp.

»So, da bin ich. Was ist los, Beatrice?«

Tja, was ist los, Beatrice?

»Erinnern Sie sich an mich?«

»Ich erinnere mich gut an Sie.«

»Störe ich?«

Er lacht, aber nicht unfreundlich.

»Sie haben mich geweckt, das könnte man also durchaus sagen.«

Bee schaut auf ihre Uhr. Es ist schon halb drei. Was geht nur gerade schief mit ihr und der Zeit? Bee ist auf den Kopf gestellt.

»Das tut mir wirklich leid«, sagt sie, »mir war gar nicht klar, dass es schon so spät ist, aber es konnte leider nicht warten.«

Hector räuspert sich.

»Geht es um die Fotos? Sind Sie mit irgendetwas unzufrieden?«

»Die Bilder sind perfekt, ich bekomme sofort Lust, das Haus zu kaufen, dabei wohne ich ja schon hier. Es geht um ...«, sie sucht das richtige Wort, ohne es zu finden, »... eine Transportaufgabe.«

Er sagt nichts.

»Als Sie das letzte Mal hier waren, ist mir nämlich aufgefallen, dass Sie ein Auto haben.«

»Ich habe ein Auto.«

Zum ersten Mal klingt seine Stimme etwas frostig. Er sehnt sich danach, in sein Bett zurückzukehren, verständlicherweise. Es ist nicht der geeignete Moment, lange um den heißen Brei herumzureden, jetzt, da sie schon so weit gekommen ist.

»Meine Tochter ist zum ersten Mal seit mehreren Jahren bei mir zu Besuch«, sagt Bee, »und ich habe gerade ein geschäftliches Treffen von ihr ruiniert. Sie war sehr wütend auf mich und hat vielleicht, vielleicht auch nicht, einen Kunden verloren. Es war zwar nichts, was ich forciert habe, aber trotzdem. Ich bin zu weit gegangen, und jetzt würde ich es gern wiedergutmachen.«

»Das tut mir sehr leid«, sagt er, »aber ich glaube nicht, dass ich –«

»Doch. Doch, das können Sie. Denn ich habe ihr versprochen, dass wir morgen früh nach Kentfield fahren und ihren Vater besuchen, und die Sache ist die, dass keine von uns einen Führerschein hat, und ein Auto haben wir auch nicht. Sie hat William noch nie getroffen. Ihren Vater«, fügt sie hinzu.

Am anderen Ende ist es still.

»Woher haben Sie denn meine Nummer?«

»Ihr Gedichtband«, sagt sie, »mir war eingefallen, dass Sie Schriftsteller sind. Und es gab eine Homepage mit Ihren Kontaktdaten.«

»Und jetzt fragen Sie, ob ich Sie beide nach Kentfield fahre?«

»Ich zahle natürlich. Für Ihre Mühe.«

»Tut mir leid, aber ich glaube, das lässt sich nicht einrichten.«

Bee lässt das Handy sinken und atmet tief ein.

»Geht denn kein Bus dorthin?«

»Wenn wir einen Bus nehmen, ist es ja kein Roadtrip«, faucht sie, »und außerdem wohnt er auf einem verdammten Berg. Da fahren keine Busse hin. Solche Menschen haben Autos.«

Es ist keine Absicht, und sie tut es nicht, um ihm ein schlechtes Gewissen zu machen. Es bricht einfach nur aus ihr heraus.

»Entschuldigung«, japst sie, als sie wieder Luft bekommt, »Entschuldigung, ich habe keine Ahnung, was ich gerade mache. Und das ist ja auch das Problem.«

15
Hector

Hector kann sich nicht aufraffen, wieder ins Bett zu gehen. Der große Mann sitzt am Küchentisch, nackt bis auf seine Brille und ein weinrotes T-Shirt mit der Aufschrift *Wish I hadn't bet on the hare*. Er versucht zu begreifen, was gerade passiert ist. Lag es daran, dass sie ihn als Schriftsteller bezeichnet hat? Ist es wirklich so einfach? So hat ihn schon lange niemand mehr genannt, und Hector konnte spüren, wie in seiner Brust ein Riegel aufsprang, ehe er sich selbst versprechen hörte, Beatrice und ihre Tochter am nächsten Morgen um neun abzuholen. Er hat tatsächlich an sie gedacht, seit seinem Besuch vor einigen Wochen. Nicht auf irgendeine beunruhigende Weise, aber genug, um es selbst zu bemerken. Normalerweise strich er die Menschen wie auch die Häuser aus seinem Gedächtnis, sobald er eine Auswahl der Bilder an Woolhouse geschickt hatte, aber die schöne, versoffene Ms. Wallens und ihre halbleeren Zimmer waren hängengeblieben. Es hatte etwas damit zu tun, wie sie ihm ihr Unglück entgegenleuchten ließ, wie eine tiefe, rote Wunde über der Brust. Die meisten Menschen, zu denen er nach Hause kommt, versuchen sich vor ihm zu verstecken, aber sie hatte ihn bis auf ihre Knochen blicken lassen. Hector beugt sich vor und legt die Wange auf die Wachsdecke. Morgen ist Sonntag, und er hat mit Ea abgemacht, Coco und sie vom Schwimmbad abzuholen. Der Plan ist, dem Mädchen anschließend die große Nachricht zu überbringen, beim Waffelessen. Hochzeit! Brautjungfer! Aber er bringt es nicht über sich, Beatrice anzurufen und ihr zu sagen, dass er nicht helfen kann. Außerdem ist er sich nicht sicher, ob es Coco überhaupt gefällt, auf diese Weise davon zu erfahren. Sie wird als Erstes fragen, wie lange sie das schon wissen und warum sie nicht schon früher etwas gesagt haben. Coco ist nicht wie die neunjährigen Mädchen, die er aus seiner Kindheit in Erinnerung hat: shampooduftende, kaugummikauende kleine Hexen, die sich in Gruppen fortbewegten und sich gegenseitig auf die Unterarme schrieben, wie ihre Babys einmal heißen sollten. Seine Tochter interessiert sich nicht für Make-up und Sticker oder wer mit wem spielt. Sie ist am liebsten allein oder mit Erwachsenen zusammen. Schon als Coco noch ein Säugling war, verkündete Lola freudestrahlend allen, die es hören wollten, dass Cordelia Lucia Nunez etwas Besonderes war, dass sie einen richtigen kleinen Freak geboren hatten. Wie so vieles andere, was Lola tat, hatte es ihn irritiert, aber heute ist er geneigt, seiner Exfrau recht zu geben. Coco ist mit nichts anderem vergleichbar als mit Coco.

»William in Kentfield«, murmelt Hector und betrachtet den kleinen Wüstenleguan, der im Schein der Deckenlampe der Nachbarn gegenüber blass leuchtet.

»Kannst du nicht schlafen?«

Er hat sie nicht kommen hören. Das alte Parkett knarrt und knackt unter allen außer ihr. Sie war schon immer dünn, und im letzten Monat hat sie noch mehr abgenommen. Irgendetwas quält sie, aber Hector traut sich nicht zu fragen, was es ist. Er hat Angst vor der Antwort. Angst davor, dass sie das sagen wird, was von Anfang an wie ein Revolver unter dem Kissen ihrer Beziehung gelegen hat. Und es ist nicht ausgeschlossen, dass sein Heiratsantrag mit dieser Furcht zusammenhängt, und jetzt steht seine Verlobte in der Tür und fingert mit einem bekümmerten Ausdruck auf ihrem schönen Ziegengesicht an ihrem Ring herum.

Hector hält das Handy hoch.

»Das war nur Lola.«

Lola hat eigentlich schon lange aufgehört, ihn zu jeder Zeit und Unzeit anzurufen, aber ihm ist nichts anderes eingefallen.

Ea sieht skeptisch aus.

»Was wollte sie denn?«

»Über die Sommerferien reden, du weißt doch, wie das ist. Wenn sie sich erst mal etwas in den Kopf gesetzt hat.«

Sie schnieft auf eine Weise, die bedeutet, dass sie nicht weiter darüber reden müssen.

»Willst du nicht wieder ins Bett kommen?« Sie streicht ihm das Haar aus der Stirn.

»Gleich. Geh du nur schon.«

Er sieht, wie sie den Flur entlanggeht und bei Coco ins Zimmer schleicht, um kurz darauf wieder herauszukommen und in ihrem Schlafzimmer zu verschwinden. Coco hat die Angewohnheit, ihre Bettdecke wegzustrampeln, und Ea hat immer Angst, sie könnte frieren. Ea ist in einem Land aufgewachsen, wo die Kälte eine ständige Gefahr darstellte, die mit Heizungen und Handschuhen bekämpft werden musste und mit Mützen, unter denen die Kinder aussahen wie kleine Bankräuber. Er hat ein Bild von ihr gesehen, als sie klein war und eine solche Mütze trug. Aber das ist lange her, und er weiß nicht, wo das Album jetzt liegt. Zu Beginn ihrer Beziehung hatte Hector vorsichtig und interessiert nach ihrer Vergangenheit gefragt. Nach den verstorbenen Eltern, ihren Jahren in Italien und ihren beiden Geschwistern zu Hause in Dänemark. Geduldig ließ er sich abwimmeln und versuchte es wieder, denn er war sicher, es wäre nur eine Frage der Zeit, bis sie sich ihm öffnen würde. Bis er eines Tages verstand, dass Ea am liebsten frei von allem war.

Frei wie eine Karotte, die man aus der Erde zieht, wenn sie so weit ist.

Niemand fragt die Karotte, wie es war, in der Dunkelheit süß und orange zu wachsen.

Nachdem Hector verstanden hatte, dass Ea so gesehen werden wollte, bemühte er sich, auch so über sie zu denken: als ein Wesen, das in dem Moment seinen Anfang nahm, als es seine Wohnung betreten hatte, um sich als Cocos Babysitterin zu bewerben.

Jetzt zweifelt er zum ersten Mal daran, dass es die richtige Strategie war.

Ea scheint von derselben Melancholie ergriffen, die seine demente Großmutter am Ende ihrer Tage befiel. Als hätte sie nach Jahren der selbstgewählten Amnesie tatsächlich etwas vergessen, von dem sie wünschte, sie könnte sich daran erinnern.

16
Niels

Die weißen Tauben sind Königinnentauben. Weißt du, warum sie ganz weiß sind und nicht grau, oder nur ein bisschen grau? Ein bisschen grau am Hals und an den Flügeln, aber es gibt auch welche, die ganz weiß sind, und das liegt daran, dass sie Blumen und Blätter essen statt Müll. Normale Tauben essen allen möglichen Dreck und verdorbene Sachen, ohne davon krank zu werden. Sie können Brot essen, das in einer Schlammpfütze lag, ohne dass es ihnen schadet. Ist das nicht komisch? Wenn ich eine Taube wäre, würde ich nur Blumen und Blätter essen, bis ich ganz weiß bin.«

Die Stimme klopft wie ein Teelöffel an sein Bewusstsein, und er bemerkt, dass sie schon lange gesprochen hat. Mit einer großen Kraftanstrengung bündelt er seine Gedanken, archiviert sie für später und konzentriert sich auf Laura, die auf der Ladefläche des Fahrrads sitzt und ihre Beine baumeln lässt. Er hat sie mit den starken Gummibändern angeschnallt, die normalerweise den Kleistereimer an seinem Platz halten.

»Was ist mit den Ringeltauben«, sagt er, »die leben im Wald und sind trotzdem grau und auf der Brust fast lila. Und die fressen keinen Dreck.«

Laura zuckt die Achseln.

»Ich rede von den Regeln für *normale* Tauben«, sagt sie und dreht sich zu ihm um, »wann sind wir da?«

»Wenn wir keine Lust mehr haben, weiter Fahrrad zu fahren.«

»Aber wo fahren wir hin?«

»Das weiß ich nicht«, sagt Niels, »manchmal ist es auch gut, keinen Plan zu haben.«

»Okay. Aber Mama hat eigentlich immer einen Plan.«

»Das kann ich mir vorstellen.«

»Ich friere an den Fingern.«

»Dann zieh sie in deine Ärmel hinein.«

»Aber dann kann ich mich nicht festhalten.«

»Du brauchst dich nicht festzuhalten, Motte. Du bist angeschnallt. Guck doch mal.«

Pause.

»Aber ein bisschen Hunger habe ich auch.«

»Halt noch ein Weilchen durch. Schaffst du das?«

Sie nickt tapfer.

Es stimmt nicht, dass er keinen Plan hat. Doch Niels hat nicht vor, noch mehr Lebenszeit auf einem der Kopenhagener Spielplätze zu verschwenden. Es muss doch möglich sein, Zeit mit einem Kind zu verbringen, ohne dass die eigene Seele darunter leidet. Er hat die Eltern an solchen Orten beobachtet, und in ihren Gesichtern kann man immer einen Funken derselben schmutzigen Phantasie erahnen: dass jemand oder etwas kommt und sie entführt; wie in den Zeichentrickfilmen, in denen ein Adler auftaucht und das Opfer am Kragen packt, ehe er sich mit zwei eleganten Flügelschlägen erhebt und verschwunden ist.

Die Verantwortung ist wie ein Hut, von dem man plötzlich merkt, dass man ihn nicht mehr braucht – worauf man ihn einfach abnimmt.

»Warum schläft er so viel?«

»Cosmo?«

Niels hat sich nach und nach daran gewöhnt, dass Laura davon ausgeht, man könnte ihre Gedanken lesen, weshalb die meisten ihrer Sätze *in medias res* anfangen.

»Immer, wenn wir zu Hause sind, schläft er.«

»Er ist traurig. Davon kann man ganz schön erschöpft sein.«

»Ist seine Mutter gestorben?«

Niels erinnert sich nicht, irgendetwas gesagt zu haben, was sie zu dieser Frage veranlassen könnte, und versichert Laura, dass sich Cosmos Mutter bester Gesundheit erfreue.

»Sie ist nur nicht besonders nett, aber das ist eine andere Geschichte. Es liegt nicht daran.«

Lauras Aufmerksamkeit scheint geweckt.

»Warum ist sie nicht nett?«

»Nett zu sein ist schwerer, als man denkt. Du bist doch auch nicht immer nett, oder?«

»Nein«, gibt sie zu, »aber weshalb ist er dann traurig?«

»Ich glaube, es hat damit zu tun, dass er zurzeit nicht auf seiner Gitarre spielen kann.«

»Warum kann er das nicht?«

»Er kann schon, aber er hat keine Lust.«

Laura denkt nach.

»Das ist aber schade für ihn«, sagt sie, als sie in die Sundkrogsgade einbiegen, »wann wird er wieder glücklich?«

»Weiß nicht. So was lässt sich schwer vorhersagen.«

»Vielleicht, wenn er Geburtstag hat«, schlägt Laura vor, und Niels widerspricht ihr nicht. Warum auch? Sie sind da. Es ist ein schöner Morgen, und der Anblick der Industrielandschaft in der Frühlingssonne hebt seine Stimmung. Es gibt hier nichts, was nur zur Zier dient, alles ist, wie es ist, weil es am besten und am praktischsten ist. Im Verhältnis zur vertrauten Skala der Stadt wirken die Proportionen hier draußen berauschend, und er lässt den Anblick zufrieden auf sich wirken: Die Container sind übereinandergestapelt wie riesige Legosteine, grau und blau und grün, gelb und rot. Sie bilden eine labyrinthische, fensterlose Stadt mit kilometerlangen Gassen, durch die der pfeifende Wind tollt. Hier kann man sich leicht verirren, wenn man nicht aufpasst. Weit und breit kein Mensch, und auch keine Schiffe, die heute anlegen. Die Container schützen ihre Fracht oder warten darauf, von neuem gefüllt zu werden. Die Kräne sammeln Kraft für ihre nächste Last. Dies ist der Ort, an dem die Weltwirtschaft eine physische Form annimmt – und sich auf diese Weise verletzlich macht. Wollte man ernsthaft eine Revolution anfangen, könnte man hier mit der Zerstörung anfangen und den ganzen Mist in die Luft jagen. Niels drosselt das Tempo und lässt das Fahrrad das letzte Stück den Kai entlangrollen.

»Da wären wir«, sagt er und steigt ab.

Laura sieht ihn erstaunt an. Ein Streifen klarer Rotz rinnt aus ihrem Nasenloch. Er wischt ihn mit dem Finger weg.

»Au. Deine Handschuhe kratzen. Wo sind wir?«

»Am Ende der Welt.«

Cosmo nannte es immer so. Eigentlich passt der poetische Name nicht besonders gut zu diesem brutal konkreten Ort, der plötzlich auf der Landkarte seines Lebens auftauchte, als er im Alter von zwölf Jahren anfing hierherzukommen, anstatt in die Schule zu gehen. Die beiden Freunde saßen am Kai und rauchten Zigaretten und kippten Trinkjoghurts in sich hinein, zündeten Feuerwerk zwischen den Containern. Der infernalische Lärm, wenn der Knall zwischen den gewellten Metallwänden widerhallte, klang wie ein Vorzeichen, darüber waren sie sich stillschweigend einig. Aber wofür?

17
Ea (und Coco)

Kaum hat die Frau im schwarzen Badeanzug die Sauna verlassen, dreht Coco sich zu Ea um und fragt, ob sie *immer noch* keine Kinder wolle. Ihre Stimme ist ungläubig, als wäre der beschwerte Körper der anderen eine so verlockende Reklame für die Schwangerschaft, dass keiner, der alle Sinne beisammenhat, davon unbeeindruckt bleiben kann. Ea hatte mit der Frage gerechnet, seit sie die Schwangere entdeckte, die ihre würdevollen Bahnen durch das Becken zog. Sie lächelt und sagt, sie hätte doch sie, Coco. Das Mädchen schnaubt angesichts der ausweichenden Antwort. Ea hätte es besser wissen müssen, und sie weiß es ja auch, aber sie hat die beiden älteren Freundinnen auf der Bank unter ihnen bemerkt. Deren Gespräch ist verstummt, und sie kann förmlich sehen, wie sie unter den nassen Haaren ihre Ohren spitzen und in ihre Richtung drehen.

»Dein eigenes Kind«, seufzt Coco, »warum willst du kein eigenes Kind haben? Alle anderen in meiner Klasse haben einen kleinen Bruder oder eine kleine Schwester.«

Das stimmt nicht. Diese Stadt ist das Reich der Einzelkinder. Kinder zu haben ist teuer und beschwerlich, und die wenigsten Eltern können sich eine Wohnung leisten, in die mehr als eins hineinpasst. Aus dem Stegreif fallen Ea nur drei von Cocos Mitschülern ein, die Geschwister haben. Das sagt sie aber nicht. Stattdessen fragt sie, ob das denn etwas sei, was Coco sich wünschen würde, ein Geschwister.

»Nicht besonders, nee. Das wirkt ziemlich stressig.«

Ea ist erleichtert, aber noch darf sie sich nicht zurücklehnen.

»Ich habe *dich* gefragt«, sagt Coco, »warum willst du kein Kind? Die meisten Frauen in deinem Alter hätten gern eins. Ihr eigenes Kind, ein Baby«, fügt sie pädagogisch hinzu, falls Ea sich noch einmal untersteht, die Begriffsstutzige zu spielen.

»Coco«, sagt sie leise, »das ist eine ziemlich intime Frage.«

»Wenn du meinst. Du hast aber gerade gesagt, ich wäre sozusagen deine Tochter. Also.«

Coco springt von der Bank und zwängt sich an den beiden Frauen vorbei.

»Ich hüpfe mal kurz unter die kalte Dusche. Tut mir leid, falls ich deine Gefühle verletzt habe.«

Unter ihr nehmen die beiden Freundinnen widerstrebend erneut ihr Gespräch auf. Ea sollte Coco nachgehen und ihr ordentlich antworten. Das Mädchen reagiert allergisch darauf, wenn die Erwachsenen um den heißen Brei herumreden, und kann dann stundenlang nachtragend sein. Eine der Freundinnen sagt etwas zu Ea, das sie nicht versteht, weshalb die Frau gezwungenermaßen das wiederholen muss, was ihr kurz zuvor als unbekümmerte Eingebung herausgerutscht ist. Sie räuspert sich beschämt.

»Man muss es einfach wagen! Ein Baby ist harte Arbeit, aber nach den ersten sechs Monaten wird es leichter.«

Ihre Freundin gurrt zustimmend, und Ea sagt, das könne sie sich vorstellen, was offenbar ausreicht, um der Frau ihr Selbstbewusstsein wiederzugeben.

»Und wenn Sie sich Gedanken wegen Ihres Körpers machen«, sagt sie und deutet mit dem Kopf auf Eas flachen Bauch, »kann ich jetzt schon sagen, dass er nicht ewig so aussehen wird, egal, was Sie machen. Der Schwerkraft ist es total egal, ob man ein Kind geboren hat oder nicht. Ich habe zwei Kinder, beides große Jungs, und bis vor ein paar Jahren hatte ich einen wunderbaren Körper. Schmale Taille, feste Brüste, toller Arsch, und dann bin ich eines Morgens als pummeliges Quadrat aufgewacht. Bumm. Von einem Tag auf den anderen. Das sind alles die Hormone.«

»Ich kann keine Kinder bekommen«, sagt Ea, »aber trotzdem danke.«

»O Gott, Shit, das tut mir *wirklich* leid«, sagt die Frau und dreht ihr wieder den Rücken zu. Kurz darauf stehen die beiden auf und gehen.

Eigentlich sollte man über so etwas nicht lügen, aber sie hatten es verdient, ein bisschen in Verlegenheit gebracht zu werden.

Ea legt sich auf die Bank und starrt an die Holzdecke. Solange sie denken kann, hat sich die Vorstellung, eines Tages ein Kind gebären zu müssen, wie eine Hand vor dem Mund angefühlt; ein Haus ohne Fenster. Als Kind spielte sie nicht mit Puppen und stopfte sich auch keine Kissen unter den Pullover, und ihre kleinen Geschwister interessierten sie erst, als sie laufen und sprechen konnten. Säuglinge langweilten und erschreckten sie mit ihren feuchten, offenen Mündern; ihren einfachen, unaufschiebbaren Bedürfnissen. Einige Jahre lang wartete Ea darauf, ein eigenes Verlangen nach den Wesen zu spüren, die ihr die Freundinnen in verschiedenen Abständen vorstellten. Es stellte sich nie ein. Nicht einmal Laura weckte etwas anderes in ihr als Verwunderung, und obwohl Ea geplant hatte, mehrere Wochen in der Heimat zu bleiben, um ihre schwarzäugige Nichte kennenzulernen, wurde sie schnell von ihrer eigenen Rastlosigkeit aufgescheucht. Sie reiste zurück nach Kalifornien und überließ ihre Schwester wieder allein diesem kleinen, zerknitterten Körper und einer Erschöpfung, die so privat und undurchdringlich wirkte wie eine neue Liebe. Es war einfach nichts zu machen, die Mutterschaft vibrierte auf einer Frequenz, die sie nicht empfangen konnte, und mit Ende zwanzig bereitete Ea sich darauf vor, einen beängstigenden Kompromiss mit ihrem eigenen Körper einzugehen.

Es war Hector, der gute, gute Hector, der sie, ohne es zu wissen, befreite.

Er sagte es bei ihrem zweiten richtigen Date.

Am selben Abend, als sie auf eine Weise miteinander schliefen, die ihrer geschäftlichen Beziehung definitiv ein Ende setzte. Im Bett, ihr gegenübersitzend, erzählte er, dass er keine weiteren Kinder haben wollte.

Das, so fand er, solle sie wissen, ehe es sich zwischen ihnen weiterentwickle.

Er wolle nicht, dass sie eines Tages zurücksehe und sich betrogen fühle.

Während er sprach, hatte er den Blick gesenkt und sie anschließend wieder angesehen.

Ea erinnert sich noch an die verwirrende Mischung

aus Erleichterung und Scham, die in ihr aufstieg wie ein schwarzer Ballon.

Ich mag Coco sehr, sagte sie mit Bedacht.

Hector betrachtete forschend ihr Gesicht, ehe er zu dem Schluss kam, dass sie die Wahrheit sagte.

Lola ist durchgeknallt, sagte er, aber sie ist eine gute Mutter.

Und das war es.

Oder besser, das war es bis vor einigen Monaten, bis sie von diesem unerträglichen Zweifel beschlichen worden war, der sie in die Arme der Seherin getrieben hatte.

Das Ganze hatte mit etwas so Undramatischem begonnen wie einer ausbleibenden Periode.

Das Blut, das sonst so zuverlässige Blut, hatte sich nicht an ihre über zwanzig Jahre währende Vereinbarung gehalten.

Sechs lange Tage wartete Ea auf dieses Gefühl, als würde sich ein Griff in ihrem Unterleib lockern, und jedes Mal, wenn sie in ihre unbefleckte Unterhose blickte, fühlte sie sich noch verwirrter.

Denn war das, was sie fühlte, nicht *Hoffnung*?

War es nicht eine kindliche Erwartung, die sie nachts wach hielt?

So musste es gewesen sein, denn als sie am siebten Morgen mit der altbekannten klebrigen Wärme zwischen den Beinen aufwachte, wurde ihr das Herz schwer.

Sie war enttäuscht, und die Enttäuschung hatte einen unerwarteten Effekt:

Wie ein Wind, der sich dreht, begann sie, sich Richtung Dänemark zu orientieren. Sie hörte P1 und las Artikel über die nächste Parlamentswahl, googelte ihren Bruder (doch

Niels war nicht im Internet zu finden), recherchierte nach ihrer Schwester und setzte das orangefarbene Google-Maps-Männlein vor deren grüngestrichener Tür irgendwo im Vogelviertel im Kopenhagener Nordwesten ab. Das Foto war an einem Frühjahrstag aufgenommen worden, die Rosen blühten. Links von der Tür stand ein rotes Fahrrad mit einem Kindersitz und einer Plastiktüte über dem Sattel, warum sollte es nicht Sidsels sein? Als sie es leid wurde, die Stunden an ihren Fingern abzuzählen, ergänzte sie die CEST auf ihrem Telefon, und die neue Aufmerksamkeit auf die Zeitverschiebung führte dazu, dass ihre Westküsten-tage mondartig wurden, die Nächte dünn und falsch. Im gleichen Takt, in dem alles die Farbe verlor, wurde Ea von einem bislang nicht gekannten Mitteilungsdrang erfasst. Sie, die seit ihrer frühen Jugend keinen einzigen ehrlichen Brief mehr geschrieben hatte, formulierte lange Mails und Nachrichten, brachte es dann aber doch nicht über sich, sie abzuschicken. Die Textblöcke mutierten zwischen ihren Fingern, bis nichts anderes mehr übrigblieb als Bröck-chen, verkrampfte Versuche der Kontaktaufnahme. Natür-lich musste sie sich fragen, ob das nicht ein einziges großes Ablenkungsmanöver war, der ungeschickte Versuch ihres Bewusstseins, ihre *eigentliche* Entbehrung, ihre *eigentliche* Sehnsucht zu überspielen.

Und als die sonst so abgefuckte, durch und durch ver-wirrte Sand ihre neuerlangte Seligkeit auf einen Besuch bei Beatrice zurückführte, war Ea verzweifelt genug, den Ver-such zu wagen. Sie hätte alles darum gegeben, ein kleines bisschen von jener Ruhe zu spüren, die sie in Sands grünen Augen zu erkennen geglaubt hatte.

Wie naiv ihr das jetzt vorkommt!

Ea legt den Arm über ihre Augen und lacht bitter, denn da sind sie wieder, die Stimmen. Ganz nah und ganz fern, aber zweifellos da.

Ob es sich so anfühlt, wenn man allmählich verrückt wird?

**

Das Lachen lässt Coco zögern. Sie wollte sich gerade wieder neben Ea auf die Bank setzen, aber jetzt ist sie nicht mehr sicher. Soweit sie sehen kann, gab es keinen Grund zum Lachen. Außer ihnen beiden ist niemand mehr in der Sauna. Coco bleibt stehen, wo sie ist, ein paar Meter von dem Menschen entfernt, den sie erst als eine Fortsetzung ihrer Pädagogen betrachtete, dann als eine lustige und hübsche große Schwester und jetzt als … ja, was jetzt? Als einen Teil ihres Vaters, wie die Puppe, die sie von ihrer Großmutter geschenkt bekam, die auch unterhalb des Kleides einen Kopf hat. Aber an keinem Ende Beine. Es ist schon in Ordnung, versehentlich zu spionieren, aber richtig angenehm ist es ihr trotzdem nicht.

»Weißt du noch, dass ich dachte, du würdest Øre heißen, als ich klein war?«

Ea setzt sich mit einem Ruck auf, ihr Gesicht ist im Halbdunkel schmal und weiß wie ein Stück Toastbrot.

»In gewisser Weise wünschte ich, ich würde Øre heißen.«

»Warum?«

Coco klettert auf die Bank. Eas Haut riecht nach Chlor

und nach der Creme, die sie benutzt. Coco fällt auf, dass sie Hunger hat. Ihr Bauch ist ein leerer Eimer. Ea hat ihr versprochen, dass sie anschließend ins *Buttermilk* gehen. Was für ein Glück, was für ein Glück, so wurde dem Tag ein goldener Faden eingewoben.

»Warum nicht?«, fragt Ea.

»Weil Øre kein Name ist.«

»Wenn ich so hieße, wäre es einer.«

Coco verdreht die Augen, lässt sich aber trotzdem an Eas feuchte Schulter ziehen. Der Kuss fühlt sich so leicht an wie ein Schmetterling in ihrem Haar. Ein Mund, der landet und im selben Moment wieder abhebt.

＊

Charlotte

Am Ende habe ich es akzeptiert, ein Mensch zu sein, der handfestere Beschäftigungen bevorzugt.

Was?

Ich wusste es! Du hörst überhaupt nicht zu.

Ich habe den Faden verloren. Bitte entschuldige. Das meine ich ernst. Entschuldige.

Er legt die Hand auf mein Knie. Sein Gesicht ist lang wie eine Maske, die Wangen sind grau und eingesunken, die Augen wässrig.

Eigentlich siehst du schrecklich aus, sage ich.

Na hör mal.

Aber es stimmt. Ich habe dich gar nicht so in Erinnerung. So ... verschrumpelt.

Und du?

Ich fahre mir mit der Hand über das Gesicht, aber es fühlt sich genauso an wie immer, glatt und voll.

Du siehst krank aus, das meine ich nur. Wie ist das eigentlich passiert?

Kann das denn nicht egal sein?

Er zieht die Hand von meinem Bein zurück. Verletzt.

Hinter uns sondert die Membran ihre seltsamen Geräusche ab. Ein Rauschen, so sanft wie Wellen oder so bedroh-

lich wie das Summen eines Wespennests, das man gerade mit Gift bespritzt hat.

In einem Versuch, die Stimmung aufzulockern, frage ich:

Erinnerst du dich noch an die erste Wohnung, in die wir gemeinsam gezogen sind?

Troels nickt, lächelt vor sich hin.

Die Einzimmerwohnung in der Ryesgade, mit einer Toilette auf dem Gang. Es hat jedes Mal anders gerochen, wenn ich von der Universität nach Hause kam. Nach Brombeermarmelade oder gerösteten Haselnüssen, nach Farbe oder Waschbenzin. Stoffreste lagen über den Boden verteilt, und der Esstisch war mit Bildern übersät, die du ausgeschnitten hattest, um deine Collagen daraus zu basteln. Die Molke des selbstgemachten Käses tropfte durch ein Tuch in eine Schüssel, und auf dem Herd stand der gelbe, gusseiserne Topf mit dem Fond, den du aus den Knochen kochtest, die der Metzger dir immer beharrlich schenkte. Verliebt wie er war.

Glaubst du?, frage ich und versuche, mir das lüsterne, geistlose Gesicht des jungen Mannes in Erinnerung zu rufen.

Ich weiß es.

Jedenfalls, sage ich, wenn ich jetzt daran denke, steht fest, dass ich meine Jugend und einen großen Teil meines Erwachsenenlebens damit verbrachte, die Welt umzupflügen, auf der Jagd nach etwas, was ich mein Eigen nennen konnte. Es war, als säße alles, wofür ich mich zu interessieren und womit ich mich zu beschäftigen behauptete, genauso lose wie die gelben und blauen und pinkfarbenen Stoffstücke, die die Federn in Eas Papageienkostüm darstellen sollten, befestigt mit Stecknadeln, an denen man sich stach. Im Gegensatz zu dem Kostüm, an das ich, nebenbei bemerkt, in der Nacht vor Karneval noch ein letztes Mal meine geschwollene Hand anlegte, hochschwanger mit unserer zweiten Tochter, geplagt von Ödemen und Sodbrennen, verlieh mir niemand eine endgültige Form. Mein Leben war ein Zufall nach dem anderen, bis es, aufgrund der Menge an Zufällen, so aussah, als wäre genau das beabsichtigt – oder als hätte es zumindest beabsichtigt sein können. Schau an, jetzt sind wir schon wieder bei den Zufällen.

Ich habe dich beneidet, Charles, aber das glaubst du mir sicher nicht.

Verstehst du, sage ich ein wenig ungeduldig, weil ich merke, dass ich ganz dicht an einer Sache dran bin, an einer Art Kern. Mein ganzes Leben über war ich in einem nervenaufreibenden Zwischenraum zwischen Arbeit und Spiel gefangen, genau wie der Otter.

Troels runzelt die Stirn.

Der Otter?

Ja, sage ich, wenn er seine Muscheln gegen einen Stein schlägt, um an den guten, salzigen Inhalt zu kommen, es aber gleichzeitig auch nicht lassen kann, sie in die Luft zu werfen und wieder aufzufangen.

Und dann schweigen wir.

Das blanke Tier wie ein Siegel im weichen Lack unserer Vergangenheit. Jetzt wird er fest. Jetzt haben wir keinen Zugang mehr.

18
Bee

Auf der letzten Hälfte der Strecke wird die Umgebung mit jedem Kilometer, den sie zurücklegen, sichtlich wohlhabender, und Bee muss Fifi schließlich darum bitten, nicht mehr so irritierend verzückt zu seufzen.

»Es ist doch nicht zu fassen, dass hier wirklich jemand *wohnt*«, erwidert sie, »dass sie jeden Tag in einem solchen Haus schlafen gehen und wieder aufwachen. Ob sein Haus wohl genauso groß ist?«

»Ich glaube, in diesem Teil von Kentfield gibt es keine kleinen Häuser«, sagt Hector düster, »ich glaube, hier gibt es überhaupt nichts Kleines.«

Bee sieht ihn dankbar an. Ihr Fahrer hat bisher nur das Allernötigste gesagt. Aber er hasst sie offenbar doch nicht, wie sie es allmählich schon befürchtet hatte. Fifi redet weiter über Autos und Erker, Springbrunnen und glasierte Dachziegel, vollkommen unbeeindruckt vom mangelnden Enthusiasmus ihrer Mitreisenden. Heute kann ihr nichts etwas anhaben. Dem Anlass gemäß hat sie sich töchterlich gekleidet mit dunkelblauem Rock und einer kurzärmeligen Bluse mit Klöppelspitzenkragen, um das Ende ihres Zopfes hat sie eine Schleife mit schwarzem Seidenband gebunden. Wenn Bee ganz ehrlich ist, erinnert die Tochter sie mehr denn je an eine verhexte Porzellanpuppe, aber sie ist nicht ehrlich, nicht unbedingt, und jetzt, wo sie so kurz vor dem Ziel sind, merkt Fifi bestimmt auch, dass es nicht auf die Kleidung ankommt. Bee hatte gedacht, sie würde ihre Idee den ganzen Weg über bereuen. Doch sie tut es nicht. Es ist ein geradezu erhebendes Gefühl, so gnadenlos vom Gedanken zur Handlung überzugehen.

»Hier ist es. Hausnummer 660.«

Hector parkt das Auto am Ende einer Sackgasse, zehn Meter entfernt von dem Tor, das William Catchpooles Immobilie vom restlichen Kentfield abschirmt.

Es war also nicht einmal gelogen, dass er auf einem Berg wohnt, denkt Bee und kurbelt das Fenster herunter. Hector stellt den Motor aus. Die Luft hier oben steht still und duftet wie in einem Wald. Hinter einer Reihe Zypressen kann man die Aussicht auf den Phoenix Lake und den Mount Tamalpais erahnen. Am Straßenrand schwirren Insekten um die dichten blaulila Blütendolden der Lupinen. Nirgends ist ein Mensch zu sehen, nicht einmal Spuren von Menschen, wenn man einmal von den Zäunen absieht, die ihre zurückgezogenen Domizile umrahmen.

Bee beugt sich vor und steckt das Gesicht zwischen die Vordersitze.

»Wie machen wir das jetzt?«

»Ich glaube, es ist am besten, wenn ich allein hineingehe.«

Bee ist nicht uneins, nur überrascht, weil Fifi bisher *wir* gesagt hat.

»Bist du sicher? Ich kann dich ein Stück begleiten.«

»Nein, Mama.«

»Na gut«, Bee lässt sich auf dem Sitz zurücksinken, »aber du musst mir versprechen, dass du mich anrufst, wenn etwas ist.«

»Was sollte denn sein? Er ist mein Vater.«

Fifi öffnet den Anschnallgurt und die Tür.

»Wünsch mir Glück.«

Sie geht zur Gegensprechanlage und drückt auf die Klingel.

Was sagt sie?

Was *sagt* man?

Oh, das wird niemals gutgehen!

Für einen langen Augenblick geschieht nichts, dann teilt sich das Tor in der Mitte. Auf der anderen Seite verengt sich die Auffahrt zu einem Plattenweg, der sich durch etwas schlängelt, was man nur als Park bezeichnen kann, sogar mit Bänken und Hügeln und einer Wasserskulptur zwischen zwei perfekten Palmen. Das Haus ist von der Straße aus nicht zu sehen.

»Er macht tatsächlich auf«, murmelt Hector.

Fifi zieht eine begeisterte Grimasse und streckt ihre Daumen hoch, ehe sie durch das Tor schlüpft, das sich lautlos hinter ihr schließt.

Nach einer halben Stunde unerträglichen Schweigens im Innenraum des Autos bricht Bee ihren Vorsatz, Hector zuerst sprechen zu lassen:

»Glauben Sie, es ist eine schlechte Idee? Wenn er jetzt wütend wird. Vielleicht hätten wir ihn trotzdem vorwarnen sollen.«

»Das hätte man durchaus machen können.«

Bee sieht ihn entsetzt an.

»Arme Fifi, sie wird so enttäuscht sein, wenn er sie nicht wenigstens kennenlernen möchte. Er bekommt bestimmt einen Schock.«

Hector öffnet die Tür, bleibt aber sitzen.

»Erst mal abwarten«, sagt er, »noch hat er sie nicht hinausgeworfen. Menschen können überraschen.«

Ist das eine Andeutung?

Hat Bee Hector überrascht?

Sie wünschte, ihr würde etwas Angenehmes oder Interessantes einfallen, das sie ihm sagen könnte. Irgendetwas, das ihn vergessen lässt, dass er einen sonnigen Sonntagvormittag damit vergeudet, in einem Auto mit einer Frau mittleren Alters zu sitzen, weil sie ihn am Telefon angefahren hatte.

»Sie wirkte gar nicht wütend.«

Bee blinzelt verwirrt.

»Ihre Tochter. Sie hatten gesagt, sie wäre wütend auf Sie. Wegen irgendeiner Besprechung?«

»Ach so, nein«, antwortet Bee. »Nein, sie ist nicht mehr wütend. Das ist das Problem an Fifi. Sie verzeiht viel zu leicht.«

Bee hofft, dass er versteht, wie das zum Problem werden kann. Und vielleicht versteht er es tatsächlich, denn jetzt wechselt er das Thema und fragt, ob sie je in Erwägung gezogen habe, diesem Catchpoole von seinem Kind zu erzählen.

»Nie«, sagt Bee, übereinstimmend mit der Wahrheit, oder mit der Vergangenheit, wie sie ihr in Erinnerung geblieben ist, »ich hatte das Gefühl, Seraphina wäre zu *mir* gekommen. Seine Lebenswelt erschien mir so bizarr, so kalt. Damals hatte ich noch nie einen Computer benutzt, und dieser Mann saß da und sprach über sie, als wären diese Maschinen das Einzige, was zählte. Außerdem waren wir nur einmal zusammen im Bett. Es hätte sein Leben nur unnötig verkompliziert. Haben Sie Kinder, Hector?«

»Eine Tochter.«

»Dann wissen Sie also, dass Kinder alles komplizierter machen. Wie alt ist sie?«

»Neun.«

»Ach, neun. Das ist ein gutes Alter. War man mit neun nicht immer glücklich? So erinnere ich mich jedenfalls daran.«

»Hm«, sagt Hector, »ich war nicht gerne Kind. Ich habe meine Kindheit größtenteils damit verbracht, vom Erwachsenwerden zu phantasieren.«

»Hat es denn Ihren Erwartungen entsprochen?«

»Meistens ja.«

Er streicht sich mit der Hand über den Bart, ehe er gedämpft hinzufügt:

»Aber es ist extrem, oder, das Elternsein? Keiner erzählt einem, wie es ist, jemanden so zu lieben. Was für eine Angst man vor allem hat. Erst nachdem ich Coco bekam, fiel mir auf, wie krank die Welt ist. Wie gefährlich die Menschen sind. Es hat mich wahnsinnig gemacht, an all die schrecklichen Sachen zu denken, die ihr zustoßen könnten, wenn nicht jetzt, dann später. Meine Exfrau hat das gehasst, und ich verstehe sie gut, aber was sollte ich machen? Ich konnte nicht aufhören, mir vorzustellen, was alles nur darauf wartet, mein Kind zu zerstören.«

»Haben Sie sich deshalb getrennt?«

»Ja, teilweise. Um Cocos zweiten Geburtstag herum wurde mir klar, dass die Kälte, die zwischen uns entstanden war, von Dauer sein würde. Ihr ging es mehr oder weniger ähnlich. Dann ließen wir uns scheiden. Genau dann, wenn man denkt, jetzt würde alles anfangen.«

Bee erhascht seinen Blick im Rückspiegel. Die Augen unter dem Schatten seiner Mütze sind engstehend und dunkel, umkränzt von langen Wimpern.

»Ich war eine schlechte Mutter«, sagt sie. »Anfangs habe ich mir noch Mühe gegeben. Das tun wohl alle, aber bei mir war es so, als würde ich nur falsche Entscheidungen treffen. Ich führte uns auf gefährliche, dunkle Abwege, die nichts für ein Kind sind. Mit meiner Idee von einem glücklichen Leben konnte sie unmöglich glücklich werden, obwohl sie sich *wirklich* anstrengte. Irgendwann habe ich aufgegeben und sie ihrer Großmutter überlassen. Meine Mutter hat glücklicherweise noch intakte Instinkte. Das ist die einzige gute Entscheidung, die ich je für meine Tochter getroffen habe.«

Hector sitzt eine Zeitlang da, ohne etwas zu sagen, dann dreht er sich zu ihr um.

»Sie geben es zu. Das können nicht viele.«

Bee schnaubt.

»Wenn man sich erst einmal daran gewöhnt, sich selbst gegenüber ehrlich zu sein, ist es nicht mehr so schlimm. Das ganze Komödienspiel ist doch viel zermürbender. Durch meine Arbeit begegne ich so vielen unterschiedlichen Menschen, die alle in ihrem Leben gefangen sind, in mehr oder weniger metaphorischem Sinne. Und das Beste, was ihnen passieren kann, ist, nicht mit demjenigen sprechen zu können, mit dem sie unbedingt meinen sprechen zu müssen. Dass sie endlich damit aufhören, sich selbst zu belügen und –«

Bee verstummt, denn jetzt gleitet das Tor auf, und Fifi kommt heraus, neben ihrem Vater, mit einer Miene wie ein Kind, das sich gerade den größten und glänzendsten Ballon von allen aussuchen durfte. William Catchpoole winkt in Richtung des Autos, beeilt sich aber, die Hand schnell wieder in die Tasche seiner Shorts zu stecken. Bee lächelt erstaunt, denn jetzt erinnert sie sich ja doch sehr gut an ihn! Die Jahre haben sein sommersprossiges Gesicht weicher gemacht, und das einst so flammende rote Haar ist zu einer grauen Sandfarbe verblasst. Aber sein Lächeln ist noch genauso jungenhaft wie damals auf der windigen Terrasse. Er gleicht dem, was er ist, denkt Bee: ein sehr wohlhabender Computernerd Anfang fünfzig.

»*Here comes the bride*«, sagt Hector und öffnet seinen Sicherheitsgurt.

Fifi kann gar nicht mehr aufhören zu erzählen, und als sie alles erzählt hat (so viel konnte in der kurzen Zeit gar nicht passiert sein), fängt sie wieder von vorn an und hebt jedes Mal ein neues Detail hervor: seine Reaktion, als sie ihr Anliegen vorbrachte, die Haushälterin Ally, die keine Spur überrascht schien, sie zu sehen, die Kamine und das Walnussparkett, den Pool oder die unglaubliche Geschichte von der Reise nach Italien.

»Er hätte genauso gut schon abgereist sein können! Nur eine Stunde, dann wären wir zu spät gewesen.«

William war, wie er auch Beatrice und Hector bedauernd erklärte, im Aufbruch zum Flughafen begriffen gewesen, als Fifi geklingelt hatte. Er wolle nach Venedig reisen und von dort aus weiter nach Rom und Florenz. Es sei ein Urlaub, den er schon lange geplant habe. Der Flug gehe in wenigen Stunden, sonst hätte er sie alle zu sich eingeladen. Bee zweifelte nicht daran, dass er es ernst meinte. Er schien, so seltsam das klingen mochte, tatsächlich froh, sie drei zu sehen.

»Sein Koffer war soo klein«, sagt Fifi und zeigt mit den Händen, was sie meint, »mal im Ernst, halb so groß wie meiner, nein, noch kleiner. Ich habe gefragt, ob er vorhätte, alle Klamotten erst vor Ort zu kaufen, aber er sagte, er lege Wert darauf, mit leichtem Gepäck zu reisen.«

»Das klingt wie der Satz eines sehr reichen Mannes«, bemerkt Hector, ohne den Blick von der Straße abzuwenden.

Fifi sieht ihn verletzt an.

»Warum sagen Sie das?«

»Weil ich finde, dass es stimmt. Daran ist doch nichts verkehrt.«

»Wollte er allein verreisen?«

Fifi zieht eine traurige Miene.

»Ja, was das angeht, bin ich mir ziemlich sicher. Er hat sich vor drei Jahren scheiden lassen. Seine Frau und er waren ein Paar, seit sie sich an der Universität kennengelernt haben. Sie hat die beiden Katzen mitgenommen, als sie ausgezogen ist, jetzt wohnt er also ganz allein dort. Er überlegt, das Haus zu verkaufen, weil er höchstens zehn Prozent davon täglich nutzt. Der Rest steht leer, außer wenn Ally einmal in der Woche kommt und alles saubermacht.«

Hector gibt ein prustendes Geräusch von sich.

»Und das alles hast du in weniger als einer halben Stunde aus ihm herausbekommen?«

Fifi überhört seinen spöttischen Tonfall.

»Ich glaube, so funktioniert das, wenn man miteinander verwandt ist. Die Verbindung existiert sozusagen schon vorher. Aber jedenfalls, was ich eigentlich sagen wollte: Er hat mir versprochen, sich bei mir zu melden, sobald er wieder im Lande ist. Ich habe vor, ihn zu Oma einzuladen«, sagt sie und sieht aus dem Fenster, »ich würde ihm gerne zeigen, wo ich aufgewachsen bin.«

Stimmt nicht ganz, denkt Bee, als sich Hector auf den Highway 101 einfädelt, der sie über die Brücke und zurück in die wirkliche Welt führt. Du willst ihm zeigen, wo du am liebsten aufgewachsen wärst. Aber es ist dein Vater. Du entscheidest.

Bees Handy vibriert. Die Kundin vom letzten Donnerstag möchte wissen, ob sie Zeit für ein Telefonat hätte. Es sei dringend.

Vermutlich geht es um eine Beschwerde. Geld zurück und in ein paar Tagen noch eine gemeine Internetbewertung.

Selbstverständlich. Sie können mich heute Abend anrufen.

Deprimiert drückt Bee auf Senden.

Doch während sie dort sitzt und all ihre unbehaglich konkreten Probleme näher kommen sieht, bereut Beatrice nichts, und was würde es auch helfen? Gleichzeitig ist ihr vollkommen klar, dass ihr eigenes und Fifis Leben ein wenig anders ausgefallen wären, wenn sie nicht so lange damit gewartet hätte, ihrer Tochter einen Vater zu geben.

19
Sidsel

Es gießt wie aus Kübeln, und abgesehen von der Jugendlichen, die erschrocken bestätigt, dass das Meer in dieser Richtung liegt, ehe sie ihre Kopfhörer wieder unter der Mütze ins Ohr schiebt und ihren Wattebauschhund herbeiruft, weiß niemand, dass Sidsel genau in diesem Moment den Bürgersteig verlässt und den matschigen Weg betritt, während sie das Handy als Lichtquelle vor sich hält. Laut Google Maps führt der schnellste Weg vom Bahnhof quer durch den Wald, und obwohl es höchstens zehn Minuten ausmachen kann, hat Sidsel nicht vor, Zeit zu vergeuden. Sie hätte den jungen Flughafenangestellten erwürgen können, als er mit unbeirrbarer Liebenswürdigkeit wiederholte, was sie bereits wusste, aber nicht akzeptieren wollte: dass sich ein technischer Defekt vor das Wiedersehen mit Laura geschoben hatte und die Wartezeit um vier unerträgliche Stunden verlängerte. Es tut uns leid, sagte der Mann und wandte sein Lächeln von ihrem Gesicht ab und dem nächsten Passagier in der Schlange zu. Sie verließ den Schalter mit Händen, die vor Zerstörungswut brannten, und einem Gutschein, der für eine Flasche Wasser und einen griechischen Salat reichte. Als sie an einem hohen, abgerundeten Tisch in der Nähe des Gates gegessen hatte, waren sechzehn Minuten vergangen. Die restliche Zeit verbrachte sie in einem Zustand der Unentschiedenheit, ließ sich durch die Läden im Terminal treiben, bis ein Großteil des Sonntags vergeudet hinter ihr lag und sich das Flugzeug endlich auf dem Rollfeld in Bewegung setzte.

Das Licht des Bildschirms trifft die Erde und die nächstgelegenen Bäume wie ein Projektor, und nachdem sie ein paar Minuten gelaufen ist, steckt sie das Handy wieder ein. Es gibt keinen Grund, Angst zu haben. Die Dunkelheit und die glatten grauen Buchenstämme umgeben sie auf eine nicht bedrohliche Weise. Die Knospen der Bäume riechen frisch, nach Nüssen, und überall um sie herum tickt und rieselt das Regenwasser in seinen Rillen. Ein Wald in der Nacht! Wie leicht man doch vergessen kann, dass es so etwas gibt, nachdem man fast den ganzen Tag an einem Flughafenterminal verbracht hat. Frühjahr, Dunkelheit, Stille. Doch es ist kein großer Wald, und schon bald lugen die Lichter vom Strandvejen zwischen den Bäumen hervor. Sidsel bleibt am Waldrand stehen und zieht erneut ihr Handy zu Rate, dann biegt sie rechts ab und setzt ihren Weg in südlicher Richtung an der Küste entlang fort.

Der pulsierende blaue Punkt, der Sidsel symbolisiert, bewegt sich durch die digitale Landschaft. Noch 458, 450, 410, 380, 320 Meter bis zum Ziel und zu Laura, die auf dem Sofa eingeschlafen ist, weil sie so verkrampft wach bleiben wollte, bis ihre Mutter nach Hause kam, dass Niels es aufgegeben hatte, sie vom Gegenteil zu überzeugen. Jetzt hebt er das schlafende Mädchen in seine Arme und trägt es ins Bett. Laura entgleitet seinen Händen wie feiner Sand, schmatzt und schläft weiter. Draußen in der Küche wartet der Abwasch des Wochenendes. Niels krempelt die Ärmel hoch und sieht pfeifend zu, wie das Wasser in eine Schüssel mit eingetrockneter Sahne fließt. Der blaue Punkt biegt in den Gartenweg ein, geht am Speisesaal und den Gemeinschaftsbereichen vorbei, ehe er vor der Nummer elf stehen bleibt und von der Karte verschwindet. In Barbaras Arbeitszimmer weckt die schrillende Klingel Phillip aus seinem Dämmerschlaf. Er kommt aus dem Bett und zum Fenster, schiebt die Jalousie beiseite. Eine Frau tritt von der Treppe zurück und sieht sich im Garten um. Für einige Augenblicke starrt Phillip fassungslos das regennasse Gesicht an. Die schweren Augenlider, der runde, leicht nach unten gebogene Mund. Dann fällt ihm wieder ein, was Niels gesagt hat: Sidsel. Aus London. War sie ihrer Mutter immer schon so ähnlich, oder ist das erst mit dem Alter gekommen? Sie macht eine ungeduldige Bewegung in Richtung der Tür, die im selben Moment geöffnet wird. Die gedämpften Stimmen der beiden Geschwister erfüllen den Flur, und Phillip lässt sich wieder auf die Matratze sinken, erschöpft vom Schock und seinem haarsträubenden Irrtum.

»Sie liegt hier drin«, sagt Niels, schiebt Sidsel vor sich durch die Tür und einen kurzen Flur hinab und bleibt vor einer geschlossenen Tür stehen, »ich bin in der Küche.«

Als das Licht die hintere Wand trifft, jammert Laura im Schlaf. Sidsel atmet erleichtert auf, denn da ist sie ja: warm und wirklich. Die vergangenen Tage haben sie nicht verfälscht. Sie legt sich neben ihre Tochter auf das Bett und streicht das Haar aus ihrem feuchten Gesicht. Die Wärme ihres offenen Mundes trifft in kleinen, rhythmischen Atemstößen ihren Hals, und Sidsel registriert, wie sich das Gefühl der Dringlichkeit, das sie in den letzten Stunden getrieben hat, auflöst und verschwindet. Weg ist der Drang, Laura zu verschlingen, sie mit einem dicken Tau und vielen Knoten an sich zu binden und nie wieder loszulassen.

Sie haben nichts verloren.

Alles ist noch genau so wie kurz zuvor.

Sidsel bleibt liegen, bis sich ihre Augen an die Dunkelheit gewöhnt haben, dann dreht sie eine Runde in dem sparsam möblierten Zimmer. Im Kleiderschrank liegen nur einige wenige Klamotten und ein Stapel Handtücher in verschiedenen Farben. Abgesehen von den Büchern und der französischen Parole, die an der Wand über dem Schreibtisch hängt, deutet nichts darauf hin, dass Niels hier wohnt und nicht ein älteres, wohlhabendes Paar. Ihr kleiner Bruder könnte sein Leben in zehn Minuten zusammenpacken; alles, was er besitzt, passt in den wasserdichten Rucksack, der in einer Ecke steht und auf den nächsten Anfall von Rastlosigkeit wartet. Sidsel schließt den Schrank wieder. Falls sie je einen Grund dafür erfahren hat, warum Niels zurzeit in einer exklusiven altengerechten Wohnung am Charlottenlund Fort wohnt, kann sie sich nicht mehr daran erinnern. Seine chronisch unsichere Wohnsituation ist ein Anlass für wiederkehrende Diskussionen zwischen ihnen, und Niels rückt kein Stück von seinem Standpunkt ab. Im Gegensatz zu seinen Schwestern möchte er nichts mit dem Erbe zu tun haben, und er hat das Geld nur deshalb noch nicht gespendet, weil er der Meinung ist, Sidsel solle es haben. Nimm die Motte aus dem Kindergarten, und geh ein Jahr mit ihr auf Reisen, sagt er, wenn sie ihn darauf anspricht, und dann treffe ich euch da draußen irgendwo.

Das klingt schön, aber natürlich kann sie es nicht machen.

Sidsel ist sich nicht einmal sicher, ob sie es wollen würde. Außerdem beruhigt es sie, dass er auf etwas zurückgreifen kann, falls sich seine Ideale eines Tages als nicht haltbar erweisen.

Letzteres behält sie klugerweise für sich.

»Als Dank für deine Hilfe«, sagt sie und überreicht ihm den schwarzen Beutel mit Schnürverschluss und den in Gold geprägten Initialen des Museums. Er schüttelt den Inhalt in seine Hand und sperrt theatralisch die Augen auf. Er war schon immer furchtbar schlecht darin, Geschenke anzunehmen.

»Na so was, ein Skarabäus.«

Sidsel lacht resigniert.

»Das ist ein Magnet.«

»Jetzt brauche ich nur noch einen eigenen Kühlschrank. Ist der für Laura?«, fragt er, entwendet ihr den uniformierten Bären und lässt sich aufs Sofa fallen.

»Das war der Süßeste von allen …«

»Echt jetzt, das ist doch wirklich pervers. Irgendjemand muss ihr erklären, dass die Polizei vom Staat dazu eingesetzt wird, die Unterdrückung des Individuums zu sichern und die Bevölkerung in eine entpolitisierte Masse zu verwandeln. Sonst darf sie ihn nicht haben.«

»Das steht alles auf der beiliegenden Karte«, sagt Sidsel nur knapp und nimmt ihm den Bären wieder weg, »und jetzt fällt mir ein …«

Sie holt das Medikament aus ihrer Tasche und legt die Schachtel neben den Skarabäus auf den Tisch.

»Mebendazol?«

»Gegen Madenwürmer, aber es ist nicht sicher, dass du sie hast. Es sind nur drei Tabletten. Eine jetzt und dann im Abstand von jeweils einer Woche.«

»Da hätte ich ja fast lieber den Bullenteddy«, murmelt er und dreht die Schachtel zwischen seinen Fingern.

»Der Apotheker hat gesagt, alle Erwachsenen, die regelmäßig in dem betroffenen Haushalt verkehren würden, sollten eine Kur machen. Es tut mir leid. Sie haben es im Kindergarten.«

»Das ist ja nicht deine Schuld, und ich werde sie schon nehmen«, sagt Niels.

»Du bist lieb. Danke.«

Sidsel sieht sich im Wohnzimmer von Phillips Oma um. An der Wand über dem Sofa hängt ein echter Lundstrøm. Die nackte Frau ist mit breiten, sicheren Pinselstrichen gemalt. Sie wirkt stark wie ein Baum, der eine Fuß ruht auf einem Schemel, eine Hand an der Hüfte. Doch ihr Gesicht ist leer wie ein Ei. Es gibt weder Augen oder Nase noch Mund.

»Wir haben Efie besucht.«

Sein Blick ist nicht so herausfordernd wie seine Stimme, aber neugierig; kindlich gespannt darauf, wie sie reagieren wird.

»Wann?«

»Gestern. Ich hatte es ihr schon lange versprochen. Bevor ich wusste, dass ich auf Laura aufpassen würde.«

Elisabeths Geburtstag. Natürlich. Sidsels Telefon hatte sie beim Frühstück im Hotel daran erinnert, sie konnte sich nicht überwinden, die jährlich wiederkehrende Erinnerung zu löschen.

»Wir haben doch gestern Abend telefoniert. Warum hast du es mir nicht da schon erzählt?«

Niels holt Tabak hervor und dreht eine Zigarette.

»Du hast so geklungen, als hättest du anderes im Kopf. Soll ich dir auch eine drehen?«

Sidsel schüttelt den Kopf. Sie ist nicht wütend. Auf eine Art ist sie sogar erleichtert, dass es passierte, ohne dass sie die Möglichkeit hatte, Stellung zu beziehen.

»Was hast du Laura gesagt?«

»Ich habe es einfach so gesagt, wie es war. Dass wir meine Tante besuchen, weil sie Geburtstag hat. Das fand sie nicht weiter merkwürdig. Und dann haben wir Plunder gegessen und Saft getrunken, was ihr erstaunlicherweise auch gefallen hat. Und Efie hat sich gefreut, sie zu sehen.«

Sidsel schaut an ihm vorbei, in das weggewischte Gesicht der Frau.

»Möchtest du wissen, wie es ihr geht?«

»Eigentlich nicht, nein.«

Niels räkelt sich geräuschvoll und springt vom Sofa auf.

»Damit hatte ich auch nicht gerechnet.«

»Wo willst du hin?«

»Rauchen. Komm mit raus, und leiste mir Gesellschaft, wenn du Lust hast. Es regnet auch nicht mehr.«

Sidsel bleibt sitzen und spürt, wie die Kälte von der offenen Tür um ihre Fesseln schleicht. Dann steht sie auf und zieht eine Jacke an.

Er steht mit dem Rücken zu ihr in der Mitte des Hofs. Schmal und hart.

Niels war noch ein Kind, als ihr Vater starb. Elisabeth war die einzige Erwachsene, die er noch hatte.

Das weiß sie ja, aber was soll sie machen?

So etwas verzeiht man nicht einfach so.

Ihre Tochter. Das Liebste, das *Einzige*, was sie hat!

Sie tut es nicht.

Sie kann es nicht.

Nicht einmal ihm zuliebe.

»Hey, habe ich eigentlich erzählt, was mit der Büste passiert ist?«, fragt sie und fegt dicke Regentropfen von einem Gartenstuhl. »Sie war gar nicht umgefallen, so wie ich dachte.«

Sie trägt dick auf. Macht die Schäden schlimmer, als sie waren, und genau wie Loretta ahmt sie die Armbewegung nach und ist wie immer dämlich stolz darauf, Niels zum Lachen zu bringen. Als Kinder wetteiferten Ea und sie immer darum, und weil die Schwester hübscher und ungezwungener war als Sidsel, gewann Ea in der Regel.

»Im Ernst?«, sagt er und wischt sich die Augen, »wie dämlich. Muss man für so etwas Strafe zahlen?«

»Nein. Das Museum ist versichert.«

Niels drückt seine Zigarette auf dem umgedrehten Blumentopf aus.

»Aber man darf annehmen, dass sie sich schämen. Wie dem auch sei. Ich mache mich auf.«

»*Jetzt?* Wo willst du denn hin?«

»Weiß ich noch nicht. Einfach nur raus. Ich bin es nicht gewohnt, für mehr als ein paar Stunden am Stück die Verantwortung für ein Kind zu übernehmen. Ich muss nur eben –«

Er schüttelt sich wie ein Hund, der Flöhe hat.

»Okay. War es so schlimm?«

»Nein, verdammt, so darfst du das nicht verstehen.«

»Aber können wir uns morgen noch verabschieden?«

Niels zupft seinen Schal zurecht.

»Wenn nicht, komme ich im Lauf der Woche noch mal bei euch vorbei. Ich schulde ihr auch noch eine Partie *Stern von Afrika.*«

»In Ordnung«, sagt sie, »dann viel Spaß.«

Wie es wohl wäre, so zu sein.

So frei.

Sidsel weiß, dass nicht alle dieser Belastung standhalten, und sie hofft, er gehört zu denjenigen, die es schaffen. Sie bleibt auf dem Treppenabsatz sitzen, bis sie seine Schritte auf dem Kies nicht mehr hören kann, dann geht sie hinein, holt ihren Kulturbeutel und tastet nach dem Lichtschalter im Bad.

»Entschuldigung.«

Sie erkennt ihn nicht gleich. Phillip war immer schon dünn, aber jetzt würde sie ihn ohne Zögern als mager bezeichnen. Seine dichten schwarzen Locken reichen bis zur Schulter, und er hat sich einen wirren Bart wachsen lassen. Der Kragen des Bademantels liegt wie eine Stola um seinen Hals und unterstreicht das Unzeitgemäße seiner Erscheinung.

»Ich glaube, deine Tochter ist wach«, sagt er und deutet mit dem Daumen hinter sich, »ich habe sie vor kurzem rufen hören.«

Sidsel bedankt sich bei ihm und eilt zu Laura, die sich von der Decke freigestrampelt hat, aber wie ein Stein schläft. Als sie ins Wohnzimmer zurückkehrt, sitzt Phillip auf dem Sofa und isst mit der Gabel ein Stück Torte. Sidsel setzt sich neben ihn. Sein Schweißgeruch ist intensiv, aber eigentlich nicht unangenehm.

»Wer hat denn die Torte gebacken?«, fragt sie.

»Niels und Laura. Sie haben meinen Geburtstag drei Monate zu früh gefeiert, mit Flagge und Ballons und allem Tamtam. Ich glaube, das war Lauras Idee. Die schmeckt richtig gut, willst du mal probieren?«

»Ja, gern.«

Cosmo verschwindet in der Küche und kommt mit der ganzen Torte und zwei Bierdosen auf einem Tablett zurück. Sidsel verschlingt gierig die süßen Tortenböden und die kalte, fettige Creme. Seit dem Salat am Flughafen hat sie nichts mehr gegessen.

»Aber wie geht es dir eigentlich«, fragt sie, als sie fertiggekaut hat, »Niels hat gesagt, du bist nicht ganz auf der Höhe.«

»Sagt er das?«

Phillip rollt die Bierdose zwischen seinen Handflächen hin und her und scheint zu überlegen, was er ihr zumuten kann.

»Ich weiß nicht, ob du weißt, dass ich in New York war.«

»Um auf die Musikschule zu gehen. Niels hat es erzählt.«

»In der ersten Zeit habe ich beim Freund eines Freundes übernachtet, aber dessen Freundin war im achten Monat schwanger, deshalb waren sie stark daran interessiert, dass ich mir etwas anderes suche. Die Freundin kannte jemanden, der jemanden kannte, der ein Zimmer in einer WG in Harlem untervermietete. Dort wohnten noch zwei andere Leute. Ein Italiener und eine Iranerin, perfekt, dachte ich. Ich wollte am liebsten nicht allein wohnen, und Leila und

Matteo wirkten in Ordnung, bis mir auffiel, dass sie weder mit mir noch miteinander redeten. Sie benahmen sich beide, als wären sie allein. Nichts mit guten Morgen oder wie war dein Tag oder *irgendwas.* Wenn sie von der Arbeit nach Hause kamen, gingen sie direkt in ihre Zimmer. Wir drei konnten in der Küche stehen und unser jeweiliges Abendessen zubereiten, ohne ein einziges Wort zu wechseln. Ich glaube, den beiden war es einfach lieber so, aber ich wurde davon ganz komisch im Kopf. Ich bildete mir ein, dass alle etwas wüssten, was ich nicht wusste. Und dass sie sich deshalb so benahmen. Eines Abends, als ich spät von einem Konzert nach Hause kam, war ich plötzlich überzeugt, in den Lampen im Treppenhaus wären Überwachungskameras versteckt und sie wären dafür installiert worden, mich im Auge zu behalten. Da habe ich meine Fahrradpumpe genommen und sämtliche Lampen zerschmettert. Alles war voller Scherben. Danach bin ich natürlich rausgeflogen. Die Leute waren ja richtig erschrocken. Ich hatte keinen Ort, wo ich hinkonnte, deshalb habe ich am Ende in einem Proberaum in der Schule geschlafen. Die Putzleute haben mich entdeckt, und irgendjemand muss meine Eltern angerufen haben. Barbara hat mir dann angeboten, dass ich hier wohnen könnte, bis ich etwas Besseres gefunden habe.«

»Du liebe Güte«, sagt Sidsel, »wann ist denn das alles passiert?«

»Ich bin Anfang des Jahres zurückgekommen.«

»Und jetzt? Hast du was Besseres gefunden?«

Phillip massiert seine haarigen Knie, die unter dem Bademantel hervorragen.

»Das weiß ich auch nicht richtig. Ich versuche rauszufinden, was ich will. Weißt du, in alten Tagen war es doch so, dass der Sohn des Schmiedes Schmied wurde und der Sohn des Schreiners Schreiner. Mit mir und meinen Eltern ist es genauso. Mir war nie etwas anderes in den Sinn gekommen als die Musik. Und jetzt ist es vielleicht zu spät? Das versuche ich gerade herauszufinden.«

Sidsel würde ihm am liebsten widersprechen. Das Problem ist, dass seine Zweifel berechtigt sind.

»Manchmal denke ich, ich hätte aufs Ganze gehen sollen. So richtig durchdrehen. Das hier«, er öffnet die Arme, als wollte er seinen Körper, seine Situation und die Wohnung der Großmutter miteinbeziehen, »wirkt etwas halbherzig.«

»Ich glaube, es ist gut, dass du nach Hause gekommen bist.«

Er lächelt so sehr, dass sich sein Bart hebt. Seine Zähne sind schief, aber gesund und breit.

»Es gibt etwas, das ich dir zeigen muss.«

Phillip geht in sein Zimmer und kommt mit einem Blatt Papier wieder.

»Mein Geschenk von Laura.«

Sidsel starrt auf die Zeichnung. Laura muss zwischendurch das Interesse verloren haben, denn ein Flügel des Schmetterlings ist nicht ausgemalt. Wie all ihre Sonnen trägt auch diese eine Sonnenbrille.

»Das ist schön«, murmelt sie und spürt die Wärme hinter ihren Augen.

Ein kleiner weißer Flügel.

Ausgerechnet, dabei gäbe es so viele Sachen zu beweinen!

»Na, na«, er nimmt ihr behutsam die Zeichnung aus der Hand und legt sie auf den Tisch, »komm mal her.«

Sidsel kennt Phillip Tibbett, seit er sieben Jahre alt war. Charlotte konnte ein vernachlässigtes Kind schon von weitem erkennen, und wenn sie der Meinung war, es wäre zu viel Zeit vergangen, seit Niels ihn zuletzt mitgebracht hatte, lud sie ihn einfach selbst ein. Als er einmal lieber mit Niels und Ea ins Schwimmbad wollte als zum Gitarrenunterricht, hatte sie einfach bei seinem Lehrer angerufen und sich als seine Mutter ausgegeben. Im Gegensatz zu den meisten anderen Erwachsenen war ihr sein Talent vollkommen gleichgültig, so wie ihr Talent im Allgemeinen gleichgültig war.

Sidsel dreht den Kopf und hebt ihr Gesicht zu seinem. Ihre Lippen streifen seinen Hals. Es dauert einen Moment, bis er versteht, was sie will. Der Kuss ist höflich, fast wie eine Frage, und genau wie sie schmeckt er nach Bier und Vanillecreme.

Die Dämmerung zeichnet sich als ein hellerer Strich entlang der Gardine ab, und auf der anderen Seite des Fensters brechen die Spatzen in überschwengliches Gezwitscher aus, um dann erneut, ganz plötzlich, wieder zu verstummen. Sidsel breitet ihr Handtuch über einen Stuhl und krabbelt zu Laura ins Bett, legt den Arm um ihren quirligen Körper.

»Dein Haar ist nass«, murmelt das Mädchen und dreht sich um, so dass sich ihre Nasen berühren, »hey, Mama, wann bist du nach Hause gekommen? Dein Haar ist nass.«

Sidsel legt den Finger auf ihren Mund und küsst ihre Stirn.

»Es ist immer noch Nacht, wir müssen ein bisschen mehr schlafen. Mach die Augen zu.«

»Oh«, Laura seufzt behaglich und schiebt ihre Füße zwischen Sidsels Beine, »deine Haut ist ja ganz kalt!«

»Gute Nacht, Motte.«

»Gute Nacht. Aber ...«

Widerwillig öffnet Sidsel die Augen. Sie sehnt sich so danach, endlich schlafen zu dürfen. Laura hat sich im Bett aufgesetzt, kerzengerade wie ein Erdmännchen.

»Mama, hör mal«, flüstert sie aufgeregt, »es hat gewirkt!«

20
Curtis (und Coco)

Die Masken des Traums haben sich so sehr gelockert, dass das hässliche, laute Geräusch nach ein paar Anläufen zu ihm durchdringt und ihn schließlich ganz weckt. Curtis liegt auf dem Bauch und lauscht den Affenschreien der Möwen, die Augen lässt er geschlossen. Am frühen Nachmittag hat er wie so viele andere Schutz im Schatten einer der dickbauchigen Palmen im Dolores Park gesucht. Sein Körper fühlt sich nicht an, als hätte er lange geschlafen, eine Stunde vielleicht? Jemand raucht Pot, und der charakteristische Geruch lässt ihn aufblicken. Ein Stück entfernt teilen sich drei Jungs auf einer Bank einen Joint, während sie über die Frauen reden, die vorbeigehen. Die drei haben ihre Pullover ausgezogen, ihre schmalen Oberkörper glänzen in der Sonne, keiner von ihnen ist über fünfzehn, und dann reden sie so; die Brüste von der da, der Arsch von der anderen, was sie damit machen würden, wenn sie die Chance hätten. Lecken, stecken, stoßen. Obszönitäten. Curtis verliert schnell das Interesse. Dabei ist der eine ganz hübsch. Vergiss es. Vorbei, vorbei. Er schließt erneut die Augen und lässt den Kopf zwischen die Arme sinken, das Gras ist kühl unter seinem pochenden Kiefer. Ein kranker Backenzahn, bis auf den Knochen verfault, er hätte längst gezogen werden müssen. An den Geschmack von Kohl hat er sich gewöhnt, aber für den Schmerz, der zäh und beharrlich ist, findet er keinen passenden Ort in seinem Bewusstsein. Bald wird er aufstehen und ein paar Stunden mit dem Schild schnorren gehen. Er hat eine gute Stelle gefunden und war lange genug dort, um ihn sich anzueignen. Die meisten respektieren das. Das ist Curtis' Plätzchen, halt dich da weg. Die Mitarbeiter des Cafés sind Linke und immer noch jung genug, um ihre Ideale zu leben. Sie lassen ihn in Ruhe, bitten ihn höchstens, ein paar Meter wegzurücken oder nicht zu rauchen, wenn draußen alle Tische besetzt sind. Er hat ihnen erklärt, dass er am liebsten eine Tasse Kaffee mit Sahne und Zucker mag, wenn sie darauf bestehen, ihm etwas zu servieren. Sie begreifen nicht, dass er keinen Hunger hat, aber wenn man genauer hinschaut, sieht man, dass sich in dieser Stadt an jeder Ecke etwas zu essen findet. Die Leute kaufen immer mehr, als sie essen können.

Die Jungen brechen lärmend auf, sie haben sich ihre Pullover um die schmalen Hüften gebunden. Curtis folgt ihnen mit dem Blick auf ihrem Weg über die abfallende Rasenfläche, ihre verlangsamten, eleganten Bewegungen, die Art und Weise, wie sie vorantaumeln, unterbrochen von heftigen Lachanfällen, die sie dazu zwingen, stehen zu bleiben und die Hände auf den Knien abzulegen. Ein Stück weiter entfernt sieht eine Frau auf, und genau wie Curtis lässt auch sie die Jungen nicht aus dem Blick, ehe sie das Ende des Parks erreicht haben und auf der 18th Street nach Süden verschwinden.

»Was war denn mit denen? Waren sie betrunken?«, fragt ihre Tochter, ohne von ihrem Buch aufzusehen.

»High, glaube ich.«

Curtis lächelt, er mag sie sofort. Sie erinnern an zwei Filmstars, wie sie dort mit Sonnenbrillen auf dem Bauch im Gras liegen und aus einer großen rosafarbenen Pappschachtel etwas essen, das wie Pfannkuchen riecht.

»Komm, den Rest heben wir für deinen Vater auf«, sagt die Frau und klappt den Deckel zu. Das Mädchen öffnet ihn erneut.

»Dann hätte er eben pünktlich sein müssen.«

Die Frau pikst sie in die Seite.

»Du bist vielleicht nachtragend. Er tut ihnen einen Gefallen.«

»Es gibt immer etwas zu essen, wenn man jemandem beim Umzug hilft. So bringt man die Leute doch erst dazu zu kommen«, protestiert sie, lässt aber trotzdem die Finger von der Schachtel.

Die Frau blickt auf ihr Telefon, dann setzt sie sich auf und späht in Richtung des Weges.

»Er ist bald da. Er muss nur noch einen Parkplatz finden.«

Curtis hofft, er ist ein guter Mann.

Kein Zerstörer. In all seinen Jahren auf der Straße hat er viele Familien beobachtet, und sie sind viel zu selten glücklich. Der Anblick der beiden mit ihrer Riesenschachtel ist etwas Schönes, das er mitnehmen wird, ein Amulett für den restlichen Tag. Ach, aber dieser elende Zahn! Man könnte glauben, in seiner unteren Gesichtshälfte hätte sich der Teufel persönlich breitgemacht. Curtis unterdrückt ein Jammern und presst die Wange auf das Gras. Die entzündete Wurzel pocht, pocht, pocht wie ein Herz inmitten des Knochens.

***

Als sie die Decke zusammenrollen, ist der Schatten der Palme lang und dünn, und es gibt nichts mehr, was den Scheitel des Schlafenden vor der Sonne schützt. Die Haut hat sich schon von früheren Verbrennungen abgeschält, und unter dem Trockenen, Dunkelbraunen ist sie hellrosa wie eine Zunge.

Jetzt rufen sie ungeduldig nach ihr. Coco zählt bis drei, dann flitzt sie hinüber und stellt ihre Wasserflasche neben den Ellenbogen des Mannes. Wenn in der Zwischenzeit niemand kommt und sie sich schnappt, wird sie als Geschenk dort warten, ein richtiges Wunder, wenn er erwacht.

21
Bee / Charlotte

B ist du da? Sag mir Bescheid, ob du da bist.
Ich bin hier.

Gut.

Und bist du allein?

Er war eben noch hier.

Wer?

Mein Exmann, aber ich glaube, jetzt ist er wieder weg. Er wurde plötzlich so dünn und papierartig. Als würde er sich in Wasser auflösen. Warum? Können wir beide uns nicht einfach unterhalten?

Heute werden wir uns nicht unterhalten.

Ach was. Ich fühle mich wie ein Pferd auf der Weide, genau richtig.

Das freut mich. In Kürze werde ich dich bitten, loszulassen.

Eine Wanne, die mit Wasser und plustrigen Blumenköpfen gefüllt ist.

Du brauchst keine Angst zu haben.

Ich hatte keine Angst. Du bist diejenige, die mich erst nervös macht.

Ich bin im Auftrag deiner Tochter hier und möchte dich bitten, jetzt loszulassen, Charlotte.

Charlotte.

Charles.

Mama Lotte.

Du wirst einen leichten Schubs spüren und nachgeben.

Die man im Winter durch die Parks watscheln sah, mit den Kleinen in einer Reihe hinter sich, sie trug einen Lammfellmantel mit bananenförmigen Knöpfen, das Haar unter der Mütze zu einem Knoten hochgesteckt. Stolz und heißblütig wie eine Bärin und kampfbereit wie ein Ganter. Ihnen zuliebe war ich wie eine praktische Blüte gekleidet. In den Läden übersah ich das Schwarze und Elegante und wählte stattdessen Muster und Farbkombinationen, von denen ich glaubte, sie würden ihnen gefallen. Ich trug Schuhe, die es mir erlaubten, sofort loszulaufen, ohne umzuknicken und zu stürzen.

Ja. Gut.

Ich war diejenige, die eine Stunde vor allen anderen aufstand und mit dem Filzstift Gesichter auf hartgekochte Eier malte, die in einem taunassen Garten Blumen für die Geburtstagsvase pflückte, die das Menstruationsblut des Hundes vom Boden aufwischte und weinte, als er an einem Morgen im Dezember eingeschläfert werden musste. Ich schnitt Obst und legte es in luftdichte Brotdosen, formte meine Hände zur Schale, wenn sie sich übergeben mussten, wischte ihnen mit der Innenseite meiner Blusen den Rotz von der Nase, gab ihnen tausend Küsse, und ab zu gab ich ihnen auch Geld, nicht ein Mal schlug ich sie, obwohl ich manchmal durchaus Lust dazu gehabt hätte.

Du kommst mit.

Warte, da ist noch mehr! Denn einst war ich leicht und

schnell, oft einsam, im Großen und Ganzen nie traurig. Ich mochte es, lange mein Haar zu bürsten, im Schneidersitz auf meinem Bett zu sitzen, rank wie eine Hyazinthe, und Lieder zu singen, die ich als Pfadfinderin gelernt hatte. Ich mochte Sauermilch mit einer dicken Schicht aus gezuckerten Roggenbrotkrümeln und den Duft des Johannisbeerstrauchs am Ende des Gartens, die Freundschaft des Igels mit der Dämmerung. Die beiden hingen zusammen wie zwei Enden eines Verschlusses an einer Halskette. Der Königinnenname und die braunen Locken meiner Schwester ließen mich innerlich vor Neid erbeben, und trotzdem freute ich mich, sie meinen Freundinnen zu zeigen. Man hätte glauben sollen, meine Eltern würden einander mehr lieben, nachdem sie ein so gutes und hübsches Kind wie sie gezeugt hatten, aber es war genau umgekehrt: Das Gute und Schöne war einer Schachtel entnommen worden, von der niemand bemerkt hatte, dass sie fast leer war. Meine Mutter fing an, anders zu riechen, und in den neuen Häusern schien alles in Schieflage geraten zu sein, wie auf einer Fähre. Es war das erste von vielen Mysterien. In einem Anfall von Hochstimmung schrieb ich die Initialen meines Geliebten unter die Sohlen meiner Turnschuhe, bereute es dann aber und musste für den Rest der Saison schlurfen. Ich, die vorher wie eine Gazelle durch die Gegend gesprungen war! Jetzt sind sie also kaputt, sagte meine Freundin über die Singles, die ich ihr geliehen hatte und die sie gedankenlos auf der Fensterbank liegenließ, woraufhin sie gewellt waren wie Kartoffelchips. Wir waren beide gespannt, ob ich ihr verzeihen könnte. Konnte ich, aber bei dieser Übung wurde ich beinahe erwachsen, und mit meiner neuen Geduld und *meinen breiten Hüften bereiste ich neue Länder, weinte, die Faust voller schweißnasser Münzen, in Telefonhörer und wurde bei meiner Rückkehr von einem Meer aus rot-weißen Flaggen empfangen. Es war schwer zu sagen, ob ich nur so weltgewandt tat mit meinem* Grazie mille *oder* Thank you *anstelle von* Tak. *Ich träumte von etwas, das möglicherweise Berühmtheit war, und vergaß diesen Traum schnell wieder. Ich traf einen Mann, der mich zum ersten Mal selig machte, und schnitt mir die Haare kurz und band ein straffes Tuch darum, als er mich verließ. Ich traf andere Männer und wieder andere und wieder andere, und auch sie verließen mich oder ich sie, wenn ich das Warten leid geworden war. In der Silvesternacht hielt ich eine Wunderkerze in die Dunkelheit und schrieb meinen Namen mit Licht, und ich schwor mir, dass dies der Anfang von etwas Neuem werden sollte. Es war beschlossene Sache: Ich wollte das glückliche Königreich meiner Einsamkeit durchreisen. Nur verging nie besonders viel Zeit, ehe die Sehnsucht nach den anderen so groß wurde, dass ich mein Gelöbnis brach, ganz eifrig nach einer zufälligen Begegnung, mit wem auch immer, danach, einen Arm oder eine Wange zu berühren, die nicht meine waren. In Wahrheit bin ich dafür geschaffen zu lieben. Mein Leben folgte der wahnwitzigen Mathematik der Liebe. Was einmal addiert worden war, konnte ich nie wieder abziehen. Die Hände und Bäuche und Hälse und Edelsteingesichter der Kinder. Die Stimmen der Männer, der Geruch ihrer Jacken im Flur. Die dämlichen Namen, die wir unseren Tieren gaben und die sie so würdevoll trugen. Das ließ mein Herz beinahe überlaufen. Mama, darf ich, darf ich, von dir, darf ich ein Taschentuch von dir haben? Meine Ant-*

wort war ein Ja, so lang wie das Leben. Ach, willst du noch
etwas ganz Abwegiges hören? Der Scanner, in den sie mich
legten, war von derselben Firma wie meine Nähmaschine.
Diese große Installation, die schaukelte und sich um die
eigene Achse drehte wie ein Fahrgeschäft und durch die sie
angeblich geradewegs in mich hineinschauen und das Aus-
maß an Schmerz und Leid vorhersehen konnten. Aber dies
ist nicht die Geschichte über meinen Tod. Wie er im selben
Takt in meinem Inneren an Größe und Kraft gewann, in
dem meine Kinder außerhalb von mir größer und stärker
wurden. Der Trompeter schraubt das Mundstück ab und
klopft die Spucke heraus, die Kabel wurden um einen El-
lenbogen gewickelt. Meine Schubladen, meine Taschen sind
leer. Ich möchte alles vergessen, allem meinen Rücken zu-
kehren und wieder leicht und zerstreut sein wie Schnee.

Jetzt. Lass los.

Wie ein Starenschwarm; ein Ganzes und viele Einzelne.

Bee blinzelt und sieht auf. Ihre Kundin sitzt auf der Sofakante und hat die Hände zwischen ihren nackten Knien
eingeklemmt.

»War es das?«, fragt sie.

Bee nickt.

»Können Sie es spüren?«

Sie atmet tief ein.

»Ich glaube schon. Jetzt ist es still. Oder eher … leer.«

»Leer ist gut.«

»Ich hatte schon Angst, ich wäre verrückt geworden.«

Bee lächelt versöhnlich.

»Sie sind nicht die Erste, die das sagt. Das kommt auch
vor, nicht oft, aber ab und zu.«

Es klopft an die Wohnzimmertür. Eigentlich hatte sie Fifi gebeten, nicht zu stören, bis sie fertig waren. Bee entschuldigt sich und schlüpft auf den Flur, schließt die Tür hinter sich. Die Augen ihrer Tochter sind groß und aufgeregt hinter den Brillengläsern. Hoffentlich geht es nicht wieder um William, fleht Bee innerlich.

»Was ist denn? Wir sind gerade kurz vor dem Abschluss.«

»Es ist nur, weil ich glaube, dein Nachbar ist tot.«

»Wer? Fifi, warum sagst du so was?«

»Ich habe es durchs Fenster gesehen. Ein Krankenwagen kam, und kurz darauf haben sie ihn in einem Plastiksack hinausgetragen. Entschuldige, aber mir ist plötzlich so mulmig zumute. Ich musste sofort an Oma denken.«

»Ach, Fifi, komm mal her. Marianne geht es gut, und falls es dich tröstet, kann ich dir sagen, dass mein Nachbar kein besonders netter Mensch war. Wenn ich ganz ehrlich bin, war er ein kaltes –«

»Mama!«

Fifi entwindet sich der Umarmung.

»Ein kaltes Arschloch. Das war er, du kanntest ihn ja nicht.«

»Nichtsdestotrotz kann man ihm doch ein bisschen Respekt erweisen.«

»Da hast du recht. Das war dumm dahergesagt. Möchtest du eine Tasse Tee mit uns trinken? Wir waren sowieso fast fertig.«

Fifi folgt ihr ins Wohnzimmer, wo die Kundin am Fenster steht und auf die Straße hinabsieht.

»Ich glaube, da ist jemand gestorben«, sagt sie, ohne sich umzudrehen.

»Dann kannst du es selbst sehen«, ruft Fifi und eilt zu ihr ans Fenster, »jetzt fahren sie ihn weg!«

Bee geht in die Küche und setzt Wasser auf, ehe sie den kalten Tee ausgießt und die Erdbeere von den alten Blättern reinigt. Wie immer nach einer Séance ist sie erschöpft und fühlt sich wie eine geöffnete Tomatendose, aber sie möchte jetzt trotzdem nicht allein sein, nicht jetzt.

»Grün oder weiß?«, ruft sie und klatscht sich ein wenig kaltes Wasser ins Gesicht.

»Grün«, antwortet eine der beiden.

Als sie wieder ins Wohnzimmer kommt, lösen sich die beiden Frauen nur widerstrebend vom Fenster. Die Ginkgoblätter gleiten wieder auf ihren Platz und schirmen sie gegen die Dunkelheit ab.

»Setzen Sie sich doch«, sagt Bee, »er muss noch kurz ziehen. Habt ihr euch schon bekannt gemacht?«

Sie nicken und setzen sich an die entgegengesetzten Enden des Sofas. Bee schiebt den Pouf zum Sofatisch, stellt es hochkant und setzt sich rittlings darauf.

»Danke noch mal, dass ich so kurzfristig kommen durfte«, sagt Ea.

»Selbstverständlich. Es war gut, dass Sie mir geschrieben haben. Obwohl ich vermute, Sie hätten das früher oder später auch allein lösen können. Keiner der beiden war besonders beharrlich. Soweit ich es im Gefühl hatte, war Ihr Vater schon wieder im Aufbruch begriffen.«

»Na, vielen Dank. Das würde zu ihm passen.«

Fifi sieht keine von ihnen an. Sie ist in irgendetwas auf ihrem Handy vertieft. Bee beugt sich vor, um den Tee einzuschenken. Der Druck des harten Poufs an ihrem Schambein, der warme Schauer, erinnert sie an etwas, dessen Existenz sie vergessen hatte. Seit Paulines Auszug hatte sich jegliche Lust zu irgendetwas anderem als zu trinken und zu schlafen in einem Dämmerzustand befunden. Fern und unzugänglich.

»Ich hatte immer die Vorstellung, dass es irgendetwas mit einem Menschen macht zu sterben«, sagt Ea und nimmt die Tasse mit jener steifen Befangenheit entgegen, von der die Leute befallen werden, wenn es um die eher konkreten Aspekte von Beatrices Fach geht, »dass sie sich ändern würden. Aber das ist vielleicht ein Irrtum?«

Bee überlegt. Sie möchte niemanden verletzen, aber es gibt auch keinen Grund, etwas zu beschönigen.

»Das weiß ich nicht so genau. Ich sage meinen Kunden immer, dass sie nicht erwarten dürfen, etwas zu reparieren, was im Diesseits kaputtgegangen ist, indem sie die Hand ins Jenseits ausstrecken. Die Werkzeuge funktionieren in der anderen Welt einfach nicht, könnte man sagen. Stellen sie sich einen Nagel vor, der mit einem Hammer aus Rauch in die Wand geschlagen werden soll. Man kann es versuchen, aber es wird nie klappen.«

»Mama«, sagt Fifi entschlossen, »ich glaube, ich rufe Oma jetzt doch an.«

»Du weißt aber schon, dass es fast elf ist?«

»Sie ist immer noch lange wach und liest«, antwortet Fifi, bleibt aber sitzen.

»Na dann, mach es doch ruhig.«

Ea blickt von der einen zur anderen.

»Ich hatte überhaupt nicht verstanden, dass sie Ihre Tochter ist.«

Bee probiert den Tee.

»Ist sie aber.«

»Sie müssen jung gewesen sein, als sie Sie bekommen haben.«

»Ist siebenundzwanzig jung? Heute vielleicht schon.«

»Meine Mutter war vierundzwanzig, als sie mich bekommen hat.«

»Da können Sie sehen.«

»Ich habe viel darüber nachgedacht«, sagt Fifi und fängt an, ihre Brille mit dem Bund ihres T-Shirts zu putzen, »und ich glaube, ich möchte keine Kinder haben.«

»Das hast du nie erzählt«, sagt Bee.

Sie hat gar nicht das Bedürfnis danach, jemandes Großmutter zu werden. Trotzdem trifft sie der beiläufige Ton.

Fifi schiebt die Brille auf ihren Platz.

»Wir haben einfach noch nie darüber gesprochen, oder?«

Ea starrt sie fasziniert an.

»Wie alt sind Sie?«

»Ich? Dreiundzwanzig.«

»Geht Ihnen das schon lange so?«

»Ein paar Jahre, glaube ich. Die meisten Dinge, von denen ich träume, haben nichts mit Kindern zu tun. Und an Menschen fehlt es uns ja nun wirklich nicht auf diesem Planeten. Ganz im Gegenteil. Es ist erschreckend, nicht zu wissen, in welcher Welt mein Kind aufwachsen wird. Welches Leben es haben wird. Wird in fünfzig Jahren noch warmes Wasser aus dem Hahn kommen? Saubere Luft? Ich weiß, das klingt hart, aber ich kenne viele, denen es so geht. Oder, na ja, im Internet gibt es viele«, fügt sie hinzu und pustet unschuldig in ihren dampfenden Tee. »Und es werden immer mehr.«

»Vielleicht ändern Sie Ihre Meinung noch.«

»Vielleicht. Aber das glaube ich nicht.«

Im selben Moment fährt Pita aus ihrem Körbchen hoch und fängt an zu kläffen. In der nächsten Sekunde klingelt es an der Tür.

Pauline?

Bee verliert das Gleichgewicht, schafft es aber noch, sich mit den Ellenbogen abzustützen, ehe sie auf dem Boden aufkommt.

»Ist alles in Ordnung, Mama?«, fragt Fifi und hilft ihr auf.

Es schrillt schon wieder, sie schrecken alle zusammen.

»Ich gucke mal, wer das ist«, sagt Fifi gefasst. Sie verschwindet im Flur und taucht kurz darauf wieder auf, gefolgt von Mr. Pistilli, der sich aufs Sofa wirft und mit der Hand ans Herz fasst. Wie immer ist er gut gekleidet und frisch rasiert, aber die Art und Weise, wie ihm das pomadisierte graue Haar in die Augen fällt, verleiht ihm einen Ausdruck des Wahnsinns.

»Ms. Wallens«, stöhnt er, »Sie können sich gar nicht vorstellen, was für einen Abend ich hinter mir habe. Er war einfach nur vollkommen grauenhaft.«

»Und wir dachten, Sie wären tot!«, sagt Fifi so arglos, dass Bee lachen muss.

Mr. Pistilli sieht sie gekränkt an.

»Ich? Nein. Mein Gast ist gestorben, und zwar auf eine sehr verantwortungslose und unsensible Weise. Welcher Mensch, der noch ein bisschen Respekt vor sich selbst und anderen hat, legt sich denn zum Sterben in das Haus eines wildfremden Mannes, können Sie mir das mal verraten?«

»Hat er es denn absichtlich getan?«, fragt Ea, die es nicht

schafft, diese bizarre Versammlung von Menschen hinter sich zu lassen und nach Hause zu gehen. Hector denkt, sie wäre mit Patti im Kino.

»*Sie*. Und es war kein Selbstmord, falls Sie darauf anspielen. Aber diese Frau war sechsundachtzig, wie sich herausgestellt hat. Sie muss doch gespürt haben, was bevorstand. Denken Sie nur an die ganzen Umstände, die ihre Familie jetzt damit hat, sie wieder nach England zurückzutransportieren. Du liebe Güte, was für ein Durcheinander. Warum können die Leute nicht bleiben, wo sie sind, in einem solchen Alter? Oder wenigstens innerhalb der europäischen Grenzen. Ich habe jedenfalls keine Lust mehr, noch weiter Hotel zu spielen. Meine Schwester hatte mich tatsächlich schon gewarnt, und man hört ja auch die schlimmsten Geschichten. Auf Orgien und Tierquälerei und Diebstahl war ich vorbereitet, aber dass jemand angereist kommt, um unter meinem Dach zu sterben, ist wirklich etwas Neues. Etwas ganz Neues«, wiederholt er kichernd, ehe er sofort wieder blass und ernst wird. Der arme Mann ist ganz offensichtlich erschüttert, aber Bee kann es sich trotzdem nicht verkneifen.

»Das mag vielleicht eine dumme Frage sein. Aber wie kann sich die Polizei sicher sein, dass das nichts mit Ihnen zu tun hat?«

»Mit mir?«, flüstert er.

»Ich meine, müsste sie denn nicht obduziert werden, um die Todesursache festzustellen? Denn man kann doch wohl noch nichts ausschließen?«

Mr. Pistilli starrt vor sich hin, dann schlägt er mit einem leisen Jammern die Hände vors Gesicht.

»Das war wirklich unnötig, Mama«, wispert Fifi und tätschelt Mr. Pistilli die Schulter, »die Polizei weiß natürlich, dass Sie es nicht waren.«

»Sie hätte doch an allen möglichen anderen Orten sterben können«, klagt er, »sie hatte den ganzen Tag Zeit, um zu sterben. Es war warm, sie hätte auf der Straße umfallen können oder im Bus, aber nein, sie wartet, bis sie sicher und geborgen in meinem Gästezimmer liegt. Sie hätten vorhin mal mein Haus sehen sollen, überall Polizisten, Ärzte, Sanitäter. Wie die rumgetrampelt sind! Die Treppen rauf, die Treppen runter. Manche haben mich völlig ignoriert, andere haben mir Tausende Fragen gestellt. Ich habe mich gefühlt wie, ich weiß nicht …«

Seine Gesichtshaut ist feucht und rotgefleckt.

»Nackt«, schlägt Ea vor.

»Ja, genau!« Mr. Pistilli sieht sie erleichtert an. »Nackt ist das Wort.«

»Warten Sie mal kurz«, sagt Bee, die jetzt doch ein schlechtes Gewissen hat. Natürlich ist es ein Schock, einen Airbnb-Gast tot im Bett vorzufinden, noch dazu für einen Mann wie Mr. Pistilli, der so großen Wert auf Ruhe und Ordnung legt. Bee geht zum Eckschrank und holt die Flasche und vier Gläser heraus und richtet sie auf einem Tablett an, wo sie auf dem gesamten Weg durchs Wohnzimmer verheißungsvoll klirren.

»Wir brauchen jetzt wohl etwas Stärkeres als Tee.«

Ea protestiert halbherzig, als Bee ihr ein Glas Armagnac reicht, einen kleinen Absacker, nur Mr. Pistilli zuliebe.

»Normalerweise trinke ich keinen Alkohol«, sagt Fifi, »aber heute Abend kann ich mal eine Ausnahme machen. Prost.«

»Prost. Auf Sie, Mr. Pistilli.«

»Na dann, Prost.«

»Trinken wir auf, wie hieß sie eigentlich? Ihr Gast.«

»Day. Enid Day«, sagt er, »den Namen habe ich heute Abend bestimmt hundertmal gehört.«

»Auf Enid«, sagt Bee und hebt ihr Glas, »diese abenteuerlustige Seele, die nun weit entfernt der Heimat ihren Frieden gefunden hat.«

»Puh, wie das brennt!« Fifi fasst sich an den Hals.

Ea verzieht das Gesicht, trinkt aber aus.

»Wenn ich zu Hause bin, kann ich gleich alles wegwerfen. Die Matratze und den Schutzbezug und alles. Alles unbrauchbar.«

»Na, na«, sagt Bee munter, »immerhin sind nicht Sie gestorben. Eine Matratze kann man schon mal in Kauf nehmen. Darf ich Ihnen nachschenken?«

Mr. Pistilli schiebt ihr das Glas hinüber.

»Aber wirklich nur noch einen Letzten.«

»Wissen Sie was, den sollen Sie nicht allein trinken müssen. So. Was ist mit euch beiden?«

»Danach muss ich aber nach Hause«, antwortet Ea.

Bee füllt ihr Glas bis zum Rand.

»Sie sollen genau das machen, was Sie wollen. Eigentlich sollen alle das machen, was sie wollen. Fifi-Schatz?«

»Einen ganz kleinen Halben.«

»Du kannst auch einen normalen Halben haben. So. Zum Wohl.«

»Zum Wohl.«

»Worauf trinken wir jetzt?«

»Auf meinen Vater«, sagt Fifi, »meinen Vater, den ich

heute zum ersten Mal getroffen habe und der auf dem Weg nach Italien ist. Vielleicht ist er sogar schon gelandet.«

Sie heben ihr Glas auf William Catchpoole, der vielleicht sogar schon gelandet ist. Dann steht Ea auf und bedankt sich für den Abend, und Fifi geht wie angekündigt hinaus, um Marianne anzurufen. Beatrice und Mr. Pistilli bleiben allein im Wohnzimmer zurück. Pita hat sich in einer Ecke des Sofas zusammengerollt, erschöpft von dem ungewohnt lebhaften Abend.

»Na dann. Einen allerletzten Letzten?«, fragt Bee und hält die Flasche hoch. »Es lohnt sich doch nicht, so eine Pfütze noch aufzuheben.«

Diesmal trinken sie, ohne sich zuzuprosten, und langsamer.

»Meine Tochter möchte keine Kinder haben«, sagt Bee und hört selbst, dass es nicht wie ein natürlicher Übergang von irgendeinem früheren Thema wirkt. Mr. Pistilli hebt seine flauschigen Augenbrauen.

»Ist das wahr?«

»Das behauptet sie jedenfalls. Um unseren Planeten zu schützen. Anscheinend hat sie sich in irgendeiner Internetgruppe angemeldet, ich habe es nicht ganz verstanden.«

»Aber sie ist doch noch so jung«, sagt er beruhigend, »sie kann sich noch umentscheiden.«

»Ja, das versteht sich.«

»Das wird sie auch, Sie werden sehen. Der Kinderwunsch ist wie ein Schalter, der umgelegt wird.«

»Sie glauben also nicht, dass es mit mir zu tun hat?«

Durch den Alkohol sind ihre Stimmen tief und vertraulich geworden.

»Mit Ihnen?«, fragt Mr. Pistilli und streicht sich mit zwei Fingern über die Oberlippe. »Wenn Ihre Tochter doch sagt, dass es einen anderen Grund gibt, sollten Sie ihr vielleicht einfach glauben.«

Das klingt so schön, dass es Bee sofort bessergeht. Ihr einfach glauben. Warum nicht? Mr. Pistilli balanciert das Glas auf der Armlehne und sieht von der einen weißen Wand zur nächsten.

»Verzeihen Sie die indiskrete Frage, aber ist es hier nicht außergewöhnlich leer?«

Touché, denkt Bee, auch gut.

»Doch.«

»Ziehen Sie vielleicht um? Sie und Ihre –«

»Frau«, springt Bee ihm bei.

»Ach, sehen Sie, ich wusste nämlich nicht, ob Sie beide verheiratet sind.«

»Wir waren es. Jetzt nicht mehr. Das Haus ist bei Woolhouse zum Verkauf inseriert.«

»Der soll auch sehr gut sein.«

»Pauline sagt, er sei der Beste.«

»Sieh an, sogar gleich der Beste.« Mr. Pistilli gähnt diskret in seinen Handrücken.

»Ich habe das genau gesehen«, sagt Bee. »Sie müssen nach Hause und schlafen.«

»Nein, schlafen? Ich rechne nicht damit, heute Nacht auch nur ein Auge zuzutun. Mein System ist völlig durcheinandergeraten. Aber ausruhen könnte ich mich wohl. Dieser Gedanke daran, wie sie dort lag und mit ihren Händen den Rand der Bettdecke umklammerte –«

Ihn schaudert.

»Sie können gern hier übernachten.«

Bee meint es ernst. Sie würde sich freuen, ihn am nächsten Morgen in ihrem Wohnzimmer zu finden und einen Tisch für drei zu decken.

»Ich kann das Sofa für Sie herrichten.«

Mr. Pistilli mustert das weiche Möbelstück, dann nickt er würdevoll.

»Aber lassen Sie mich kurz rübergehen und meine Zahnbürste holen.«

TEIL 3

Acqua alta

22
William

Es sind Sommerferien, und die Familie Catchpoole hat Besuch von einer Tante und deren dreizehnjährigem Sohn. Die beiden Jungen kennen einander nicht, aber sie sind Cousins und im gleichen Alter, und die Erwachsenen erwarten, dass sie miteinander auskommen. Der Anfang ist zäh und der Cousin mürrisch und verschlossen, dann aber fällt William das Luftgewehr wieder ein, das er zum Geburtstag geschenkt bekommen hat. Damit muss er ihn doch aus der Reserve locken können! Er bittet den Cousin zu warten, während er hinaufspringt und das Gewehr aus seinem Zimmer holt, und tatsächlich. Beim Anblick der Waffe erhellt sich das Gesicht des anderen Jungen. Von seinem Erfolg angestachelt, deutet William auf eine Amsel, die am Ende des Gartens unter einem Haselstrauch entlanghüpft, und fragt, ob sein Cousin sie sehen könne. Kann er. Gut, sagt William, denn jetzt erschieße ich sie. Er ist kein guter Schütze und trifft die leeren Blechdosen nur, wenn er sich peinlich nah davorstellt, aber diesmal ertönt ein fremdes, irgendwie endliches Geräusch, und die Amsel fällt im Gras um. Der Cousin, der nichts versteht, springt bereits über den Rasen. William legt das Gewehr beiseite und folgt ihm zögerlich. Seine Knie und Hände zittern, denn jetzt erinnert er sich, dass von einem Nest die Rede gewesen war. Je näher er dem Strauch und dem toten Vogel kommt, desto sicherer ist er sich, dass seine kleine Schwester das Nest beim Frühstück erwähnt und auch versprochen hatte, es ihm zu zeigen. Doch dann kamen die Gäste angefahren, und sie – die noch klein und ohne Verantwortung für den Cousin ist – hatte sich auf dem Schoß ihrer Mutter zusammengerollt und sich liebkosen und loben lassen. Vergessen war das Nest. William erreicht den Jungen, der leicht gebeugt steht und mit seiner Schuhspitze an dem toten Tier herumstochert. Der ist tot, erklärt er überflüssigerweise, schöner Schuss. Danke, sagt William und schluckt erleichtert. Denn hier ist ja gar kein Nest! Es war bestimmt ein anderer Vogel, ein kinderloses und gleichgültiges Amselmännchen, das er getroffen hat. Das kann schon mal vorkommen, und Amseln, wagt er jetzt zu denken, gibt es ja auch genug. Er will sich gerade abwenden, da hört er es. Ein dünnes, dringliches Piepsen, unverwechselbar. Mit klopfendem Herzen biegt er einen Ast beiseite und sieht direkt hinein in sechs orangegelbe Trichter.

Der Film endet, und William spürt die Verzweiflung wie kalte Asche durch seinen Körper wehen. Er ballt die Fäuste und kommandiert die Tränen zurück in ihre Kanäle.

Siew Wuong pikst ihn in die Schulter.

»Alles in Ordnung?«

»Ja, das ist nur der Jetlag«, murmelt er. Denn wie soll er seiner malaysischen Mitreisenden erklären, dass ihn die Geschichte mit der Amsel immer wieder in Phasen heimsucht, in denen er, so wie jetzt, gefühlsmäßig angespannt ist. In seinem inneren Kino gleitet der Vorhang beiseite,

und die Bilder tauchen auf. Sie lassen sich unmöglich vor-
spulen oder ausschalten. Sein Psychologe nennt den Tod
der Amsel einen *Persönlichen Mythos,* was auch sinnvoll erscheint, aber nichts zum Besseren wendet. Am Ende seines
Traumas wartet keine Prämie.

»Am zweiten Tag ist es immer am schlimmsten«, sagt
Siew mit einem mitfühlenden Nicken, und dann waten sie
schweigend weiter, quer über den überschwemmten Mar-
kusplatz, kalt und durchnässt, in ihren schreiend gelben
Einweggummistiefeln, die ihnen der Portier am Morgen
mit einer unergründlichen Miene reichte, *for the acqua
alta.* Die krumme Siew ist so klein, dass sie ihr bis zur Taille
reichen, und an den Stellen, wo das Wasser besonders hoch
steht, muss William, der einzige nicht gehbehinderte Teil-
nehmer dieser Gruppenreise, sie auf dem Rücken tragen.
Die Stadtführerin fuchtelt mit ihrem Schirm in der Luft
herum und ruft, sie sollten ein bisschen Tempo machen.

»Sie ist schlimmer als meine alte Grundschullehrerin«,
stöhnt Siew, als sie sich den anderen anschließen. Die Führerin wirft ihnen einen strengen Blick zu, dann spricht sie
weiter über den Glockenturm und die Basilika, die just dieser Tage von der siebten großen Überschwemmung in 1200
Jahren betroffen ist.

»Es ist gar nicht außergewöhnlich, dass Wasser in die
Vorhalle dringt«, sagt sie und gestikuliert in Richtung der
verbarrikadierten Kirche, »das hat man schon damals be-
rücksichtigt, indem man verschiedene Entwässerungssyste-
me einbaute. Aber diesmal ist das Wasser bis in das Kir-
chenschiff vorgedrungen.«

»Ah«, sagen sie, »oh.«

Die Folgen des Amselmordes waren zerstörerisch. Alles, was fest und sicher gewesen war, verwandelte sich in giftige Dämpfe. Das Ungefährliche wurde gefährlich, das Weiche spitz und stechend. Der Vogel war tot, und seine Jungen würden kurz darauf sterben, eines nach dem anderen, aus Hunger oder in den Klauen eines Raubtieres. Diese Unabwendbarkeit durchzuckte ihn wie Elektroschocks. Fast eine Woche lang weigerte William sich zu essen und zu sprechen, und als er nach den Sommerferien wieder in die Schule kam, fühlte er sich seinen alten Freunden und seinem alten, unbekümmerten Leben gegenüber fremd. Die Zahlen wurden seine Rettung. Er hatte die Mathematik schon immer gemocht, aber jetzt war es nicht länger nur eine Form des Interesses. Zahlen waren ewig, Zahlen waren rein. Sie bargen keine dunklen Geheimnisse in sich, und in ihrer stummen Gesellschaft konnte er sich endlich entspannen. Im Laufe der Jahre wurde William auf unterschiedliche Weise bestätigt, wie weise seine Entscheidung gewesen war. Zuletzt, als seine Frau ihn mit der Begründung verließ, sie »könne sich nicht mehr in ihrem gemeinsamen Leben sehen«. Er versuchte nicht zu verstehen, was die scheinbar sinnlosen Worte verhüllten, weil er überzeugt war, dass ihm die Antwort weit mehr Schmerz zufügen würde als die Ungewissheit.

»Das Wasser an sich ist eigentlich gar nicht so gefährlich«, sagt die Führerin und scheucht die Gruppe am Marmorbogen des Haupteingangs vorbei, »das größte Problem sind die enthaltenen Salze. Wenn das Brackwasser von der Marmorverkleidung absorbiert wird, dringt es in die Wände und Säulen und von dort aus immer höher und höher bis in die inneren Strukturen der Kirche. Das Wasser trocknet, aber die Salzkristalle bleiben in den Steinen und machen sie porös. Die schlimmsten Zerstörungen sind nicht die, die wir sehen. Jetzt müssen wir diese Straße entlang. William, wären Sie noch einmal so nett?«

Sie deutet mit dem Kopf auf Siew, die schon bereitsteht.

»Das ist die deprimierendste Stadtführung, die ich je erlebt habe«, murmelt sie und klettert auf seinen Rücken. William steckt die Arme unter ihren Kniekehlen hindurch und kann den anderen problemlos folgen. Siew wiegt nicht mehr als ein zwölfjähriges Kind.

Die provisorische Brücke, die das Hotel als Service für die wenigen übriggebliebenen Gäste aufgebaut hat, gibt ächzend unter ihm nach, als er von der überschwemmten Straße auf die Terrazzofliesen der Halle tritt. William zieht die Gummistiefel aus und bekommt mit einem zeremoniellen Nicken seinen Schlüssel vom Pförtner ausgehändigt. Als er die Treppe hinaufsteigt, wird er von einer halbgeöffneten Tür angelockt und steckt den Kopf in eine Bibliothek, die aufgrund der Überschwemmungen vorübergehend geschlossen ist. Unter den gewölbten Decken begegnet ihm ein seltsamer Anblick: Auf einer Erhöhung am Ende des Raums stehen samtbezogene Sessel und schwere Mahagonitische übereinandergestapelt, nur notdürftig mit Planen abgedeckt. Die Luftentfeuchter brummen und summen, und durch ein offenes Fenster pumpt ein Schlauch das milchig grüne Wasser zurück in den Kanal, wo es nach Meinung der Menschen auch hingehört, aber nicht bleiben will. Einige lose Seiten und vereinzelte Paperbacks schaukeln noch auf der Wasseroberfläche, die restlichen Bücher wurden in großen Säcken gesammelt und warten darauf, hinaus- und weggetragen zu werden. Eine Frau im Badeanzug und mit richtigen Gummistiefeln erblickt ihn und winkt ihn müde weiter. *È chiuso, signore!* William entschuldigt sich und eilt hinauf zu seiner Suite, wo er sich auf sein Bett wirft, erschöpft vom marmorgrauen Himmel und den stinkenden Wassermassen. Ein anders gearteter Mensch hätte seine Reise in eine Stadt im Ausnahmezustand vielleicht abgesagt, aber auf diesen Gedanken kam er gar nicht erst. William kann es nicht leiden, wenn sich Pläne im letzten Moment ändern, und außerdem passt es ihm gut, ein wenig auf Abstand zu jenem Missverständnis zu gehen, das vor zwei Tagen eine junge Frau dazu veranlasste, ihm den – biologisch gesehen – unmöglichen Titel Vater zu verleihen.

William ist mit dem Klinefelter-Syndrom geboren, einer genetischen Mutation, die ihn mit einem zusätzlichen X-Chromosom ausgestattet hat und daran hindert, eine Frau zu schwängern. Obwohl William sich gut an die Nacht erinnert, in der Seraphina, wie sie glaubt, gezeugt wurde, kann er seine Vaterschaft mit Sicherheit ausschließen. Die Frage (das Mysterium im Mysterium) ist, warum er nicht einfach die Wahrheit gesagt hat. Er hätte ganz mühelos einen Riegel vor die ganze absurde Situation schieben können, doch stattdessen hatte er die junge Frau reden lassen. Von den guten Jahren in verschiedenen Wohngemeinschaften und den weniger guten in einem Selbstversorgerdorf, von ihrem gewalttätigen Stiefvater und der Flucht nach Iowa und wie sie bei ihrer geliebten Großmutter aufwuchs. Er lauschte interessiert, als sie erklärte, wie sie, über die Jahrbücher des

Zentrums und eine nicht sonderlich lange Recherche im Internet, herausgefunden hatte, dass der pensionierte Programmierer und Erfinder von Pictor der Mann war, nach dem sie suchte. Dass William Catchpoole ihr Vater war. Bevor sie ging, hatte er ihre Umarmung erwidert und ihr versprochen, sie anzurufen, wenn er Anfang Mai wieder nach Europa käme.

Im Taxi auf dem Weg zum Flughafen hatte er eine kurze Nachricht formuliert, um Seraphina Wallens klarzumachen, dass sie sich geirrt hatte.

Hatte beschlossen, sie abzuschicken, wenn er im Flugzeug saß.

Es auf den Zeitpunkt verschoben, wenn sie etwas zu essen bekommen hatten.

Die Nachricht erneut gelesen und den Wortlaut geändert.

Ihn verkürzt und wieder verlängert.

Ihn vertieft, um Verzeihung gebeten, die Entschuldigung wieder gelöscht und auch einen Großteil dessen, was er vertieft hatte.

Den ganzen Entwurf gelöscht.

Das Telefon ausgeschaltet.

Es klopft an der Tür. Dreimal kurz und schnell aufeinanderfolgend.

»Ja?«

»Hier ist Siew, machen Sie auf.«

»Einen Moment.«

William streicht den Bettüberwurf glatt, richtet die schweren Kissen und zieht einen Pullover über sein Poloshirt.

»Guten Abend«, sagt er und tritt für die Frau zur Seite, die nicht darauf wartet, hereingebeten zu werden.

»Ruskin. Gute Wahl. Eines der besten Zimmer.«

William dankt. Noch hat er sich nicht die Zeit genommen, um herauszufinden, was dieser Ruskin geleistet hat, damit ein Zimmer nach ihm benannt wurde.

»Ich habe Suppe dabei«, sagt Siew und reicht ihm einen brennend heißen Styroporbecher in einer Plastiktüte. »Alle Restaurants sind geschlossen, und als ich endlich eins gefunden hatte, das offen war, dachte ich, ich bringe Ihnen besser auch etwas mit. Es war das Letzte, was sie hatten.«

»Vielen Dank, das ist wirklich nett von Ihnen.«

Sie schüttelt irritiert den Kopf.

»Essen Sie doch.«

»Ich habe keinen Löffel.«

»Machen Sie einfach so«, sie macht eine Trinkbewegung, »sie ist nicht besonders dickflüssig. Gut für die innere Uhr.«

William trinkt die aromatische und salzige Fischsuppe, während Siew ihn geduldig von ihrem Platz auf der Bettkante beobachtet.

»Sie waren also schon mal hier?«, fragt er, als er fertig ist.

»O ja«, sagt sie und lacht, »das ist mein drittes Mal in Venedig. Das erste Mal allein. Mein Mann ist letztes Jahr gestorben. Wir sind immer zusammen gereist.«

»Das tut mir leid.«

»Wissen Sie was, manchmal ist es so, als wäre er immer noch hier«, sie wedelt mit der Hand vor ihrem rechten Ohr, »direkt hier irgendwo.«

»Aha«, sagt William beklommen.

Siew entfernt eine Fluse von ihren grauen Slacks.

»Aber ich will auch nicht lügen. Die Abende können schon ein bisschen lang werden. Tagsüber gibt es ja die Ausflüge und die Gruppe, das ganze Programm.«

»Verstehe.«

Sie schweigen. Die mundgeblasenen Muranolampen tauchen das Zimmer in ein goldenes Licht.

»Wollen wir gucken, ob was im Fernsehen kommt?«, fragt Siew und reicht ihm die Fernbedienung. William zappt minutenlang zwischen den Kanälen hin und her, bis sie bei RAI 1 landen.

»Stopp!«, ruft Siew, »*L'Eredità*. Das ist die größte Quizshow Italiens. Große Gewinne und großer Nervenkitzel.«

»Sprechen Sie Italienisch?«, fragt William, nachdem er einigen unverständlichen Fragen des Moderators und einigen unverständlichen Antworten des Teilnehmers gelauscht hat.

»Nein, aber es ist trotzdem spannend, finden Sie nicht?«

»Doch«, gibt er zu, »ein bisschen schon.«

Nach einer halben Stunde ist entschieden, dass der Gast des Abends mit hundertzwanzigtausend Euro von dannen ziehen kann. Er weint vor Glück, umarmt seine Frau und die beiden Teenagersöhne, die auf die Bühne gekommen sind.

»Schauen Sie sich diese Menschen nur mal an«, seufzt Siew.

»Ja, sie sind wirklich glücklich.«

»Wünschen Sie sich manchmal, nicht reich zu sein, William?«

Ihre schmalen Augen mustern ihn ernst von der anderen Seite des Bettes. Sie macht keinen Spaß.

»Denn Sie sind doch reich, oder?«

»Schon.«

»Es ist seltsam«, sagt Siew und lässt die Hand über das gepolsterte Kopfende wandern, klopft mit den Knöcheln auf die Verzierungen im Holz, »aber je älter ich werde, desto mehr habe ich das Gefühl, ich würde all mein Geld in einem großen, unsichtbaren Rucksack mit mir herumschleppen. Seit mein Mann tot ist, habe ich niemanden mehr, mit dem ich diese Last teilen kann. Ich habe ihn erst spät kennengelernt, und wir waren nur zu zweit, verstehen Sie. Haben Sie Kinder?«

»Ich habe eine Tochter«, antwortet William.

Das unmögliche Wort zittert zwischen ihnen in der Luft. Siew tätschelt ihm den Unterarm.

»Das freut mich für Sie.«

Im Fernsehstudio schneit Silberkonfetti auf den Moderator und auf die tanzende Familie herab. Die Gewinnsumme blinkt hektisch am rechten Rand des Bildschirms.

»Unser Gespräch erinnert mich an eine Geschichte. Früher habe ich meine Großmutter immer angebettelt, sie mir zu erzählen. Haben Sie Zeit, sie sich anzuhören?«

»Eine wahre Geschichte«, fragt William unsicher, »oder ein Märchen?«

Siew lächelt und schaltet den Fernseher aus, dann setzt sie sich zwischen den Kissen zurecht.

»Wie man es nimmt. Lassen Sie mich kurz überlegen. Ja, doch. Sie beginnt so: Es gab einmal eine längst vergangene Zeit, da konnten die Lebenden die Toten sehen und die Toten die Lebenden. Sowohl die Toten als auch die Lebenden gingen auf den Markt. Auf der einen Seite des Wegs verkauften die Toten ihre Waren, auf der anderen Seite die Lebenden. Zu dieser Zeit zahlte man mit Kupfermünzen. Die Toten schnitten Münzen aus Papier aus, die den Kupfermünzen der Lebenden zum Verwechseln ähnlich sahen, aber die Lebenden ließen sich nicht täuschen. Sie legten die Münzen in eine Schüssel mit Wasser: Die echten Münzen aus Kupfer sanken, während die Papiermünzen der Toten oben trieben. Sie gaben den Toten ihr falsches Geld zurück, und die Toten konnten nicht mehr mit den Lebenden Handel treiben; nur mit den anderen Toten, und eines Tages war es den Toten und den Lebenden auch nicht mehr erlaubt, miteinander zu sprechen. Die Toten wurden bestraft, wenn sie mit den Lebenden redeten – ihre Oberhäupter verteilten Bußgelder –, und die Lebenden bekamen Angst vor den Toten und begannen, sie zu schlagen. Weil sie unter der Situation litten, beschlossen die Toten, eine Trennwand aus geflochtenem Bambus zwischen sich und den Lebenden aufzustellen. Die Lebenden konnten die Toten jetzt nur noch undeutlich sehen, wohingegen die Toten, die der Wand näher waren, die Lebenden deutlich sehen konnten. Den Lebenden gefiel das nicht, denn durch die dicke Wand konnten sie die Toten nicht mehr schlagen. Sie waren so dumm, stattdessen um eine Wand aus Papier zu bitten. Jetzt konnten sie die Toten durch das Papier schlagen, sie aber gar nicht mehr sehen.«

Siew sitzt eine Zeitlang mit den Händen im Schoß da und betrachtet den schlafenden amerikanischen Mann. Freundlich ist er ja, aber viel reservierter, als sie es gewohnt ist. Wie ein großer, schüchterner Junge. Draußen am Kanal ertönt die Sirene eines Polizeibootes und verschwindet wieder. Jetzt hört sie nur noch das Geräusch seines Atems und des Adriatischen Meeres, das sanft gegen die Mauern des Palastes schwappt. *Lapp, lapp, lapp …*

»Ja, du hast recht, mein Freund«, antwortet sie in ihrer eigenen Sprache, »es ist spät geworden.«

Sie gleitet vom Bett herunter und steckt die Füße in ihre Samtslippers. Er wartet wie ein Schatten neben der Tür, während sie im Zimmer umherschleicht und das Licht ausschaltet. Mit einem Nicken erinnert er sie daran, die leeren Verpackungen und die Plastiktüte mitzunehmen, ehe sie geht.

Danksagung

Mein Dank gilt Louise und allen Menschen beim Gutkind Verlag. Dem Rosinante Verlag und Iben und Anna, weil ihr von den ersten Seiten an dabei wart. Martin B., Hanne, Minna, Lea und Ida, weil ihr meinen Text gelesen und eure Gedanken mit mir geteilt habt. Martin F., weil du mir von der Ice Road erzählt hast, und Caspar, weil du mir zu erklären versucht hast, wie es sich anfühlt, etwas zu programmieren. Dem Philosophen, Freund und Muse. Ich hoffe, die weißen Hosen sind immer noch so weiß, dass dich der Weltgeist nicht im Stich lässt. Malene und Sara & Rod, weil ihr mich bei euch in San Francisco wohnen ließet. Meinen Eltern und euch, Ivan, Dunia und Nitesh. An (mindestens) fünf Stellen im Buch habe ich mich der Werke anderer bedient. Von Granatapfelwangen kann man auch im *Hohelied* lesen. Siews Geschichte vom Markt der Lebenden und Toten habe ich in Eric Muegglers Monographie *The Age of Wild Ghosts* gefunden. Der Wasserfall aus Bildern stammt aus Inger Christensens *Brief im April,* und »Once more, my soul, the rising day« ist der erste Vers von *A Morning Song* von Isaac Watts. Der Titel des zweiten Teils sowie von Hectors bislang einzigem Gedichtband ist aus Ted Berrigans *Sonnets* entlehnt: »For fire for warmth for hand for growth / Is there room in the room that you room in?«

Roman
Aus dem amerikanischen Englisch von Stefanie Schäfer
512 Seiten
Auch erhältlich als eBook

Der Radiologe Solomon Matzner und seine Frau
freuen sich auf ihr Kind. Da erleidet Cici eine
Fehlgeburt, und Sol weiß sich nicht anders zu
helfen, als schnellstens ein Ersatzkind zu adop-
tieren: Cheri. Ein rebellisches Mädchen, das auch
später als Frau nicht ansatzweise dazu bereit ist,
die Erwartungen anderer zu erfüllen. Ein Buch
über die Familie, an der man sich die Zähne aus-
beißt und ohne die man trotzdem nicht sein kann.

Roman
288 Seiten
Auch erhältlich als eBook, Hörbuch und Hörbuch-Download

Sie heißen Paula, Judith, Brida, Malika und Jorinde. Sie kennen sich, weil das Schicksal ihre Lebenslinien überkreuzte. Als Jugendliche erlebten sie den Fall der Mauer, und wo vorher Grenzen und Beschränkungen waren, ist nun die Freiheit. Doch Freiheit, müssen sie erkennen, ist nur eine andere Form von Zwang: der Zwang zu wählen. Fünf Frauen, die das Leben beugt, aber keinesfalls bricht.

Roman
336 Seiten
Auch erhältlich als eBook und Hörbuch-Download

Eine junge Frau steht auf einem Dach und wei-
gert sich herunterzukommen. Was geht in ihr
vor? Will sie springen? Die Polizei riegelt das
Gebäude ab, Schaulustige johlen, zücken ihre
Handys. Der Freund der Frau, ihre Schwester,
ein Polizist und sieben andere Menschen, die nah
oder entfernt mit ihr zu tun haben, geraten aus
dem Tritt. Sie fallen aus den Routinen ihres All-
tags, verlieren den Halt – oder stürzen sich in
eine nicht mehr für möglich gehaltene Freiheit.

Auf **diogenes.ch/newsletter** erfahren Sie zuerst
von Neuerscheinungen und Neuigkeiten unserer
Autorinnen und Autoren.

Oder schauen Sie hier vorbei: